大国脊梁

砥砺奋进路上的榜样

余 玮 吴志菲 / 著

天地出版社
TIANDI PRESS

图书在版编目（CIP）数据

大国脊梁 / 余玮，吴志菲著. —成都：天地出版社，2021.10（2024年7月重印）
ISBN 978-7-5455-6452-5

Ⅰ.①大… Ⅱ.①余…②吴… Ⅲ.①传记文学-作品集-中国-当代 Ⅳ.①I25

中国版本图书馆CIP数据核字（2021）第146764号

DAGUO JILIANG
大国脊梁

出品人	杨　政
作　者	余　玮　吴志菲
责任编辑	杨永龙　李晓娟
封面设计	今视窗
内文排版	尚上文化
责任印制	王学锋

出版发行　天地出版社
（成都市槐树街2号　邮政编码：610014）
（北京市方庄芳群园3区3号　邮政编码：100078）

网　　址	http://www.tiandiph.com
电子邮箱	tianditg@163.com
经　　销	新华文轩出版传媒股份有限公司
印　　刷	北京文昌阁彩色印刷有限责任公司
版　　次	2021年10月第1版
印　　次	2024年7月第4次印刷
开　　本	710mm×1000mm　1/16
印　　张	22
字　　数	253千字
定　　价	58.00元
书　　号	ISBN 978-7-5455-6452-5

版权所有◆违者必究

咨询电话：（028）87734639（总编室）
购书热线：（010）67693207（营销中心）

如有印装错误，请与本社联系调换。

目 录
Contents

钱学森 | 毛泽东称赞他为"火箭王"

平易、谦和、淡泊，他从不追求什么名和利 / 4
祖国与民族，一直在他心目中有着崇高的地位 / 12
他多次"失踪"，每次"失踪"总是给祖国人民带来惊喜 / 16
他更喜欢贝多芬的作品，我俩生活得富有情趣 / 20

屠呦呦 | 低调的"青蒿素之母"

领衔科研课题攻关 / 29
17个字给世界一个惊喜 / 36
迟到数十年的荣光 / 42
严谨而坚毅的"马大哈" / 48
墙里开花墙外香的尴尬 / 54

张富清 | 隐姓埋名的"时代楷模"

泛黄报功书背后的九死一生 / 64
"人民功臣"打补丁的搪瓷缸 / 70
脱下戎装依旧是一个"突击队员" / 74
一条腿也要把位置"站正" / 81

钟南山 | 院士的专业与国士的担当

　　艰险的抗"非典"战场上他立下赫赫"战功" / 94
　　体育成为他的家庭特色 / 96
　　"80 后"谈养生 / 100
　　甲型 H1N1 流感袭来之时 / 102
　　在狡猾而隐蔽的新冠病毒面前 / 103

高铭暄 | 刑法泰斗的法治情怀

　　风雨人生与刑法典诞生的曲折历程几乎同步 / 114
　　在学术和教学中坚守初心 / 120
　　"法"门子弟吃上刑法学这碗饭 / 124

樊锦诗 | "敦煌女儿"的牵肠挂肚

　　让"年迈"的石窟延年益寿 / 135
　　"数字敦煌"让千年敦煌"不朽" / 139
　　"改革先锋"的薪火相传与最大满足 / 141

周有光 | 被上帝遗忘的"汉语拼音之父"

　　走出青果巷的大学者解读"语文"二字的由来 / 154
　　同两位美国名流的特别因缘 / 159
　　半路出家的重磅语言学家 / 163
　　罗马字母最终成为汉语拼音的背后 / 166
　　全面而科学地阐释中国语文的现代化 / 170

"元老"级的"观赏动物"原来是位"新潮老头" / 176
生命从 80 岁开始 / 183

杨利伟 | 一步登天与一夜闻名的背后

守望在咫尺天地间 / 194
当年想飞天的"娃娃头"成了中国日行最远者 / 198
半个"气象员"心中最为动听的"音乐" / 203
"周末夫妻"更多的是靠电话传情 / 206
一个关外小城与遥远的太空紧紧相连 / 211

查全性 | "后浪"应知晓高考恢复的背后故事

当面向邓小平建言"恢复高考" / 220
"几句真话"让教育的春天回归 / 225
恢复高考首倡者同样反对"一考定终身" / 230

胡福明 | 追求真理的进行曲没有休止符

战斗檄文挑战"凡是派" / 240
历史雄文引发思想理论界的"大地震" / 244
把自己铸成学者加战士型的人才 / 249
进行理论研究就是铸造剖析社会问题的利剑 / 252
难改的是学者秉性和进取精神 / 255

吴 炯 | 新思维催生经济新法

为仲裁法的出台鼓与呼 / 266

用法管好市场这只"看不见的手" / 270

名门之后的诗意人生 / 274

许海峰 | 奥运金牌零的突破

在近乎凝固的空气中缓缓地举起枪 / 284

迟到半个多小时的颁奖仪式和有"伤疤"的金牌 / 289

供销社营业员"走后门"成为专业射击运动员 / 294

平常话少又严肃的"金牌教练"亦师亦兄 / 299

摄影发烧友称读书就像射击 / 304

王 昆 | 首席"喜儿"见证经典的诞生与成型

"金嗓子"步入西战团前后 / 314

见证经典歌剧由雏形到成型的历程 / 319

首位"白毛女"头顶上的那片"天亮了" / 326

"歌坛伯乐"成了中国流行音乐的"始作俑者" / 331

还原"当年的味道"成为最后的心愿 / 338

钱学森

毛泽东称赞他为"火箭王"

QIAN XUESEN

……

国梁
大脊

……

钱学森,浙江杭州人,著名空气动力学家,流体力学的开路人与工程控制论创始人,现代航空科学与航天技术先驱,被誉为"中国航天之父"。1911年12月出生于上海,1934年毕业于交通大学。历任美国麻省理工学院、加州理工学院教授,中国科学院力学研究所所长,国防部第五研究院院长、副院长,第七机械工业部副部长,国防科工委副主任,国防科工委科技委副主任等职;出任过中国力学学会、中国宇航学会和中国系统工程学会名誉理事长,中国科学技术协会主席等职;当选过全国政协副主席、中央委员会候补委员。生前为解放军总装备部科技委高级顾问、中国科协名誉主席,系中国科学院院士、中国工程院院士。1999年,被授予"两弹一星功勋奖章";2007年,入选"感动中国年度人物"。

在近一个世纪的人生旅程中，科学巨擘钱学森经历了无数的坎坷与磨难，也创造了许多震惊中外的奇迹。钱学森的人生长河中，充满了像宝石一样晶莹闪光的故事。让我们通过他经历的传奇故事，去感悟他那瑰丽多彩的伟大人生。

平易、谦和、淡泊，他从不追求什么名和利

中等个，长圆脸，总是微笑着。钱学森吃过 20 年的洋面包，他的成就虽蜚声中外，可是他看上去就跟寻常百姓那样普通。正如夫人蒋英所说："他其实很质朴、平易、谦和，这不只是我的印象，他与不同职业、不同年龄、不同文化素质的人都能谈得开。"

蒋英是我国现代著名军事战略家、军事教育家蒋百里的三女儿。蒋百里早年在杭州求是书院读书时，有一位同窗好友钱均夫——钱学森的父亲，两家往来密切；钱学森与蒋英青梅竹马，互有爱慕之心。哲人说，爱是彼此心灵的联盟。爱侣之间常常被对方美丽的东西所吸引，包括人品与学识。钱学森与蒋英便是这样。

为了钻研科学，他们推迟了婚期，钱学森到 36 岁才结婚。蒋英不但是钱学森生活上的好伴侣，也是他事业上的好帮手。蒋英说："我们两个人都是事业型的，都把事业看得比爱情更重。他一生对金

钱学森 | 毛泽东称赞他为"火箭王"

1947年9月,钱学森与蒋英在上海结婚

钱、对地位、对荣誉很淡泊。"

"他当年放弃在美国的优厚条件，坚决要求回到各方面都还十分落后的祖国，就是为了用自己的知识与智慧建设祖国，使人民幸福。"钱学森回国后，完全靠自己的工资生活。除了工资，他还有一些稿费收入，晚年也曾得到过数额较大的科学奖金。但他把自己这一生所得的几笔较大的收入通通捐了出去。1958年至1962年，钱学森有好几笔上千元的稿费，这在当时简直是"天文数字"，那时不少人都吃不饱肚子，但是钱学森对每一大笔钱都没有动心。他拿到这些稿费时，连钱包都没打开，转手就作为党费交给了党小组组长。即使在平时，他和别人联合署名发表文章时，他也总是把稿费让给别人，说："我的工资比你高，这稿费就请你一人收下吧！"

香港有关方面为表彰钱学森在中国科学事业上的杰出贡献，曾先后奖励他两笔奖金。第一次，钱学森让秘书将100万港币的奖金直接捐给了西北治沙工程。第二次又是100万港币。蒋英说："我们都老了，是不是……"钱学森幽默地回答："那好，你要钱，我要奖（蒋）。"不久，100万又如数捐了出去。

1964年，新疆生产建设兵团农学院的普通青年郝天护致信时任中国科学院力学研究所所长钱学森，指出钱所长新近发表论文中的一个方程式推导有误。未料，一个月后钱学森回信："我很感谢您指出我的错误！也可见您是很能钻研的一位青年。科学文章中的错误必须及时阐明，以免后来的工作者误用不正确的东西而耽误事。所以我认为，您应该把您的意见写成一篇几百字的短文，投《力学学报》刊登,帮助大家。您认为怎样?"

如此坦荡,如此关爱。"他的炽热回信对我的一生起了极其重要的影响,使我在艰难条件下也坚韧地崇尚科学矢志不移。"晚年白发苍苍的东华大学教授郝天护动情回忆。郝天护珍藏的这封信,只是钱学森半个多世纪以来写给千余人和单位的数千封亲笔信中的一封,从中能看到一个活生生的钱学森,能感受到一位科学家的科学精神。

当然,钱学森也写过"尖利"的信:"我对经济学只是个小学生,怎能滥竽充数,混迹于学术顾问委员会之中?学术是个严肃的问题,我决不应败坏学风呀!所以退回聘书,请谅!"这是他对一家出版社诚聘他为中国市场出版公司顾问的回信。生怕别人不按他的意见办,他还将聘书中"钱学森"3个字用红笔画了个大"×"。

"他这一生曾任不少要职,地位不可谓不高。但一般人不知道,他对这些'官位'一点也不在意,要不是工作的需要他说自己宁可什么'官'也不当,只是一名科技人员。他不爱出席什么开幕式、闭幕式之类的官场活动,只喜欢钻进科学世界,研究学问。在学术方面如有所得,就十分高兴。"蒋英讲得很平实,笔者听得很投入,心底不免升起一缕缕特有的敬意。

不知细心的人们发现没有,在钱学森的履历介绍上常有"任国防部第五研究院院长、副院长"的字样。事实上他是先当院长,后当副院长。岂不是降职了?其实,这就是钱学森和常人的不同之处。1956年,他向中央建议成立导弹研制机构,这就是后来的国防部第五研究院,钱学森担任院长。但是随着导弹事业的发展、五院规模的扩大,钱学森作为院长的行政事务也越来越多。当年45岁的钱院长虽然精力充沛，但他既要为中国的导弹事业举办"扫盲班"，又要带领大家进行技术攻关，还要为研究院一大家人的柴米油盐操心。有时研究院的报告和幼儿园的报告会一同等待他这位院长批示，他说，我哪懂幼儿园的事呀。为此，他给聂荣臻元帅写信要求"退"下来改正为副，专心致志搞科学研究和技术攻关。上级同意了他的要求，使他从繁杂的行政、后勤事务中解脱出来。"从此，他只任副职，到七机部任副部长，再到国防科工委任副主任等，专司我国国防科技发展的重大技术问题。他对这种安排十分满意。"

钱学森考虑的是科研工作，而不是自己因此会失去什么权力，降低什么待遇。这种精神贯穿在他的一生之中。钱学森出任中国科协第三届主席的经历也是曲折的。1984年底，中国科协二届五次全国委员会一致通过建议由钱学森担任第三届主席，可他本人不同意。会议的日程是由副主席钱学森致闭幕词。文稿写好了，请他审阅。他看了稿子后表示，这个稿子原则上他同意，但最后要加一段话，向大家说明他不能出任第三届主席的理由。如果同意加这段话，他就念这个稿子；如果不同意，他就不念，请别人致闭幕词。科协的同志只好表示："钱老，您念完这个稿子，可以讲一段您个人的意见，但不要正式写进这份讲稿。"于是，钱学森同意致闭幕词。但是闭幕会这一天，当他在说明自己不适合担任下届主席时，会场上连续地鼓掌，使他没法接着讲下去，有人站起来插话："钱老，这个问题您个人就别讲了。"大家对插话又热烈鼓掌。后来，杨尚昆、邓颖超、方毅都出面找他谈话，劝他出任科协第三届主席，钱学森最终同意出任下一届科协主席。1991年，当他任期满后，在换届时，他坚决不同意连任，并推荐比自己年轻的人担任下届科协主席。

大家知道，钱学森是全国政协第六、七、八届副主席。当然，第六届他并不是换届时选进去的，而是中间增补进去的。但钱学森并不算这个细账，在七届任满时，他就给当时的全国政协负责人写信，请求不要在八届政协安排任何工作，说"这是我身体条件的实况"。但是这个报告没被批准，直到1998年全国政协八届换届时，钱学森才从副主席的位置上完全退下来。这便是不要地位、要作为的钱学森。

于荣誉，钱学森也是如此。在中国从事科研工作的人大多都想争取一个"院士"的称号，这个称号在1993年10月前叫"学部委员"。然而，钱学森在1988年与1992年曾两次给当时任中国科学院院长的周光召写信，请求免去他学部委员的称号。收到钱学森的信后，周光召与严济慈一起做他的工作，讲"学部委员不是个官位，是大家选的，任何领导无权批准您的请辞报告"。于是，钱学森只得放弃这个想法。在采访中，夫人蒋英如是说："一个科研人员，如果满脑子都是金钱、荣誉、地位这些东西，即使他很聪明，也成不了大器。"的确，科学是需要人们无私奉献的，是要耐得住"寂寞"的，古今中外，概莫能外。

1991年10月16日，国务院、中央军委授予钱学森"国家杰出贡献科学家"称号和"一级英雄模范奖章"。"国家杰出贡献科学家"，这是过去从未有过的高规格新提法；"一级英雄模范奖章"，此前一直是战斗英雄、生产一线劳模的专利，从来没有向科学家授予过。授奖厅里掌声雷动，大家急切地等待着、猜测着：钱学森会怎样表达自己激动的心情呢？

在崇高的荣誉面前，钱学森仍然像平常那样朴实、谦逊、平易、诚挚。在致"答词"中，他没有讲人们通常会听到的"感谢话"以"礼尚往来"，而是劈头就说了一句让人万万想不到的话："今天我不是很激动。"为什么呢？

是不是他有点不识时务，有点迂腐？不了解他的人有点搞不懂，而了解他的人却说，这是实事求是的，因为他已经激动过三次，有一次就在不久前——

"我第一次激动的时刻是在1955年，我被允许可以回国了。我手里拿着一本在美国刚出版的个人写的《工程控制论》和一大本我讲物理力学的讲义，交到老师手里。他翻了翻很有感慨地跟我说——你现在在学术上已经超过了我。我钱学森在学术上超过了这么一位世界闻名的大权威，为中国人争了气，我激动极了。这是我有生以来第一次这么激动。

"建国10周年时，我被接纳为中国共产党党员，这时我的心情非常激动，简直激动得睡不好觉。这是我第二次心情激动。

"第三次心情激动，就在今年。今年，我读了王任重同志为《史来贺传》写的序。在这个序里，他说中央组织部决定把雷锋、焦裕禄、王进喜、史来贺和钱学森这五位同志作为解放40年来在群众中享有崇高威望的共产党员的优秀代表。我能跟他们并列，心情怎不

钱学森 | 毛泽东称赞他为"火箭王"

1955年钱学森一家启程回国时,在"克利夫兰总统号"轮船的甲板上

激动？！

"有了这三次激动，我今天倒不怎么激动了。"

这些话在人民大会堂如此庄重的场合讲，乍听起来似乎有些不合时宜。然而细品一下，他又说得多么坦率、多么得体、多么贴切，又多么深刻啊！他看轻的是个人名利、荣誉，看重的是祖国，是党，是人民！

钱学森作为科学巨匠，有着科学家独具的胆识与勇气。"他从不媚俗，从不隐讳自己的观点。在诸如全国政协、中国科协等举行的会议上，他总是大力提倡生动活泼的谈心活动，倡导科学道德与科学民主。"

祖国与民族，一直在他心目中有着崇高的地位

钱学森1955年离开美国后再也没有回去过。他对美国朋友和科学同行十分友好，并保持着联系，但他坚持只要美国政府不对当年"驱逐"他出境正式道歉，他今生今世绝不再去美国。1985年3月9日，钱学森在给国务院一位领导的信中写得十分坦率："我本人不宜去美国，事实是我如现在去美国，将'证实'了许多完全错误的东西，这不是我应该做的事。"原来，凡在美国移民局的档案里留有被驱逐记录的，必须经由某种特赦手续才能入境。"我钱学森本无罪，何需你特赦？"

这位中国航天事业的先驱，其思想、品德、情操，堪称中国科技

界的一面旗帜。"他是一位把祖国、民族利益和荣誉看得高于一切的人，说得上是一位精忠报国、富有民族气节的中国人。"蒋英对钱学森特有的爱国情结十分认可。

"在美国的日子里，他学习起来游刃有余，但生活上他却有些不习惯，特别是某些美国人瞧不起中国人的傲慢态度令他生气。"一次，一个美国学生当着钱学森的面嘲笑中国人抽鸦片、裹脚、愚昧无知，钱学森立刻向他挑战——我们中国作为一个国家，是比你们美国落后；但作为个人，你们谁敢和我比，到期末看谁的成绩好？美国学生听了都伸舌头，再也不敢小看中国人了。钱学森怀着这样一份强烈的民族自尊心，只用一年时间就拿下了飞机机械工程专业的硕士学位。

根据麻省理工学院的办学宗旨，各专业学科的学生都要在学期内到对口的工厂、科研部门实习。钱学森应该去飞机制造厂实习。可是，他没有想到，美国的飞机制造厂只准许美国学生去实习，不接纳外国学生。这种种族歧视是钱学森在美国遭受的又一次沉重打击。"挫折和困难并没有动摇他为祖国强盛而发愤学习的决心。既然学习飞机机械工程走不通，他决定改学航空理论，并大胆地毛遂自荐，投奔在加州理工学院任教的世界航空理论权威冯·卡门教授门下。"钱学森很幸运，冯·卡门这位以学风严谨著称的"超音速飞行之父"竟破天荒地接收了他。

"在这里，他的人生旅程发生了根本性的转折，在空气动力学研究和航空技术方面取得了不少成就。"钱学森获得博士学位后，导师把他留在自己的身边工作。很快，钱学森便在数学和力学这两个领域崭露头角。钱学森与冯·卡门共同开创了举世瞩目的"卡门－钱学森公式"。冯·卡门率先提出了高超声速流的概念，又由钱学森科学证明了这个概念。它的提出和证明，为飞机早期克服热障、声障提供了理论依据，为国际空气动力学的发展奠定了基础。从此，钱学森的名字传遍了世界。

1947年，钱学森留美后第一次回到阔别12年的祖国。与蒋英在上海举行婚礼后，钱学森原准备留在国内，为祖国奉献自己的一份心力。"但是，目睹国民党政府的腐败无能和反动黑暗，他大失所望。然而，他在失望中也看到了希望。共产党领导的人民革命运动在全国蓬勃发展，新中国就像婴儿即将呱呱坠地。这使他受到很大鼓舞，决定与我重返美国，以积蓄力量，准备日后为新中国效力。"蒋英说。

回到美国后，人们发现钱学森变了。他接待来客更少了，工作上更加埋头苦干，研究上更加勤奋。他在悄悄等待着祖国黎明的到来。

1949年中秋月圆，归心似箭的钱学森在心底盘算着回归祖国。"他万万没有想到，为归国竟历尽了千难万险，经受了长达5年多的折磨。他对我说他是中国人，他的事业在中国，他的归宿在中国，他根本没有打算在美国生活一辈子。"在这5年中，美国联邦调查局的人时常闯入他们的住宅捣乱，连信件与电话也受到了检查。然而，无论是金钱、地位、荣誉和舒适的生活，还是威胁、恫吓、歧视和折磨，都未能改变钱学森回归祖国的坚强决心和意志。

那几年，他们全家一夕三惊，为此经常搬家。在这凄风苦雨的艰难岁月，蒋英作为忠实伴侣与他相濡以沫，为他分忧解难，给了他无比的勇气与力量，终于熬到了获准回归的那一天。蒋英回忆说："我们总是在身边放好三只轻便的箱子，天天准备随时获准搭机回国。可以讲，他最后是作为'美国犯人'被驱逐出境的，是在外交努力下'奉送'回祖国的。"这一段历史，确实让他们刻骨铭心。1955年10月，钱学森带着妻子与一双儿女转道回到祖国，当时内心的激动难以言表。从此，他的名字，与中国的火箭及航天事业紧紧联系在一起。

"回来后，中央提出由他牵头组建中科院力学研究所的设想，他高兴地接受了这个任务。"北京西郊中关村科学城，数学研究所的一角挤出了几间房子，作为力学研究所的筹备处。距这儿不远处，他们一家分到了一套三居室的公寓，尽管比不上他们在美国洛杉矶那豪华的花园式别墅住宅，但这毕竟是他们有生以来第一个真正属于自己的家。"夫妇俩终于可以坐在自家的书案前泡一壶家乡的龙井茶，我们那时突然感到生活变得富有情趣且有魅力了。"而今，作为一代科技巨星，钱学森的爱国情操和献身科学的坚定信念，已经成为中华民族科技强国道路上时代精神的象征。

在中国人民政治协商会议第二届全国委员会第二次全体会议召开期间，1956年2月1日晚上，毛泽东举行盛大宴会，宴请全国政协委员。钱学森收到的请柬上面写着他的席位在第三十七桌，到了宴会厅，工作人员却领着他来到第一桌，在紧挨毛泽东座位的右面。后来才知道，毛泽东主席在审看宴会来宾名单时，把钱学森从第三十七桌调到了第一桌。

宴会一开始，毛泽东就指着钱学森对大家说："他是我们的几个'王'呢！什么'王'？工程控制论王，火箭王。各位想上天，就找我们的工程控制论王和火箭王钱学森。"这时钱学森回国不久，就被毛泽东如此看重，表明新中国的领袖深知钱学森的非凡实力。

2000年2月，江泽民总书记在广东省考察时提出"三个代表"重要思想。年近九旬的钱学森当即意识到这是一个重大的理论观点，他认真学习报纸上的有关报道，还催着身边工作人员给他买有关的参考书。后来，工作人员为他找来几本有关读物。耄耋之年的钱学森便倚靠床头，认真学习和思考，并不时向身边工作人员谈他学习的体会。钱学森说："我算是高寿了，比我的老师冯·卡门活得还长。这要归因于党和国家对我的关怀和照顾。我在美国是学自然科学工程技术的，一心想用自己学到的科学技术救国，不懂得政治。20世纪50年代初，美国横行麦卡锡主义，整我，才使我切身体会到美国所谓的民主是怎么回事。回到祖国以后，我通过学习才慢慢懂得马克思主义，懂了点政治，感到科学与政治一定要结合。我回国以后所做的工作，可以说都是科学与政治结合的成果。即便是纯技术工作，那也是有明确政治方向的。不然，技术工作就会迷失方向，失去动力。"

他多次"失踪"，每次"失踪"总是给祖国人民带来惊喜

在钱学森家的客厅里，墙上曾挂着一张巨幅"蘑菇云"照片——

记录的是第一颗战略导弹在罗布泊精确命中靶心的激动人心时刻。"几十年过去了,每当他看到这幅照片,总有一股自豪感油然而生——因为它掌握在自己民族的手里,就是和平的象征。"在这对老夫妇的心目中,那是世界上最美丽的和平之花。

从钱学森那天庭饱满的大脑袋看上去,从那对睿智明哲、深邃机敏的眼睛看上去,你很快能判断出他是一位大学问家、大科学家。"要想成为一个著名的科学家,必须具备献身精神,要有献身于科学事业的决心,敢于攻关,不畏艰险,而不能投机取巧。如果说他今天有什么成就的话,可以说就得益于他具有这些素质。"

钱学森回国后不久,便一头扎在了大西北,冒着狂暴的黄沙,顶着火辣辣的烈日,在人迹罕见的大沙漠中与科技人员一起风餐露宿,日日夜夜地研究解决许多重大的国防科技难题,一干就是好几个月。

那期间,钱学森往往一去便是几个月,没有书信回家。有时,他神不知鬼不觉地返回来,妻子问他去哪儿了,为什么瘦成这个样子,他只是淡淡一笑,说一声"没关系,不用担心",就算支应过去了。蒋英回忆起钱学森的那段生活时,不无嗔怨:"那时候,他什么都不对我讲。我问他在干什么,不说。有时忽然出差,我问他到哪儿去,不说;去多久,也不说。他的工作和行动高度保密,行踪不要说对新闻界、对朋友保密,连对我们家人也绝对保密,一点也不知道他在干什么。"于是,蒋英向笔者讲起那个令人啼笑皆非的"索夫"故事。

有一回,钱学森又"出差",一去又是几个月,杳无音信。蒋英急得坐立不安、寝食不宁,她再也无法忍受这种亲人下落不明的折磨，急匆匆地找到一位国家领导人，像一个天真的孩子似的质问："钱学森到哪儿去了？他还要不要这个家？"说完呜呜地哭了起来。

其实，这时的钱学森并没有失踪，他正在戈壁荒漠上紧张地进行着"东风一号"近程导弹的发射准备工作。这颗导弹是在钱学森的领导下，技术人员和工人奋战了700多个日夜研制出来的。

1960年11月5日，新华社发了一条电讯通稿：我国第一枚"东风一号"近程导弹在我国西北地区发射成功，精确命中目标……蒋英看到消息，刹那间脸上露出了笑容——莫非是他？莫非他就在"我国西北地区"？"他回来了，经'质问'而验证我猜中了。当我向他讲述自己前不久找国家领导人'索夫'的故事后，他哈哈大笑。"蒋英讲，此后钱学森又有多次"失踪"，每次"失踪"总是给祖国人民带来惊喜。

钱学森虽然并不是具体抓每一项技术工作，但每项技术工程都凝结着他的心血与智慧。晚年的他由于身体的原因，不可能坚守岗位，但他一直心系中国的火箭、导弹和航天事业，科技工作者也处处可以感知他的存在。几十年来，受过他直接指导、得过他帮助的中青年遍布全国各地，已成为中国航天事业现代化建设的栋梁之材。钱学森是位不服老的老人，也是一个闲不住的人。晚年，他以90多岁高龄继续担任着中国科协的名誉主席和国防科工委的高级顾问。有些职务虽然看似虚职，但是，钱学森做的却是实事。诸多社会工作和高科技课题，还需要他的参与和处理。

晚年，这位科学巨匠思维依然敏捷，依然能条理清楚地与人对

钱学森 | 毛泽东称赞他为"火箭王"

▌ "两弹一星功勋奖章"获得者钱学森

话，每天他靠在床前的小书桌上还能阅读字号不大的书刊。有人曾开玩笑说，除了腿脚不太灵便，钱老身体的其他"零件"磨损得并不厉害。如果说他和爱因斯坦同样拥有充满智慧的大脑袋的话，那么与爱因斯坦头发蓬乱、胡须不修相比，钱学森显得更加潇洒飘逸、深邃空灵。

他更喜欢贝多芬的作品，我俩生活得富有情趣

钱学森和蒋英婚姻美满，夫妻恩爱。虽然所从事的专业各异，但为祖国奉献、为人民效力的心一样热。钱学森钟情于蒋英，同时也钟情于他和蒋英共同酷爱的音乐。

"我从小喜欢音乐，他也自幼酷爱艺术，大学时代他是有名的铜管乐手。"钱学森与蒋英一样，喜欢听音乐，对世界乐坛名家的各种风格都十分熟悉，艺术品位很高。

在麻省理工学院学习期间，钱学森曾多次驾驶着那二手的老爷车，拉着三四个中国同学，到波士顿听交响乐团的音乐会。波士顿交响乐团每周都要演出一次，它那整齐的阵容、高超的技艺享誉世界，征服了无数音乐爱好者，也征服了钱学森。如无特殊情况，每个周末的音乐会他几乎都到场。为了听音乐会，钱学森宁肯节衣缩食。音乐给了他慰藉，也引发了他幸福的联想。每当他听到那悠扬的乐曲声，便情不自禁地想起身在异地的蒋英——远离家乡、远离祖国、在欧洲学习声乐的姑娘。

20世纪50年代中期,蒋英在中央实验歌剧院担任艺术指导。"为了满足广大工农兵的要求,我和演员们一起到大西北偏僻落后的地方巡回演出,并努力学唱中国民歌、昆曲、京韵大鼓,甚至京戏。"她穿上民族服装,扮作村姑,登台演唱,颇受群众欢迎。每当登台演唱时,蒋英总喜欢请钱学森去听,请他欣赏,请他评论。有时钱学森工作忙,不能去听,蒋英就录下音来,带回家,待他休息时再放给他听。

后来,为了照顾钱学森的工作与生活,领导安排蒋英先后在中央音乐学院声乐系、歌剧系担任领导并任教。蒋英只好放弃自己最喜爱的舞台生涯,用自己的全部心血培养学生。后来,蒋英成为造诣精深的音乐艺术家,是我国当代讲授欧洲古典艺术歌曲的权威。到了晚年,夫妇两人依然生活得富有情趣,非常充实。

"与我相比,他更喜欢贝多芬的作品,尤其喜爱贝多芬的第三交响曲《英雄》。"蒋英这么认为。在钱学森看来,贝多芬不是一个单纯的作曲家,在本质上贝多芬是音乐诗人,是音乐哲学家。他说:"贝多芬的最大成就,就是让音符述说哲学,解释哲学,使音乐成为最富于哲学性质的艺术。贝多芬总是用音符寓意托情,启迪人类的灵性,感发人类的道德和良心。"他时常陶醉在贝多芬的音乐世界里,同时被贝多芬的英雄气概所感染。看来,钱学森也绝非一个单纯的科学家,就如同贝多芬并非一个单纯的作曲家一样。

共同的爱好,使钱学森与蒋英的感情生活更加温馨和谐,多姿多彩,也使他们各自的事业相辅相成,相得益彰。"他还和我合作发表过一篇关于发展音乐事业的文章哩。"在蒋英的影响下，钱学森对科学与艺术的思考结合得更紧了。钱学森写了许多关于美学、文艺学和社会主义文化学以及技术美学等方面的文章，发表了许多独到的见解。

岁月流逝了钱学森的青春，虽然在科研一线已看不到他的身影，但钱学森的影响无处不在。晚年，钱学森的头脑，仍在思考着宏观、微观世界的问题，充盈着博大精深的智慧。蒋英向笔者透露："他很重视培养有智慧、有创造性的人才，主张教育要利用高科技全面改进或改革。他这些年来，一直在设想并探索建立'大成智慧学'，为之奉献自己的智慧和精力。"

钱学森是坚强的人。在80岁之后，他患上双侧股骨头无菌性坏死，不得不坐上轮椅，接着又患上腰椎楔形骨折，难以久坐，只能卧床静养。即便如此，他床前小桌上每天都摆满了书籍，他思维的触角感应着飞速发展的现代社会，还不时迸发出新的思想火花，就好像在他的时间表上永远没有晚年。

2009年10月31日上午，钱学森在北京病逝，他的思维终归停止了忙碌。他的儿子钱永刚回忆说："10月29日吃晚饭时，父亲突然吐了一下。父亲是一位老年人，老年人的身体一旦有变化，我们就必须特别担心，这也是我们多年照顾他的经验。马上测体温，发现父亲体温有点高，当时就决定赶快送医院。只用了很短的时间，父亲就被送往附近的解放军总医院。这次与以前不同，一进去就报病危。医生很快给我的父亲进行检查，发现已是严重的肺部感染。可能之前已经出现了轻微的呼吸道症状,但他自己不觉得有什么明显不适,别人也没有特别细心地观测到,等送到医院时,炎症已扩散到肺部。哎,还是有点晚了。医院很努力,已经尽心了。父亲的肺部出现大面积感染,肺表面只有一部分能供氧,造成身体多个器官因缺氧而怠工,后来血压测不到了,呼吸衰竭,人进入了休克状态。最后走的时候并没有什么痛苦。可以说,父亲走得很安详,这也是我感到些许安慰的地方。"钱永刚说,父亲看书看到最后一天,一直到入院前几个小时都在看报纸,看文件。

这就是随和而淡泊、亲近而崇高、感情丰富而情趣多多的钱学森。

屠呦呦

低调的"青蒿素之母"

TU YOUYOU

大国脊梁

屠呦呦，著名药学家。1930年12月出生于浙江宁波。历任中国中医研究院中药研究所副研究员、研究员，现为中国中医科学院终身研究员兼首席研究员、青蒿素研究中心主任。2015年10月获得诺贝尔生理学或医学奖，2017年获2016年度国家最高科学技术奖，2018年被党中央、国务院授予"改革先锋"称号，2019年9月被授予"共和国勋章"。

大国脊梁

离离原上草，一岁一枯荣。青蒿，是中国南北方都很常见的一种菊科草本植物，外表朴实无华，只知道在山野里默默生长。

这与世无争的小草内蕴治病救人的魔力，一直在不声不响地发挥作用，突然一夜爆红，让世界惊叹，因为其终成千古疟魔的克星。如青蒿一样默默无闻的屠呦呦等科学追梦人，历经艰辛提取出青蒿素，使全球数亿人因这种"东方神药"而受益。由此，中国之蒿走向世界。

2015年10月5日，瑞典斯德哥尔摩当地时间11时30分（北京时间17时30分），2015年诺贝尔生理学或医学奖在当地的卡罗林斯卡医学院揭晓，爱尔兰医学研究者威廉·坎贝尔、日本科学家大村智以及中国药学家屠呦呦共同分享该奖项。这是中国科学家因为在中国本土进行的科学研究而首次获诺贝尔科学奖，是中国医学界迄今为止获得的最高奖项，也是中医药成果获得的最高奖项。

幸福总是来得这么突然。没有预告，没有通知，屠呦呦当晚在家中通过电视新闻才得知自己摘取诺奖的消息。作为抗疟新药青蒿素的第一发明人，屠呦呦获得诺贝尔大奖乃实至名归，因为她在最具破坏性的寄生虫疾病防治方面作出了革命性的贡献，这是我国继2012年莫言获得诺贝尔文学奖后的又一荣耀。消息一出，全社会像炸开锅一样。

一时间，向屠呦呦祝贺的、采访的电话打得发烫。屠呦呦听力不是很好，接受采访时往往向笔者的方向前倾身体，专注地望着笔者的眼睛。"获奖，有些意外，但也不是很意外。作为一名科学工作者获得诺贝尔奖是个很高的荣誉，但这不是我一个人的荣誉，是中国全体科学家的荣誉。青蒿素研究获奖是当年研究团队集体攻关的结果，大家一起研究了几十年，能够获奖并不意外。"

屠呦呦说，当年在经过了那么多次失败之后，自己都怀疑路子是不是走对了，当发现青蒿素正是疟疾克星的时候，那种激动的心情是难以表述的。屠呦呦一再称，自己只是一个普通的植物化学研究人员，但作为一个在中国医药学宝库中有所发现，并为国际科学界所认可的中国科学家，她为此感到自豪。

领衔科研课题攻关

1951年，屠呦呦考入北京医学院（后改名为北京医科大学，现为北京大学医学部）药物学系，选择当时一般人不太了解的生药学专业为第一志愿。

1955年，屠呦呦大学毕业，被分配到卫生部（现为国家卫健委）直属的中国中医研究院（现为中国中医科学院）中药研究所工作。由于屠呦呦在大学时所学的专业属于西医，单位送她参加卫生部举办的"全国第三期西医离职学习中医班"，用两年半的时间系统地学习中医药。那时，屠呦呦自己也不曾想到，她的这些中西医相结合的学习

▎作为中国大陆第一位自然科学领域的诺贝尔奖获得者,屠呦呦真正了结了多年以来国人的"诺奖情结"

背景，为她日后发现青蒿素打下了重要的基础。

她入职时正值中医研究院初创期，条件艰苦，设备奇缺，实验室连基本通风设施都没有。除了在实验室内"摇瓶子"，她还常常"一头汗两腿泥"地去野外采集样本，先后解决了中药半边莲及银柴胡的品种混乱问题，为防治血吸虫病作出贡献。

1965年，越南战争升级。美、越两军苦战在亚洲热带雨林，疟疾像是第三方，疯狂袭击交战的双方，万千官兵逃过枪林弹雨，却被疟疾击倒，即使活下来，也丧失了战斗力。

疟疾是威胁人类生命的一大顽敌，病原疟原虫是一种单细胞生物。它潜于雌蚊体内，雌蚊叮人时，长梭形孢子随雌蚊口液注入人体。孢子进入人体后随血流前进，首先侵入肝细胞，以肝细胞的胞质为营养，在肝细胞内发育和裂体生殖，然后溢出坏死的肝细胞，钻入红细胞，再在红细胞内继续生长、裂殖。人体大量红细胞破裂，加之裂殖代谢物释放到血液里，引起人体一系列生理反应，如高热、寒战、贫血、脾肿大，直至死亡。这是一种古老的疾病，蚊虫肆虐处，总有它的魔影，当年马其顿大军将近一半的兵马因疟疾死在印度的雨林里。对付疟疾，原有奎宁类药物。此药临床实用于1947年，初期疗效不错。十几年下来，一些疟原虫对该药产生了强烈的抗药性，而新药又没跟上，疟疾重新称霸。

为战胜疟疾，美国投入巨额科研经费，并动员西方各国制药力量，像研发战争武器那样，为侵越部队研制抗疟新药。美国筛选了近30万个化合物而没有结果。相比之下，越南军队连一点奎宁类的药物也没有，战争摧毁了这个国家的经济，越南政府唯一的办法就是向中国政府紧急求援，恳求中方派出医疗队。与越南同属社会主义阵营且紧密相邻的中国，给越南提供了巨大的支持和援助。时任中国人民解放军军事医学科学院微生物流行病研究所副所长的周义清，就在那时作为援越抗美的医疗专家进入越南战场。

这并不是周义清第一次上战场。1945 年，周义清 16 岁时就参了军，在部队当卫生员，解放战争中经常出没在枪林弹雨中。早已习惯了战火硝烟的周义清，在越南战场上却发现了比子弹、炸弹更可怕的"敌人"——抗药性恶性疟疾。越南部队因疟疾造成的非战斗减员远远超过了战斗造成的伤亡。周义清记得，越南部队开赴南方战场，经过一个月的长途行军，有的团级部队真正能投入战斗的只剩两个连。其余都是因为感染疟疾，或死于行军途中，或被送往后方治疗。

当时，中越的政治关系是"同志加兄弟"。越南国家主席胡志明亲自到北京，向毛泽东主席提出请中国支援抗疟疾药物，提供治疗方法。在革命战争时期曾感染过疟疾、深知其害的毛泽东回答说："解决你们的问题，也是解决我们的问题。"随后，毛泽东对越方的求援作出批示，周恩来总理随即下令，以军工项目的名义紧急研制"抗美援越"的抗疟新药。

中国人民解放军军事医学科学院立即行动起来。该院科研人员中西医并进。一是以现有奎宁类西药为基础，力求合成新药；二是研发中药常山碱。两年下来，两条路皆为死胡同。研发西药是西方国家的强项，美、英、法、德、比、瑞（士）所有大药厂加起来都开发不出有效的抗疟西药，基础薄弱的中国想在西药上有所建树谈何容易？再就是选材失误，常山碱被发现毒性太大，不宜使用。

越南战场医疗抢救方面频频告急。1967年5月23日，周恩来总理再次就研发抗疟新药问题作出批示，并在军事医学科学院内特设"全国疟疾防治研究领导小组办公室"（代号"523办公室"），要求调动全国的力量，大打一场研发抗疟新药的战役。

一时间，广西、云南等七省市的医药力量被动员起来，60多家科研机构超过500名科研人员协力攻关，开展了包括中草药在内的抗疟疾药研究，先后筛选化合物及中草药4万多种，也没有取得阳性结果。"人海战术"在科技研发上并非有用，科技研发更需要专业上的精英和天才。

1969年1月，北京广安门医院一位参与抗疟研究的针灸医生，向"523办公室"负责人推荐说："中医研究院的屠呦呦是个兼通中西医的人才，研发新药应当去找她。"研发目标久攻不下，"523办公室"求贤若渴，正、副两位主任立刻前往中医研究院。

"文化大革命"期间，凡事必政审。一政审，屠呦呦有"问题"，中医研究院造反派极力反对说："屠呦呦有海外关系，不能参与中央布置的军工项目。""523办公室"两位负责人查阅屠呦呦工作业绩，发现屠呦呦大学毕业参加工作仅3年，就在防治血吸虫的生药学研究上创出两项成果，被评为"社会主义建设积极分子"，于是毅然决定起用屠呦呦。

屠呦呦感谢党对她的信任，又听说这是毛主席、周总理批建的项目,从此一心扑在抗疟的科研上。当时分配给屠呦呦的任务有两个:一是寻找新药;二是仍在中药常山碱上做文章,想办法去掉常山碱的毒性,解决服后呕吐的问题。

在大多数学术权威都被打倒的情况下,屠呦呦在1969年1月21日被中国中医研究院任命为科研课题攻关组组长,参加"523"项目,负责中草药抗疟疾的研究,小组成员还有余亚纲、钟裕容等。当时,为了不影响研究,她把不到4岁的大女儿送到别人家寄住,把尚在襁褓中的小女儿送回宁波老家,带领小组开始查阅医药典籍,走访老中医,埋头于那些变黄、发脆的故纸堆中,寻找抗疟药物的线索。

耗时3个月,从包括各种植物、动物、矿物在内的2000多个方药中整理出640个,编成《疟疾单秘验方集》,送交"523办公室"。然而不知为什么,《疟疾单秘验方集》并未引起有关部门的重视。屠呦呦等不到下文,只好自己去实践。她从集子里筛选了一批方药做鼠疟的实验,可惜试过一批又一批,最终选出的胡椒"虽然对疟原虫的抑制率达84%,但对疟原虫的抑杀作用并不理想",而"曾经出现过68%抑制疟原虫效果"的青蒿,在复筛中因为结果并不好而被放弃。

这时,她已摸到了成功的大门,不幸又与之失之交臂。古人在古籍中只说青蒿驱疟有效,并未说明青蒿入药的是哪一部位,是根,是叶,还是茎?更没说哪个地区、哪个季节的青蒿最好用,加之她择取青蒿的范围也十分有限,只能是北京药店的现货,因此实验中她看到的是疗效不稳,还有毒性。

至此,屠呦呦有点犹豫了,全国最精尖的科研部门、七省市的同行们试过数万个方药都没成功,自己的科研小组地处北京,药材来源仅限于药店里,能搞出什么结果?这时,屠呦呦被调到海南疟区实验室工作半年。在那里,屠呦呦目睹了疟魔的猖獗。尤其是脑疟,一个壮劳力,病情发作起来立刻就被击倒。显微镜下,患者一滴血液中密密麻麻全是疟原虫,临床称为"满天星"。这样的患者很少能够挺过来。想到越南雨林中备受疟魔摧残的越南军民和在那里抗美援越的中国军人,以及世界上生活在疟区中的亿万人口,屠呦呦深感医药工作者肩负的责任重大,决心要把这项工作进行到底。

然而,从海南回到北京后,因为政治运动,屠呦呦的工作被迫中断。

1971年,越南战争进入最残酷阶段,同时国内南方地区也有抗疟的巨大需求。是年年初,卫生部、解放军总后卫生部和军事医学科学院等组织全国抗疟队伍在广州召开抗疟誓师大会。周恩来总理给会议发来电报,再次作出重要指示,要求加大研制抗疟药物的力度,全国抗疟的高潮再次掀起。

屠呦呦参加了这次大会。会后她的工作得到有关部门的进一步重视,加大了动物实验的规模。"当年,全世界都面临着这样一个重大课题,必须要有新的抗疟新药来解决老药的抗药性问题,国内外做了大量工作都没有满意成果。"回忆与青蒿素的第一次接触,屠呦呦的眼神清亮,语气中不乏兴奋和自豪。

屠呦呦说,当年研究的难点在对青蒿科属的选择上——到底应该是哪种植物,提取方法上也需要突破。当时,青蒿素的提取仍是一个世界公认的难题，从蒿族植物的品种选择到提取部位的去留存废，从浸泡液体的尝试筛选到提取方法的反复摸索，屠呦呦和同事们熬过了无数个不眠之夜，体会过无数次碰壁挫折。

17个字给世界一个惊喜

一天，屠呦呦读到东晋葛洪撰写的《肘后备急方》时，其中一句话猛然提醒了屠呦呦："又方青蒿一握，以水二升渍，绞取汁，尽服之。"一语惊醒梦中人！这17个字给了屠呦呦灵感：浸泡、绞汁？干吗不用水煎呢？是害怕水煎的高温或酶的作用，破坏了青蒿的疗效？她由此悟及用这种特殊的方法可能是"忌高温破坏药物效果"。

于是，屠呦呦由用乙醇提取改为用沸点比乙醇低的乙醚冷浸法处理青蒿，然后将提取物注入染有鼠疟的小白鼠，发现对鼠疟的抑制率一下子有了明显的提高。这结果让屠呦呦非常兴奋，证明低温提取是保障青蒿疗效的一大关键。

"那时药厂都停工，只能用土办法，我们把青蒿买来先泡，然后把叶子包起来用乙醚泡，直到第191次实验，我们才真正发现了有效成分。"1971年10月4日，经历了190次的失败之后，屠呦呦和她的同事成功提取到青蒿中性提取物，获得对鼠、猴疟原虫100%的抑制率，大家无不欣喜若狂。因为这意味着青蒿的提取物把鼠、猴疟原虫统统地杀死了，那它极可能也是人疟原虫的克星。

药物的实验必须反复进行。当屠呦呦取来另一批青蒿生药再做实验时，不想疗效却锐减。屠呦呦不得不从生药学的角度仔细地研究青蒿。历经反复实验，屠呦呦和她的课题攻关组发现青蒿药材含抗疟活性的部分是新鲜的叶片，而非根、茎部位；最佳的采摘时节是青蒿即将开花的时刻。"北京的青蒿质量非常不好……我尝试用叶子，事实证明叶子里才有，梗里没有……"摸到这些规律后，屠呦呦方知过去人们为什么老在青蒿的门前走弯路。

随后，屠呦呦又把青蒿提取物成功分离成中性和酸性两大部分。后者毒性大，而且没有抗疟的功能，屠呦呦除掉这一部分，由此也解决了中草药含毒的副作用。在证实了中性部分是青蒿抗疟的有效成分后，屠呦呦又做猴疟的实验，同样取得了理想的效果。

前进路上已现曙光，但屠呦呦和同事的身体健康却受到极大的威胁。由于相关部门的指挥有误，实践工作得不到药厂的配合，屠呦呦只好自己动手，从市场上买来 7 口大缸，在缺乏通风设备的陋室里，用挥发性很强、具有一定毒性的药剂浸泡、提取青蒿的精华。屠呦呦常年工作在那里，污染严重，加之劳累和缺乏营养，不幸得了中毒性肝炎，肝功能曾经坏到蛋白倒置，满口牙痛，甚至松动脱落。可她养病期间，工资还要被扣掉 30%。提起艰苦岁月和付出的牺牲，屠呦呦没有抱怨，反倒是充满怀念。屠呦呦的老伴李廷钊说："那时候，她脑子里只有青蒿素，整天不着家，没白天没黑夜地在实验室泡着，回家满身都是酒精味，还得了中毒性肝炎。"团队成员钟裕容肺部发现肿块，切除了部分气管和肺叶。另一位科学家崔淑莲甚至因此患病很早就去世了。但这些没有动摇屠呦呦的决心，她只是回家稍做休息，病情一好转就急忙跑回实验室。

在那个特殊的年代,不要说知识产权了,即使以个人的名义发表研究结果也要冒很大的政治风险。1972年3月8日,按照"523办公室"的安排,屠呦呦以课题攻关组代表的身份在南京召开的全国抗疟研究大会上报告了青蒿中性提取物的实验结果,她报告的题目是《用毛泽东思想指导发掘抗疟中草药》,当时全场振奋。有关领导当即要求当年上临床,也就是把药用在人身上。

屠呦呦兴高采烈地回到北京,满以为胜利在望,不想一连串的麻烦在等着她。首先是在屠呦呦中午离开实验室后,实验室内莫名其妙地着了一把大火,烧毁很多设备。接着有人贴出大字报,公开声称屠呦呦的实验工艺有问题,青蒿提取物有毒,不可用于人类。有人背着屠呦呦,把不知从哪儿弄来的、带有挥发性的东西喂给猫狗吃,让军代表看猫狗食后抽风的模样,以证实屠呦呦所制药物的危害性。有人相信了这种诽谤。

面对阴谋陷害、恶意攻击,屠呦呦气愤至极。她向院领导、党组织、军代表郑重地立下"军令状":"有毒?好,我亲身验毒,后果自负。但条件是:一旦证明此药无毒,临床的事情领导必须立即放行,否则就过了当年疟疾发病的季节。"领导同意了她的请求,但也奉劝她慎重。屠呦呦毅然住进医院,勇敢地试服起临床的剂量。她是一个虚弱的女子,健康状况欠佳,但为了事业,她不顾一切。

屠呦呦成为青蒿提取物第一位实验者。受到屠呦呦的影响,科研组其他两位同志也做起"自身验毒"的实验,结果全都安然无恙,人们这才无话可说，领导同意新药临床。

如此一番折腾，耽误了赴海南疟区临床实践的时间，等屠呦呦带着她的抗疟药到达海南昌江时，已是 1972 年 8 月。

昌江是当时的一大疟区，当地以脑疟为首的恶性疟疾已成不治之症，发病数日内便能致人死亡。屠呦呦用她的青蒿提取物，60 天里对 30 例疟疾患者做临床观察。其中既有本地人，也有外地人；既有间日疟，也有恶性脑疟。结果百分之百有效，用青蒿抗疟的疗法大获成功。

找到良药之后，屠呦呦并未停止工作。她认为必须用现代的科技方法，查明青蒿提取物中那种有效单体的化学结构，这样才能以化工的手段规模生产。同样是在 1972 年，中科院生物物理所用当时最先进的"X-衍射法"，帮助屠呦呦确定了青蒿提取物的分子式为 $C_{15}H_{22}O_5$。

1973 年，屠呦呦研发出青蒿素第一个衍生物双氢青蒿素，抗疟的疗效一下子提高了 10 倍。至此，她非常出色地完成了党和国家交给她的重任。同年，青蒿结晶的抗疟功效在云南地区得到证实，"523 办公室"决定，将青蒿结晶物命名为青蒿素，作为新药进行研发。

回顾当时的探索，屠呦呦说，那时候大家工作都很努力。"我们的工资待遇都挺低的，大家也不考虑这些，自觉来加班，争取快速推进工作。那时候没有名利之心，大家经常汇报各自的进展，齐心合力争取更快出成果。"她感叹，建设创新型国家一定要多提倡原创发明。"你有原创的东西，在国际上就会被另眼相看，能说服人。"

1976 年，项目组得到某国科学家正在分离蒿属植物类似物质的信息，以为与我国研究的青蒿素相同。在我国当年没有专利及知识产权保护法规的情况下，为了表明青蒿素是中国人的发明，1977年由屠呦呦所在的中国中医研究院以"青蒿素结构研究协作组"的名义在《科学通报》第22卷第3期首次发表了有关青蒿素化学结构及相对构型的论文《一种新型的倍半萜内酯——青蒿素》，引起世界各国的密切关注。

1978年，"523"项目的科研成果鉴定会最终认定青蒿素的研制成功"是我国科技工作者集体的荣誉，6家发明单位各有各的发明创造"——在这个长达数页的结论中，只字未提发现者的名字。当年大协作的"523"项目以"胜利完成"而告终。1984年，科学家们终于实现了青蒿素的人工合成。此后，中国科学家如接力赛一样，取得一批围绕青蒿素的重大科研成果。"那时候没有考虑到什么奖。国家需要做什么，就努力去做好。"屠呦呦坦陈，"我是搞研究的，只想老老实实做学问，把自己的事情做好，把课题做好，没有心思也没有时间想别的。"

1981年10月，青蒿素及其衍生物学术讨论会在北京召开。这次会议是世界卫生组织疟疾化疗科学工作组第一次在日内瓦总部以外召开的会议，是专为我国发明的抗疟药青蒿素及其衍生物进行全面评价和制定发展规划的一次重要的国际会议。学术会议报告了7篇论文，均由我方代表宣读。其中，屠呦呦代表中国研究人员作了题为《青蒿素的化学研究》的报告。

从实验室到临床，1986年，青蒿素获得了我国颁发的一类新药证书。一项特殊历史时期的任务，最终转化成全人类对抗疾病的武器，拯救了数不清的生命。2009年，屠呦呦编写的《青蒿及青蒿素类药物》由化学工业出版社出版。在多年研究生涯里，屠呦呦一贯保持低调。她对记者的提问很少作正面回答，常常说去看她的那本书就够了。作为科学家的屠呦呦，爱用这本260页厚的学术著作来与世界对话，对于其他方面她似乎不想谈得过多。在屠呦呦家里，可以看到厚厚的卷册已被翻得起了毛边。其中有一页印制粗糙的新药证书复印件，那是中国新药审批办法实施以来的第一个新药证书——(86)卫药证字X-01号。这份由中国中医研究院申报获批的证书上，并没有屠呦呦的名字。1996年，该研究小组又荣获"杰出科技成就集体奖"，屠呦呦在得奖人名排序中位居第七位。

作为"中国神药"，青蒿素在世界各地抗击疟疾中显示了奇效。2004年5月，世界卫生组织正式将青蒿素复方药物列为治疗疟疾的首选药物。英国权威医学刊物《柳叶刀》的统计显示，青蒿素复方药物对恶性疟疾的治愈率达到97%，据此，世卫组织当年就要求在疟疾高发的非洲地区采购和分发100万剂青蒿素复方药物，同时不再采购无效药。世界卫生组织表示，坦桑尼亚、赞比亚等非洲国家近年来疟疾死亡率显著下降，一个重要原因就是广泛分发青蒿素复方药物。

中国援助多哥医疗队队长王维忠介绍说，青蒿素药品治疗疟疾见效快、副作用小，用药后95%以上的病人都能治愈。王维忠还说，青蒿素不仅价格较奎宁低，而且使用方便，多哥当地人非常肯定青蒿素的疗效，尤其是口服药。据多哥洛美地区中心医院一位主管副院长介绍，青蒿素药物是该院治疗疟疾的首选，每年中国政府都会援助多哥青蒿琥酯抗疟药物，并对当地医务人员进行疟疾防治知识技能的培训和指导。

在肯尼亚的疟疾重灾区奇苏姆省，用中国重庆产的青蒿素药物"科泰新"治愈的一名患疟疾的孕妇，给生下的孩子取名"科泰新"；在南非的夸祖鲁－纳塔尔省，中国的复方蒿甲醚使疟疾患病人数减少了78%，死亡人数下降了88%；在西非的贝宁，当地民众把中国医疗队给他们使用的这种疗效明显、价格便宜的中国药称为"来自遥远东方的神药"……在屠呦呦眼里，青蒿素的发现是中国传统医学给人类的一份礼物。

迟到数十年的荣光

屠呦呦，当年对很多中国人来说也许还是一个比较陌生的名字，但在业内专家眼里，屠呦呦获诺奖并不意外。早在2011年，当屠呦呦作为第一个获得美国拉斯克医学奖的中国人，将金色奖杯高高举起之际，海外舆论即称其为"距离诺奖最近的中国人"，因为拉斯克医学奖在专业领域口碑极高，奖项设立至今，获得拉斯克奖的300多人中，有80余位科学家后来获得了诺贝尔奖。这份迟到的殊荣，给屠呦呦的人生添上了一抹浓重的夕阳红。

从青蒿到抗疟药，各种各样的人的贡献肯定少不了，但拉斯克奖并没有颁给整个团队，这是因为作为一个鼓励科学发现的奖项，拉

屠呦呦 | 低调的"青蒿素之母"

2011年11月15日，获得拉斯克临床医学研究奖的屠呦呦在北京出席中国中医科学院科技工作大会

斯克奖倾向于只授予最初始的发现者。在拉斯克奖评审委员会的描述里，屠呦呦是一个靠"洞察力、视野和顽强的信念"发现了青蒿素的中国科学家。

随着科学的发展和学科细分，现代重大的科学成就，往往都凝聚着集体力量和智慧，但西方之所以一直坚持把重大奖项给予个人，就在于这是对一个基本科学理念的回归：科学的进步缘起于独创性的思想。屠呦呦获奖，拉斯克奖评审委员会的三点评奖依据为此提供了最佳注解：一是谁先把青蒿素带到"523"项目组，二是谁提取出有100%抑制力的青蒿素，三是谁做了第一个临床试验。

"在人类的药物史上，我们如此庆祝一项能缓解数亿人疼痛和压力，并挽救上百个国家数百万人生命的发现的机会并不常有。"斯坦福大学教授、拉斯克奖评审委员会成员露西·夏皮罗如此评价发现青蒿素的意义。屠呦呦因此被称为"青蒿素之母"。

2015年6月，屠呦呦获得了另外一个奖，这个奖叫沃伦·阿尔珀特奖，理由还是奖励她对于抗疟有效单体青蒿素的重要发现。沃伦·阿尔珀特奖是由沃伦·阿尔珀特基金会与哈佛大学医学院联合授予的，由已故慈善家沃伦·阿尔珀特于1987年设立，以推动人类在生物医学方面的研究。至今，已有50多位科学家获此殊荣，其中有近10位获得诺贝尔奖。屠呦呦是第一位获得此奖的中国科学家。

2015年10月5日，瑞典斯德哥尔摩当地时间上午10时，瑞典卡罗林斯卡医学院的诺贝尔大厅内，挤满了来自世界各国的记者。11时30分，诺贝尔生理学或医学奖评委会秘书长乌尔班·林达尔和3位评委进入诺贝尔大厅。林达尔先后用瑞典语、英语宣布，将2015年诺贝尔生理学或医学奖的一半授予爱尔兰科学家威廉·坎贝尔和日本科学家大村智，另外一半授予中国药学家屠呦呦。屠呦呦的获奖理由是"有关疟疾新疗法的发现"。在林达尔宣布的同时，大屏幕上出现的照片和简介，让世界认识了一张"中国面孔"——照片中，屠呦呦戴着眼镜，嘴角微微带笑，简介中写着"生于1930年，中国中医科学院，北京，中国"。

北京时间10月6日15时，林达尔与屠呦呦通话，正式通知屠呦呦获奖，并向她表示祝贺，希望她能参加授奖仪式。

寄生虫病千百年来始终困扰着人类，并一直是全球重大医疗健康问题之一。寄生虫疾病对世界贫困人口的影响尤其严重。2015年的诺贝尔生理学或医学奖获奖者，在最具破坏性的寄生虫疾病防治方面作出了革命性的贡献。坎贝尔和大村智发现了阿维菌素，这种药品从根本上降低了河盲症和淋巴丝虫病的发病率，对其他寄生虫疾病也有出色的控制效果。屠呦呦发现了青蒿素，这种药品可以有效降低疟疾患者的死亡率。这两项发现为全人类找到了对抗疾病的新武器。这次诺贝尔生理学或医学奖奖金共800万瑞典克朗（约合人民币610.88万元），屠呦呦获得奖金的一半，另外两名科学家共享奖金的另一半。屠呦呦是诺贝尔生理学或医学奖首位中国得主，也是该奖项的第12位女性得主。当被问及如何使用诺贝尔奖的奖金时，屠呦呦笑言所得的奖金还不够在北京买半个客厅。

诺贝尔生理学或医学奖评选委员会主席齐拉特说："中国女科学

家屠呦呦从中药中分离出青蒿素应用于疟疾治疗，这表明中国传统的中草药也能给科学家们带来新的启发。"她表示，经过现代技术的提纯和与现代医学相结合，中草药在疾病治疗方面所取得的成就"很了不起"。

当中国人因为中国科学家屠呦呦斩获诺贝尔奖而欢呼雀跃的时候，更应铭记科学进步给人类带来的福祉。寄生虫引起的疾病已经困扰了人类几千年，而屠呦呦的发现显著降低了疟疾患者的死亡率，全球每年多达数百万人受惠于此。荣誉属于屠呦呦，属于中国。

对于屠呦呦因青蒿素而获诺贝尔奖，德国马克斯·普朗克胶体与界面研究所所长、抗疟疾药物研究专家彼得·泽贝格尔表示，这绝对是"实至名归"。青蒿素的发现，挽救了数以百万计的人特别是儿童的生命，这项长期且艰难的基础性研究显示出植物提取物在医药领域的巨大潜力，将诺贝尔奖颁给这项"对许多人生活产生积极影响的伟大研究"再合适不过。

2015年10月8日上午8点多，在原定的由国家卫计委、国家中医药管理局举办的庆功座谈会召开前，各路新闻媒体和参会嘉宾已早早落座，等待着诺贝尔奖得主屠呦呦的到来。9点整，在一行人的陪同下，屠呦呦乘电梯来到会议厅，第十二届全国人大常委会副委员长陈竺等上前迎接。看到诺贝尔奖得主现身，现场立刻响起一片掌声，屠呦呦看到大家，也露出了难得一见的笑容。

这次露面，屠呦呦依旧从容淡定。她身着暗花衬衣、黑裤子，外面套了一件浅色毛衣，看上去朴实无华。然而，就是这样一位老人，在40多年间领导着她的研究团队，经历了上百次失败，靠着坚持不懈、攻坚克难的初心，最终成功从中草药青蒿中提取出青蒿素，挽救了全球数百万疟疾患者的生命。

在座谈会上，屠呦呦进行了12分钟的发言，她先是回忆了青蒿素研究的一些经历："1978年我们召开了全国科学大会，那时候我就上台代表我们团队领了全国科技大会的奖状。1982年，奖励大会就有青蒿素的发明证书，也是我上台领奖的。1981年，科技上的交往已经非常多了，世界卫生组织也关注这个问题，就请求卫生部召开青蒿素的国际会议，这次会是中国的青蒿素第一次向国际公开，当时来了7位专家，有美国、英国、法国、印度等国的专家，他们听完报告以后，非常热烈地祝贺中国能够将传统医学和现代医学相结合，创造出全新的抗疟药，因为那时候疟疾已经产生比较严重的耐药性，所以他们认为这是一个很重要的成就。"

屠呦呦还提道："回顾一下近些年，已经得到了国际上很多的认可，今天得到的荣誉也是我们整个团队的，青蒿素（的发现）是我们自己单位的团队的功绩，还是'523'整个团队大家共同的荣誉，因为那时候，青蒿素的内部会议，大家都毫无保留地讲自己的发现。"

在2016新年贺词中，习近平总书记专门提到了屠呦呦，并称赞"只要坚持，梦想总是可以实现的"。

严谨而坚毅的"马大哈"

"呦呦鹿鸣,食野之蒿。"屠呦呦的名字源于《诗经·小雅》,意为鹿鸣之声,父母希望她平安快乐、自由自在。据考证,诗句中的"蒿"即为青蒿。呦呦这个名字和青蒿这种植物,跨越2000多年以这种奇特的方式联系在一起。屠呦呦是家中5个孩子中唯一的女孩,父母很宠爱她。为她取名的父亲,或许从未想到女儿会与那株小草结下不解之缘,继而让传统中医药在抗击疟疾方面大放异彩。屠呦呦说:"在我的童年,我目睹了民间中医配方救人治病的场景。然而,我从没有想到我的一生会和这些神奇的草药关系如此紧密。"

屠呦呦是宁波人,老家在宁波市海曙区开明街一带,房子是民国初期的建筑。这套房子的主人是屠呦呦的舅舅姚庆三。姚庆三是经济学家,曾任香港甬港联谊会会长,对香港中银集团的发展以及祖国的金融事业,贡献良多。很小的时候,屠呦呦就住在外婆家,她一直在那儿长大。屠呦呦是一个很恋旧的人,她曾托中学同学拍下老屋的照片寄到北京。姚宅目前保存完好,主体建筑坐北朝南,由前厅、大厅、正楼、后屋组成。前厅和大厅为面阔三间二弄的二层楼房,饰车木栏杆,廊楼板端面有卷草纹雕饰。正楼为面阔三间一弄、进深五柱的高平屋,五脊马头山墙。后屋为三间一弄硬山式高平屋。对于家乡的样子,屠呦呦记忆清晰,至今她的普通话中还夹杂着乡音。

听闻屠呦呦获得诺贝尔奖的消息后,姚宅一时间吸引了当地市民的目光，绕路或特地来此的市民不少。当年冷清的姚宅，一下子成了旅游胜地。木板门临街紧闭着，静止的门环也示意着"生人勿入"。不少游人选择在门前驻足，拍照留影。当地文保管理行政部门建议，将这幢见证了屠呦呦成长的老房子升格为文物保护单位。当然，将历史建筑升级为文保单位，有一套严格的程序要走。"其实这里不是我家，是我外婆家。抗日战争开始之后，我就住到外婆家里了，一直到上完高中考到北京医学院才出来。我父母过世了，我也很多年没有回去了。"屠呦呦说。

1948年春至1950年春，屠呦呦在宁波效实中学读高一高二。学校资料库里还保留着屠呦呦当年的成绩单，因为效实中学历来考试都比较难，所以她的分数看起来并不是很高。

1950年，由于效实中学和宁波中学一些班级的合并调整，屠呦呦转学到了宁波中学。

宁波市效实中学全体学子致屠呦呦校友的贺信中写道："您于1948年春到1950年春在效实学习，毕业后致力于医药学的研究，成为抗疟新药青蒿素的第一发明人，并因此获得了2015年诺贝尔奖，这是您的荣耀，是中国医学界的荣耀，也是我们效实人的荣耀！作为效实学子，我们对您的成就表示由衷的自豪和敬意。您坚持自己的梦想，选择生药学进行研究，探索具有悠久历史的中医药领域。我们钦佩您的执着、刻苦，我们相信您那勇攀科学高峰、致力于为全人类健康作贡献的精神，一定会激励一代又一代的效实学子刻苦学习，不断通过自己的努力构筑更美好的未来……"

屠呦呦在宁波中学的班主任、宁波市政协原主席徐季子用两个词语概括他对屠呦呦的印象："屠呦呦，优秀、幽静。当年，我是屠呦呦所在班的班主任，也是政治老师，我们当老师的都很喜欢她。"在徐季子的记忆里，屠呦呦是个好学生，聪慧、灵巧，不是一个捧着书死读的人，本身就有学习上的天赋。

宁波中学保存的档案显示，屠呦呦的父亲经商，母亲没有工作。屠呦呦的高中同班同学陈效中是清华大学的老教授，初中时与屠呦呦的丈夫李廷钊是同学，高中时与屠呦呦是同班同学。后来大家都考到了北京，两家人经常走动。时隔几十年，陈效中还能追忆起那段青葱岁月。陈效中说，屠呦呦是高二时从效实中学转到宁波中学的，在班上不声不响，成绩在中上游，并不拔尖。据陈效中回忆说，工作以后每次寒暑假回家乡，屠妈妈都会让他带好吃的土特产给宝贝女儿，"屠呦呦特别喜欢吃香螺，屠妈妈就做成腌香螺给她捎去"。

屠呦呦在宁波中学的校友翁鄞康说，当时他们一同在宁波中学读高三，男女同学之间很少说话，其实也并不是特别熟悉，只是觉得她为人很低调，表现也不是很突出，但是读书很认真。"她很普通，衣服穿得也很朴素，在同学当中，也不是特别引人注目，属于默默无闻型。"

屠呦呦十分低调，极少接受媒体采访。在普通人看来，她有些神秘，有些不食人间烟火。在朋友眼中，屠呦呦是个十足的"马大哈"。"屠呦呦生活上是个粗线条，不太会照顾自己，一心扑在工作上。有一次，她的身份证找不到了，让我帮忙找找，我打开她的箱子，发现里面东西放得乱七八糟的，不像一般女生收拾得那么停当。同学们见了后都笑话她。她家务事不灵光（擅长），成家后，买菜、买东西之类的事情她的先生分担得较多。"这是中学校友陈效中对她的印象。"她还有点马虎。"陈效中回忆说，"有一次，我们几个人来宁波开会，她因为有事单独回北京，结果火车停靠途中站点，她下车走走时，火车却开走了。"尽管在生活上"不拘小节"，但工作中的屠呦呦十分严谨，兢兢业业，碰到自己喜欢的事情会表现出异于常人的坚毅。谁能想到，一个在学术上成就不断的人，生活中也有不擅长却可爱的一面。

宁波中学教政治课的班主任徐老师曾回忆屠呦呦说："不是很活跃，话不多，很爱读书，总是低头看书，从小就是一个爱做学问的人，总是在很认真地读书，不爱参加娱乐活动。"

一夜之间，屠呦呦获得诺贝尔奖的喜讯，在宁波两所母校的校友群、朋友圈里传遍了。一位校友在朋友圈里说："这是一个值得永远铭记的日子，一位值得我们骄傲的校友，正在接受全世界人民的注目礼！"宁波中学校长李永培非常激动："这是宁波中学莫大的光荣，也是宁波中学历史上最重要的一个喜讯！她为宁波中学的历史添上了浓墨重彩的一笔！"

2012年，莫言获得诺贝尔文学奖之后，他的著作在各大书店、网站上火爆一时，一些热门书甚至卖断了货。诺贝尔奖效应在屠呦呦身上再次显现，只是屠呦呦是科学家，研究的青蒿素也是非常专业的东西，她发表的论文和著作本来就很少，书店里能够买到的也就是《青蒿及青蒿素类药物》，可这本书也是医学专业领域内的著作，除非专业人员，普通读者根本无法读懂。于是乎，古代汉医方剂著作《肘后备急方》便出其不意地火了起来。

《肘后备急方》是中国第一部临床急救手册。书中对天花、恙虫病、脚气病以及恙螨等的描述都属于首创，尤其是提倡用狂犬脑组织治疗狂犬病，被认为是中国免疫思想的萌芽。有趣的是，《肘后备急方》本身并没有特别突出用青蒿治疗疟疾这一药方，但屠呦呦和其研究团队研制成功后，出版社也以此为卖点，在封面上大字标明"国家一类药物'青蒿素'就源自该书治疗疟疾的一首单方"。在中国中医科学院门口的书店里，一个年轻的姑娘围着书柜转了一圈，似乎要找什么书，后来又拿出手机，指着一篇报道屠呦呦获奖的新闻，问售货员："有这个《肘后备急方》吗？"售货员说这是一本很老很老的书了，店里没货，女孩只好失望地离开。在淘宝网上，这本书也突然升温，过去很长时间都没有销量的书店，从屠呦呦获诺贝尔奖的当天下午开始，销量陡增。一时间，网上也惊现屠呦呦早年的亲笔书信，且被高价拍卖。对此，屠呦呦表示，对自己的书信在网上拍卖一事并不知情，也不同意书信被拍卖。

面对眼前的热闹，屠呦呦始终不愿多谈。她说："做了一辈子中医药，今天我只希望青蒿素能够物尽其用，也希望有新的激励机制，让中医药产生更多有价值的成果，更好地发挥其护佑人类健康的作用，这便是我最大的心愿了。"

屠呦呦生活在北京四环内一座建成十多年的小区里。获诺贝尔

屠呦呦 | 低调的"青蒿素之母"

诺贝尔医学奖获得者 屠呦呦女士

乙未秋 李亚作

屠呦呦漫画像（李亚 绘）

奖后，在屠呦呦家的单元楼门口坐着一位保安，这是其他单元楼没有的"配置"。很明显，保安是小区专门安排在这里为屠呦呦"挡客"的。屠呦呦身体不太好，尿糖有些高。在身体允许的情况下，屠呦呦还是会去单位，还是坚持做研究，因为她担任中国中医科学院中药研究所终身研究员兼首席研究员。

墙里开花墙外香的尴尬

85岁的屠呦呦，成为中国大陆第一个获得诺贝尔奖的科学家。这是一件值得举国欢庆的重大事件，毕竟中国人的"诺贝尔奖情结"太深太久，尤其是屠呦呦一无博士学位、二无留洋背景、三无院士头衔，她却成了全世界科学家的榜样、中国科学界获得诺贝尔奖第一人。

这个被学术界边缘化了的女人，自20世纪70年代初提出用乙醚提取青蒿素后，在长达40年时间里，只有1977年署名"青蒿素结构研究协作组"的一篇论文和2009年的一本专著。直到2011年，这个很特别的中国名字，被拉斯克奖砸中。诺贝尔奖颁给一直默默做事的屠呦呦，也说明学术不是说出来的，而是要踏踏实实做出来的。

多年来，中国经济高速发展的同时，中国的科学与技术的水平也在快速提高，但是有人一直对之无视甚或刻意贬低，其中，最为方便也最顽固的一个理由就是"中国科学家没能获得诺贝尔奖"。中国科学家为何无法获得诺贝尔奖？持此论者的理由很简单：中国的政治、经济、教育体制是获奖的障碍。比如有人认为，"有关部门真的想拿诺贝尔奖的话，首先要做的是改革中国的教育和科研体制"。也有人曾断言："在中国受了中小学12年教育的人，不管后来大学是读哈佛、耶鲁还是牛津、剑桥，注定不可能拿到诺贝尔奖！""因为想象力被修理得没有了。"（屠呦呦不光中小学，连大学也是在中国读的。）有"教育专家"也说："我们离诺贝尔奖越来越远。"一些"媒体经济学家"则认为，对于中国在科技上与美国缩小差距，"在目前体制下我觉得不要有太多指望"，过150年也"没戏"。

"中国注定与诺奖无缘"论者，他们批评起中国科研体制来义愤填膺、慷慨激昂，但是，他们本人是否具备起码的科学态度是很成问题的。当然，也有不少人预言中国科学家近期内将获诺贝尔奖。与"主流"舆论相比，科学家们对中国科技进步的观察与判断，则要公允得多、客观得多，遗憾的是，他们的观点不仅没有得到媒体的尊重，反而遭到了嘲讽。

"中国科学家得诺奖就是做梦！"虽然网络舆论里常常出现的这种话听起来刺耳，但一直以来也没有有力的证据反驳，直到屠呦呦成为中国大陆首个获得自然科学领域诺奖的科学家，瞬间把"中国科学家得诺奖就是做梦！"这类话摔个粉碎。对此，屠呦呦本人表现得比较淡定，表示获奖并不那么意外，这是中国全体科学家的荣誉。

屠呦呦也让人看到，无论是诺贝尔奖还是SCI（科学引文索引）论文，或是《科学》《自然》等国际刊物，都只是一种评价手段。最重要的还是做好自己。坚持学术方向、坚定学术追求、坚守学术信仰，没必要妄自菲薄，更没必要被牵着鼻子走。有些人还在怀疑"诺贝尔奖没有照顾中国人"，这种缺乏信心的表现已经不合时宜——科学大奖不会照顾任何人，只要有了足够的资格，自然就会被关注到。

不能否认，越来越多的中国科学家正在抵达科研前沿。但是，科研领域也有浮躁之风在萌生。一些人片面注重论文数量，不重质量；关注利益交换，缺乏奉献精神；热衷沽名钓誉，不重求实创新；甚至，一些所谓的专家学者剽窃成性，弄虚作假……科学的通途有很多走法，无论头衔和身份，无论领域和方法，"科学家"才是唯一的、纯粹的标签。有人描述得很形象：真正钟情于科学的人出发点并非想去拿奖，也许一辈子不会有惊艳的成果，有人可能用毕生精力，也只是在科学的某个关口书写了四个大字："此路不通。"没有对科学的热忱，没有对真理的执着，没有对国家和人民的担当，没有理想信念，注定难以成为世界级的科学大家。

从幕后走到舞台中央，屠呦呦平静地说："总结这么多年来的工作，我觉得科学要实事求是，不是为了争名争利。"屠呦呦当年发明青蒿素，并不是冲着得奖去的，而是为解决现实的医学难题。盯着功利的获奖目标去搞科研，只会与奖励渐行渐远。踏踏实实做研究的屠呦呦获得诺贝尔奖，给中国科学界、学术界带来了更多的信心，只要能进一步完善科研评价制度，让更多科学家能安心投入科研，在国家加大科研投入的背景下，我国科学家会更多地获得世界级的科研成果，也有更多问鼎诺贝尔奖的可能。

屠呦呦的成功是深深扎根于中国大地的成果。她长期收集整理大量的历代医籍、本草、地方药志的单方、验方，走访中医研究领域的众多前辈专家，进行反复实验研究，组织鼠疟筛选，夜以继日埋头实验室，反复进行抗疟实验研究，历经千辛万苦，最终研制出了青蒿素和双氢青蒿素。这是中西药结合研究的杰出案例，是中国医学"引进来、走出去"的经典成就。

屠呦呦喜获诺奖还激活了中医药是非的争议。近百年来，西医东渐，占据国内医学的主流地位，与之相对应的是中医边缘化。诺贝尔奖"花落"屠呦呦，反对中医的人自然不愿给获奖成果贴上中医的标签，而力挺中医的人则认为当之无愧。其实，屠呦呦的获奖提醒我们，中医和西医不是对手，需要的是联手，共同为呵护人类健康作出中国人独特的贡献，为医改这个世界级难题提供中国式解决办法。中医药界需要打开封闭的围墙，敞开胸怀接纳日新月异的现代科技，让古老的中医药再立新功。

屠呦呦获诺贝尔奖的伟大之处不仅在于获奖，更在于她获奖之前几十年的沉默。屠呦呦无论在获得拉斯克奖之前还是之后，都遭遇了种种争议和非议，但屠呦呦不作回应、不说废话，只管干好自己的工作，几十年如一日，用实际行动回应争议和非议。屠呦呦获得诺贝尔奖，既为她坚守了几十年的沉默做了一个注脚，也体现了她自身的价值，更回应了各种争议和非议。众所周知，屠呦呦无论获得拉斯克奖还是诺贝尔奖，都不是个人能够主宰的事情。屠呦呦个人能够主宰的，唯有搞好科研、搞出成绩、得到世界认可。

屠呦呦获诺贝尔奖，空前不该绝后。她获奖，给中国科学界带来的绝不只是一座奖杯，更为中国的科学研究和科研评价机制提供了指引和反思空间。透过这面多棱镜反求诸己，也能更好地推动我国科技事业固强补漏。中国还有多少科研成果与屠呦呦相近的科学家？继屠呦呦之后，还有多少中国人有望登上诺贝尔奖领奖台？以当下中国科学界拥有的资金和人才优势，如果始终尊重科学家的创造力，保持学术自由与独立，健全学术规范，并有一套完备的激励机制，中国科学界的前景将不可限量。

无论围绕屠呦呦的质疑有多大，有一点是可以肯定的：作为首位获得诺贝尔科学奖项的中国本土科学家，她标志着一个石破天惊的开始，和一个无限可能的未来。

张富清

隐姓埋名的"时代楷模"

ZHANG FUQING

国梁
大脊

ZHANG FUQING

　　张富清，1924年12月出生于陕西洋县，1948年3月入伍，曾任西北野战军359旅718团2营6连战士，被授予军"战斗英雄"称号、师"战斗英雄"称号和"人民功臣"勋章。新中国成立后，历任湖北来凤县三胡区副区长、卯洞公社革委会副主任、中国建设银行来凤支行副行长等。荣获"时代楷模""全国优秀共产党员"等称号，2019年9月被授予"共和国勋章"。2020年5月，被评为"感动中国2019年度人物"。

大国脊梁

―――

2018年底，湖北恩施土家族苗族自治州来凤县退役军人事务局进行退役军人信息采集时，张富清才不得不出示了尘封六七十年的军功证明：一张立功登记表、一张报功书、几枚勋章。这些资料和勋章清晰地记录着：他曾荣获西北野战军特等功一次、军一等功一次、师一等功一次、师二等功一次、团一等功一次，并被授予军"战斗英雄"称号和师"战斗英雄"称号，1950年他还获得西北军政委员会颁发的"人民功臣"奖章。工作人员被老人的赫赫战功惊呆了，老人也没有想到自己因此而成为"网红"。

即便先进事迹被发现，他也一直拒绝接受采访，于是有人只好骗他说是组织的要求，并提醒他把故事讲出来能教育、激励更多人，也是对党和国家事业更大的贡献。他这才接受采访。于是，他用一条腿撑起身体，忍着病痛，讲述平日里并不愿过多回忆的战火纷飞的岁月。

一提起牺牲的战友，老人的声音颤抖了，泪水溢满了他的眼眶："我的战功，和那些牺牲的并肩作战的老战友相比，差得很远。他们才是英雄，他们才是功臣！我现在人还在，生活等各方面都比他们享受得多，我有啥好显摆的，还有什么资格张扬呢？"他用手抹去泪水，老伴孙玉兰忙递上纸巾。

老人哽咽着，他的思绪飘到远方："那些牺牲的场景，至今仍深

张富清 | 隐姓埋名的"时代楷模"

张富清穿上老式军装,庄严敬礼(唐俊 摄)

深留在我的印象里……"

如果时光可以被浓缩收纳，那么张富清人生中最壮烈也最自豪的生命段落都封存在那只旧皮箱里。打开那只放在身边几十年的装有立功证书、报功书和"人民功臣"奖章的皮箱，仿佛打开了一个时光宝盒。硝烟、战火、轰鸣声……铁与血的气息从中升腾，弥漫老兵简陋的家。

硝烟散去，英雄退隐。一说起和平年代，老人常常会开怀而笑。过往走过的路、吃过的苦，哪怕经历的是常人难以承受的委屈和创伤，此刻全化成由衷绽放的笑容。

泛黄报功书背后的九死一生

1924年，张富清出生在陕西省汉中洋县一个贫苦农民家庭。张富清很小就饱尝艰辛。父亲早逝，大哥夭折，母亲拉扯着兄弟姊妹3个孩子艰难度日。为了减轻家中的负担，张富清十五六岁就当了长工。

1945年，家里唯一的壮劳力二哥被国民党抓走当壮丁，张富清用自己换回二哥。因为羸弱，他被关在乡联保处近两年，饱受欺凌，后被迫加入国民党军队当杂役——做饭、喂马、洗衣、打扫等，稍有不慎就会遭到皮带抽打，目睹了国民党军队的种种劣行。

1948年3月，瓦子街战役中，西北野战军把国民党部队"包了饺子"，张富清随着四散的人群遇到了人民解放军。"我早已受够了国民党的黑暗统治，我在老家时就听地下工作者讲，共产党领导的是穷苦老百姓的军队。"被"解放"的他没有选择回家，而是主动要求加入人民解放军，成为西北野战军第2纵队359旅718团2营6连一名战士。

换上新军装，一个崭新的世界在他面前徐徐展开。国民党官兵又抢又赌，团长一夜能赌输全团的军饷。而解放军"很仁义、很规矩"，从不拿老百姓东西，借什么一定归还，损坏了赔新的；如果老百姓不愿意借，那决不勉强……张富清从小就听说过共产党，向往过共产党，亲眼看到的一个个细节让他震撼：竟然和传说中的一模一样！

"让老百姓耕者有其田，过上好日子，这就是我期盼的！"两支迥然不同的军队对比强烈，让"解放军战士"张富清下定决心："我要为穷苦人去打仗！"

"一加入解放军，我就没怕过死。"入伍后，正赶上西北野战军军事政治整训，时间不长，瘦小的张富清精神面貌大变。慢慢地，他发现，连队每次执行任务，共产党员敢冲锋、敢硬拼，不犹豫、不躲闪——他真心钦佩这些"老同志"。

1948年7月，胡宗南三大主力之一、国民党整编第36师向北攻击，进至陕西澄城以北冯原镇壶梯山地区后，因发现解放军设伏，迅即就地构筑工事，转入防御。

位于冯原镇的壶梯山，长约7公里，地形险要，守军国民党第28旅第82团构筑了一个个暗堡，企图成为"啃不烂"的骨头。西北野战军第2纵队啃的正是这块骨头。暗堡前，战友一个个倒下。"我去炸掉它！"张富清报名参加突击组。

壶梯山暗堡高约1米，地面以下挖得深，敌人从射击孔中疯狂扫射，死死封锁住我军进攻线路。解决这样的暗堡，在上面扔手榴弹不行，必须从侧面接近，从射击孔塞手榴弹进去。在火力掩护下，伴着呼啸的子弹，张富清时而匍匐，时而跃进，迂回往前冲。

靠近后，他拉开手榴弹引线，朝喷着火舌的暗堡射击孔塞进去。"轰"的一声，机枪哑了，战友们起身冲上来。

那天是8月8日。张富清的右手臂和胸部被燃烧弹烧伤，至今仍留有一片片褐色疤痕。而他却称之为"轻伤"。

当日16时，解放军向壶梯山发起总攻，全歼敌第28旅第82团，致使国民党整编第36师防御支撑点坍塌，全师动摇。一怒之下，胡宗南将其师长革职留任，旅长、团长撤职关押。

此役至关重要。张富清当时并不知道，高度关注战况的彭德怀竟顺着电话线，找到第2纵队司令员兼政委王震的指挥所，抵近观察。

我军乘胜追击，一举收复韩城、澄城、合阳。澄合战役宣告胜利，党中央致电祝贺。

张富清荣立一等功。他获得的军功章简单粗糙，却弥足珍贵。他仔细包好，装进背包。

由于作战勇猛，当年8月张富清便被连队推荐火线入党。入党介绍人是连长李文才、指导员肖友恩——70多年来，这两个名字，深深刻在张富清的脑海中。

张富清说，他多次参加突击组打头阵，但当年他的身体其实很瘦弱，他打仗的秘诀是不怕死："只想着炸掉它，没感到怕。你不怕死，说不定就真死不了；要是畏畏缩缩，敌人就会把你打死。一冲上阵地，满脑子是怎么消灭敌人，决定胜败的关键是信仰和意志。"

为什么要当突击队员？张富清淡淡一笑："从入党那一天起，我就把自己交给了党，坚决按照入党宣誓去做，为党为人民我可以牺牲一切。"轻描淡写的一句话，却有惊心动魄的力量。

老人回忆，那时候解放战争进入战略反攻阶段，几乎天天在行军打仗。每次连队布置突击任务，他都报名。手一举，就意味着准备受伤、准备牺牲。这些，他都想过了。

"突击队员就是'敢死队'，是冲入敌阵、消灭敌军火力点的先头部队，伤亡最大。我是一名共产党员，在党需要的时候，越是艰险，越要向前！"张富清说，自己心中始终有一个信念——只要党和人民需要，情愿牺牲，牺牲了也光荣！

他的战功，次次来自突击，如："在东马村带突击组6人，扫清敌人外围，消灭了少数敌人，占领敌人一个碉堡，给后续部队打下缺口，自己负伤不下火线，继续战斗。"

如果当时能留下照片，那么突击组长张富清应是这个样子：脸熏得像锅底，目光敏锐坚定；肩挎冲锋枪，身背炸药包，腰上插满手榴弹；军衣上血迹斑斑，烧得到处是洞；赤着双脚，鞋常在突击中跑掉；四周是摧毁的工事、烧黑的黄土、纵横的尸体。据他的讲述，可以还原出这样的画面。

"那时，身上的棉衣又是血又是汗，太阳一晒，很臭。饿了，找到啥吃啥，不管上面有没有血。"张富清说。对他来说，死都不怕，这些算什么。

其实，张富清也怕，战争的残酷让他在几十年后仍会在深夜里突然惊醒。令他记忆深刻的永丰战役，"一夜之间换了3个营长、8个连长"。那是1948年11月27日夜。

当年11月23日，敌第76军南撤至陕西渭南的蒲城县永丰镇以西的石羊地区。25日下午，在解放军追击下，该部主力逃回永丰镇，困兽犹斗。

永丰镇，围寨高而坚固。国民党第76军军长李日基，将主力布置在永丰镇和附近几个据点，并重兵控制两边高地，形成支撑点。

西北野战军迅速决定，集中第2、第3纵队主力，围攻永丰镇。战至26日晚，我军肃清外围据点，迫使敌第76军万余人麇集于土城内。

这注定是一场惨烈的攻坚战。敌人凭借高厚坚固的寨墙顽固抵抗。27日晨，我军发起的第一次总攻未能奏效。黄昏，我军重新调整部署，第2纵队两个团、第3纵队独立第5旅担负攻歼永丰镇国民党第76军的任务。张富清所在6连担任突击连。

之前，我部队伤亡很大，东北角寨墙侧面的两个碉堡是国民党守军两处主要火力点。是夜，连队决定成立突击组，炸掉那两个碉堡，确保攻击部队上去。张富清任突击组长，带两名战士子夜出击。

依旧清瘦的他浑身是胆，携带1支步枪、1支冲锋枪、2个炸药包和16枚手榴弹，这几乎是他的负重极限。3名突击组员跃出坑道，

68

快速抵近，趁着夜色，抠着墙砖缝隙攀上三四米高的寨墙。张富清第一个跳了下去。

听到动静，敌人围了上来，他端起冲锋枪猛扫，令敌猝不及防，一下撂倒七八个。突然，他感觉头被重重地砸了一下，用手一摸，一块头皮翻了起来，满脸都是鲜血，原来是子弹擦着头皮飞过。如果子弹飞低一寸，那自己肯定"光荣"了。

此刻，张富清已经顾不得这些，冒着枪林弹雨匍匐前进接近敌人的碉堡，用刺刀挖出一个土坑，将捆在一起的8颗手榴弹和一个炸药包码在一起，再盖上一层土。

接着，他用手一拉，侧身一滚，"轰"的一声，碉堡被炸毁。瞬间，尘土、石头、弹片四处飞溅，空气滚烫。趁着烟雾，他迅速逼近第2座碉堡，如法炮制，又成功了。

从跳下寨墙那一刻起，他就没准备回去，一股巨大的力量从心中腾起。无限的勇气，让他打出了自己都惊讶的战绩：炸毁2座碉堡，缴获2挺机枪、数箱弹药。

"痛快！"一放松，他才感到伤口剧痛，吐出一口鲜血。他满口牙被穿云破石般的爆破震松，3颗大牙当场脱落，其余的后来陆续掉光。

此刻，总攻尚未开始，他用满是鲜血的双手紧握钢枪，"打退敌人数次反扑，坚持到天明"。凌晨3点，冲锋号吹响。拂晓，我军主力部队攻入永丰镇。

永丰一战，西北野战军共歼国民党军第76军2.5万余人，俘虏了敌军长李日基，粉碎了胡宗南的军事部署，有力配合了淮海战役，同时也解决了部队粮食问题。

战斗结束后，张富清被战友搀回，卫生员赶紧给他处理伤口。他发现，自己带的两名突击组员没回来，也找不到遗体。他深感自责：没把两个战友照顾好，自己还活着，可他们牺牲了，连掩埋一下、立个坟头的责任都没尽到啊！

枪声歇息，夜幕沉沉。他抱着冲锋枪，一宿未眠，一会儿躺下，一会儿坐起来。不是因为伤口痛，而是心痛！一想起两个瘦高的战友，他就痛哭失声……

是役，张富清因为作战英勇，荣立西北野战军特等功，被授予"战斗英雄"称号，晋升为副排长。西北野战军司令员兼政委彭德怀签发的报功书上说，张富清"因在陕西永丰城战斗中勇敢杀敌，荣获特等功，实为贵府之光、我军之荣"，"特此驰报鸿禧"。表彰大会上，王震亲自为他佩戴奖章，也喜欢上了这位小个子英雄，此后见面就鼓励他。彭德怀也因此认识了张富清，行军途中遇见，总是亲切地说：你在永丰战役表现突出，立下了大功！我把你认准了，你是个好同志！

"人民功臣"打补丁的搪瓷缸

张富清入伍后，几乎天天打仗，一直没有给家里写信。因为没有收到过儿子的家书，远在陕西汉中的母亲以为张富清已经牺牲了。直到1948年底，一张西北野战军寄来的特等功报功书送到母亲手里，她才知道儿子不仅活着，还成了战功卓著的英雄。

1949年2月1日，西北野战军整编为第一野战军。张富清所在团整编为第2军第5师第14团。

在1949年5月至7月"陕中战役、扶眉战役经过图"上，一段段红粗箭头，标注着第2军的战斗路线，东起蒲城，途经泾阳、咸阳、兴平、扶风，西至宝鸡。与西柏坡嘀嘀的电报声同样急切的是解放军指战员奔袭作战的脚步。

"一野"发出动员令，号召全体指战员：为"解放整个大西北而战斗"，"敌人逃到哪里必须追到哪里，不给片刻喘息机会"。各部队冒风雨，忍饥饿，连续奔袭。"那段日子，除了打仗，没记起在哪个地方停过。"张富清回忆说。张富清和战友们夜以继日，攻城拔寨，风卷残云。

7月底，"一野"三路大军陈兵陕甘边境，直指平凉——宁甘两省的咽喉。队伍中的张富清第一次走出陕西。

新中国成立前夕，党中央决定："第一野战军必须在1949年冬结束西北解放战争，以便明年进入和平建设，新疆不能例外。"新中国成立那天，张富清跋涉在进军酒泉的路上，喜讯是两天后听到的。"新中国成立啦！"他和战友们格外高兴，举枪高喊！

新中国成立后第4天，"一野"第1兵团在酒泉召开进疆誓师大会，号召部队"把五星红旗插上帕米尔高原"。酒泉至喀什，2500多公里，要穿越戈壁瀚海，翻越雪山峻岭。有人说，这支部队开始了

"第三次长征"。

挺进途中,张富清和战友们时常高唱由王震的诗谱成的战歌:"白雪罩祁连,乌云盖山巅。草原秋风狂,凯歌进新疆。"当时,张富清已作为战斗骨干调入第2军教导团。在吐鲁番过冬后,教导团徒步1600多公里,于1950年三四月间到达喀什。

"到哈密后,再没打过光脚板。以前,没鞋穿是常事。"他脚底的老茧又厚又硬,"赤脚不影响行军打仗"。张富清说,不光有了新军鞋,还有了新军装。"部分官兵换上黄色的新军装,还有了新棉衣。"而全体换装,是到了南疆以后。

吃饭,终于都用上碗了。此前,尤其是奔袭途中,开饭时,炊事员都是把食物或往军帽里、或往衣襟上、或往几片树叶上一扣,大家边吃边走。"到喀什后,能经常洗衣服了,用开水一烫,烫死的虱子漂一层……"半年后,军衣上才没了"小动物"。

教导团到疏勒后,也迎来一边开荒一边建营房的激情岁月。在"大草湖",张富清和战友们搭起帐篷,拉开"军垦第一犁"。

1950年,西北军政委员会颁布了《解放大西北人民功臣奖章条例》,张富清因为功勋卓著,被授予"人民功臣"奖章。

1950年,朝鲜战争爆发。"雄赳赳,气昂昂,跨过鸭绿江……"如火的战歌一路传到祖国西陲,已是连职军官的张富清和战友们慷慨激昂,主动请缨参战。1953年,中央军委从各大军区抽调有作战经验的军官到北京集中,准备入朝作战。屡立战功的张富清和几十名战友从新疆出发马不停蹄赶往北京,又一次准备奔赴战场。一行人,背着面粉做的坨坨馍，星夜兼程。沿途，公路仍很欠缺，他们有车时就坐一段，大多时候是徒步。"能通车的地方就坐车，不通车的地方就走路。到达北京时，很多人的脚板早已磨出了厚厚的血茧。"张富清回忆。

那一趟，走了一个来月，万千山岗、风雨冰雪都经历了。途经鄯善，遭遇沙尘暴，黄沙遮天蔽日，一行人蒙着纱布才能睁开眼睛、辨识路线，行进极其艰难。"路上缺水，在补给站装一壶水，渴得受不了才舍得喝一口，干得口鼻出血，有人还晕倒过。到北京后，我感到很疲劳，吃饭不大吃得进去，接连好几天只想喝水。"在北京整装待发之际，《朝鲜停战协定》签署。他们随即被送往文化速成学校学习文化知识。

几个月后，董必武任总团长的"全国人民慰问人民解放军代表团"赴各地部队开展慰问活动。当时，张富清正在武汉的中国人民解放军防空部队文化速成中学学习。慰问团来到这里，作为上级抽调的优秀军官，他和战友们一人获得一块纪念章、一只搪瓷缸。

日后，张富清工作的地点一变再变，但是随身携带的物件里，始终有这只搪瓷缸。时间久了，搪瓷缸被磨破，张富清拿牙膏皮补好后继续用。补了又补，实在没法再用，他就拿来装牙膏。如今，搪瓷缸被他小心收藏了起来。对于老人来说，这只搪瓷缸，不仅仅是喝水的杯子，而且装着部队的回忆，装着军人的荣誉。不论是端着喝水，还是闲暇之余看上一眼，这只陪伴他多年的搪瓷缸都让张富清感受到战友们仿佛还在身边。凝视着它，仿佛就回到过去的岁月，听到隆隆炮声，看到那些牺牲的战友在冲他微笑……

脱下戎装依旧是一个"突击队员"

1954年冬，陕西汉中洋县马畅镇双庙村，19岁的妇女干部孙玉兰接到部队来信：张富清同志即将从军委在湖北武昌举办的中国人民解放军防空部队文化速成中学毕业，分配工作，等她前去完婚。

同村的孙玉兰此前只在张富清回乡探亲时见过他一次。满腔热血的女共青团员，对这位大她11岁的解放军战士一见钟情。张富清同孙玉兰简单的书信往来，让两颗同样追求进步的心靠得更近。

"我看中他思想纯洁，为人正派。"部队来信后，孙玉兰向身为农会主席的父亲袒露心声。临近农历新年，孙玉兰掏出攒了多年的压岁钱，扯了新布做了袄，背上几个馍就上路了。她搭上货车，翻过秦岭，再坐火车。从未出过远门的她呕了一路，呕出了血，见到心上人的时候，她腿肿了，手肿了，脸也肿了。

在两年速成班学习期间，张富清在语文、算术、自然、地理、历史等课程的得分，基本在四分及以上（五分制）。彼时，一个崭新的国家百业待兴，各行各业需要大量建设人才。支援地方建设的号召一出，张富清本可以选择回原籍工作。一天，组织上对连职军官张富清说：湖北省恩施地区条件艰苦，急需干部支援。

拿出地图一看，那是湖北西部边远之地，张富清一时有些犹豫。他惦记着部队，又想离家近些，可是面对组织的召唤，他好像又回到军令如山的战场。

"部队号召我们到最艰苦的地方去,到最需要的地方去建设祖国。哪里最困难,我就去哪里。"张富清了解到湖北最艰苦的地方是恩施,恩施最偏远的地方是来凤,本来可以凭军功留在大城市的他二话没说,便把工作地选在了来凤。

孙玉兰原以为,两人在武汉逛一阵子就回陕西老家。谁知张富清说:组织上让我去恩施,你同我去吧。他又一次担任起"突击队员",赶赴"一脚跨三省"的人才匮乏的鄂西深山。

被爱情召唤的孙玉兰,追随张富清去来凤。二人沿长江溯流而上,背着简单的行装,爬上陡峭的巴东码头石梯,顺着崎岖的山路一路向西。怀着改变山区贫困面貌的坚定信念,张富清与孙玉兰长途跋涉了整整一星期,才来到来凤县。这一来,就是一辈子。

"当兵的人,思想纯洁,所以嫁给他。"说起自己与老伴的相恋与相处,80多岁的孙玉兰满脸洋溢着幸福。

这里是恩施最落后的山区。当一对风尘仆仆的新人打开宿舍房门,发现屋里竟连床板都没有。所有家当就是两人手头的几件行李——军校时用过的一只皮箱、一床铺盖,半路上买的一个脸盆,还有那只人民代表团慰问时发的搪瓷缸。

孙玉兰有些发蒙,张富清却说:"这里苦,这里累,这里条件差,共产党员不来,哪个来啊!在战场上死都没有怕,我还能叫苦磨怕了?"

到来凤后,张富清用一块红布将革命战争年代用生命换来的勋章包好，与证书一起装进那只皮箱中，从此封存了那段戎马倥偬的岁月，也封存了那些非凡的战功记忆。他一心一意要干好每件工作。

大山深处，成了张富清人生的第二个战场。在来凤工作的30年时间里，张富清有20多年在农村度过。少则一年，多则两年，他就要"转移一次阵地"。他先后在县粮食局、三胡区、卯洞公社、外贸局、县建行工作，1985年在县建行副行长岗位上离休。工作30年，他从没提过军功，也从没向组织提过任何要求。那只古铜色的皮箱，张富清带在身边已有60多年，锁头早就坏了，一直用尼龙绳绑着。

"天无三日晴，地无三里平，人无三分银。"——这是当时来凤农村的真实面貌，在那个百业待兴的年代，来凤经济凋敝、民生困难，县城也仅三街九巷5000余人，建设和发展的任务极其繁重。面对新的困难，从革命战争年代走过来的张富清没有丝毫退缩。

张富清在来凤的第一任职务，是县城关粮油所主任。当年的电影《难忘的战斗》讲的是新中国成立初期反动派特务阴谋卡住城市粮源，试图颠覆新生的革命政权。面对敌人制造的粮荒，军管会组织粮食采购工作队，深入农村，发动群众，收购粮食，支援城市。管好粮食，是新中国成立之初尤为重要的一项工作。张富清一头扎进工作里，处处身先士卒，日夜加班加点。即便如此，大米还是供不应求。为彻底解决大米供需矛盾，张富清想方设法买来设备，办起大米加工厂。

一日从军，军魂入骨。无论在哪个岗位，张富清都保持着军人的作风。他说："军人就是要不怕苦、不怕累，不计较个人得失，坚决完成任务。"三胡区粮食短缺，干群关系不好。当时担任副区长的张富清，时常在村民家里一蹲就是二十来天，与村民同吃同住同劳动，"让村民看看共产党的干部是什么样"。三胡区当年就顺利完成了为国家供粮、为百姓存粮的任务。

因为张富清能干，这个村子刚刚搞好，组织上又把他派到另一个村去攻坚。究竟住过多少村，张富清已经记不清了，只是记得那些年，自己像部队里的突击队员一样，哪里最困难就把他调到哪里去，到处打攻坚战。他的一生，就是这样在突击与坚守中塑造了纯粹与高尚，成为一座令人仰望的人格丰碑，成为一面烛照灵魂的人生镜子。

按照国家拥军优属政策，张富清的妻子孙玉兰被招录为三胡供销社公职人员，端上了"铁饭碗"。但三年困难时期，全面精简机构人员，作为来凤县三胡区副区长的张富清首先动员妻子"下岗"，放弃令人羡慕的工作。"要完成精简任务，就得从自己头上开刀，自己不过硬，怎么做别人的工作？"

思想工作好做，实际困难却难解。"下岗"后，为了贴补家用，孙玉兰当过保姆，喂过猪，捡过柴，做过帮工。回忆那段艰辛岁月，孙玉兰不住地摇头："苦，太苦了，吃穿用、养育子女都成问题。"小儿子张健全这样回忆："父亲一个人的工资维持不了全家的生活，每次放了学，我们就去捡煤块、拾柴火、背石头，或者帮妈妈盘布扣，我们几个都学会了缝补衣服。"

1960年初夏，不到20天的时间里，陕西汉中老家连续给张富清发了两封电报，一次是因为他母亲病危，一次是因为他母亲过世。张富清的父亲1932年病故，当时他才8岁。艰难的岁月里，母亲撑起了这个家。得知母亲病危的那段时间，他正在主持三胡区一项重要的培训，原本想等工作告一段落再回去探望，却没想到竟是天人永隔。

母亲去世后20多年，他离休后才再次踏上故土，祭拜母亲。多年之后，张富清在日记中写下这样一段文字，解释了当初的选择："由于困难时期工作任务繁重脱不开身，路太远，钱也不足，我想我不能给组织添麻烦，干好工作就是对亲人们的最好报答。自古忠孝难两全。"

他是一个英雄，也是一个凡人。那个特殊的年代，在尽孝和工作之间他选择了后者。但是，母亲，是他心里永远的痛！

张富清就是革命的一块砖，哪里需要哪里搬！在来凤县工作的30年里，他一次又一次地主动担任"突击队员"。1975年，他调到来凤卯洞公社担任革委会副主任。当年卯洞公社班子成员分配工作片区，张富清抢先选了最偏远的高洞片区，那里不通路、不通电，老百姓常常吃不上饭，是全公社最困难的片区。

张富清暗想："这是必须攻克的堡垒，要一边领导社员生产，一边发动群众修路，从根本上解决村民吃饭和运输公粮的问题。"为了修进入高洞的路，他四处奔走、申请报批、借钱筹款、规划勘测……约5公里长的路，有至少3公里在悬崖上，只能炸开打通。张富清不仅要筹措资金、协调物资，还要组织人手、发动群众。有的社员"思路不大通"，认为修路耽误了生产。张富清就住到社员家的柴房，铺点干草席地而睡，帮着社员干农活、做家务。

农闲时节，早上5点，张富清就爬起来，一边忙活一边交心。吃过早饭，他就举个喇叭喊开了："8点以前集合完毕，修路出力也记工分。"

上午11点和下午5点半，一天两次，开山放炮，大家都要避险，回家吃饭。一来一回，要费不少时间。有时赶不及，张富清就往嘴里塞几个粑粑，灌几口山泉水。

一年到头，不到腊月二十八，孙玉兰很少能见到丈夫的身影。有的时候，惦记他没吃的、没衣服穿，她就让孩子们放了学给他送去。一次，大儿子张建国背了两件衣服、一罐辣椒上山了。十来岁的孩子走到天黑还没赶到，只得投宿在社员家中。第二天，等到天黑，父子俩才打个照面。社员们看在眼里，记在心里："这个从上面派来的干部，是真心为我们想啊！不倚老卖老、夸夸其谈，工作中总是挑最困难的任务。"

从抵制到触动，从被动到主动，群众在张富清的带领下有了积极性。为了更好地开展工作，张富清连续4个多月住在村民家的柴房里。120多个日日夜夜里，抡大锤、打炮眼、开山放炮，张富清和群众一道苦干，在国家没有投入、没有专项征地拆迁费用的条件下，在海拔1000多米的悬崖绝壁上修通了一条能走马车、拖拉机的土路，圆了高寒山寨土家族苗族儿女的世代梦想。

后来，张富清要调走的消息传开了。临走的那天，孙玉兰一早醒来，发现屋子外面站了好多人。原来，社员们赶了好远的路，自发来送他了。"他们守在门口，往我们手里塞米粑粑，帮我们把行李搬上车，一直到车子开了，都没有散。"回想当年的情景，孙玉兰笑得很自豪。

当时，张家住在卯洞公社一座年久失修的庙里，20多平方米的房子里挤了两个大人、四个小孩。就在那时候，张富清的大女儿患了脑膜炎，因未能及时救治而留下后遗症。

张富清转业到地方工作的30年，是国家经济困难时期，家家都为生计发愁。作为一名领导干部，他先后分管过县城的粮油供应、三胡区供销社和卯洞公社船厂、桐油经销等，可以说每个岗位都是"肥缺"，稍微"灵活一点"，至少全家人不会饿肚子。但在小儿子张健全的记忆中，最深刻的印象就是饥饿。当时由于生活困难，不少干部都会向单位借钱，但张富清从未向组织反映过任何困难，也从未享受过任何困难补贴。就连自己的工资，他也没有认真查看过，"组织给多少就要多少。钱少了不够花，就计划着开支"。

20世纪80年代初，张富清刚到中国建设银行来凤支行时，只有5人，而且没有独立的办公场所，只得借用其他单位的土瓦房，5人挤在一间办公室。等到他1985年离休的时候，建行已经有40人。其间，他还想办法解决了职工办公室和宿舍问题。那时来凤建行主要的业务——拨款改贷款业务，也是在张富清的努力下发展起来的。

2019年5月26日，新疆阿克苏军分区某团政委王英涛一行3人赶到湖北来凤，看望老英雄张富清，送上"最美老兵"绶带和奖杯、一套军装以及大枣、核桃、葡萄等新疆特产。当天下午4时，在来凤医院的病房里，张富清因颈椎疼痛，正在输液，见到老部队来人，张富清很激动，紧握着他们的手，眼含泪花，说："部队培养了我，教育了我，使我成长为一名革命军人，我为有幸成为718团的战士而骄傲和自豪。"老人现场将军装穿上，庄严行军礼！在介绍部队情况和交流互动中，王英涛邀请张富清回部队走走看看。张富清表示，只要身体条件允许就要回老部队看看。

张富清曾服役的原西北野战军第2纵队359旅718团，现在新疆阿克苏市。"从1949年跟随王震将军挺进新疆，1953年精简整编后，我们团就一直驻守在这里。"王英涛说。该团也称"三猛"团。1948年宜瓦战役后，718团被原西北野战军第2纵队授予"猛打、猛冲、猛追"荣誉称号。

2019年5月，习近平总书记对张富清先进事迹作出重要指示强调，老英雄张富清60多年深藏功名，一辈子坚守初心、不改本色，事迹感人。在部队，他保家卫国；到地方，他为民造福。他用自己的朴实纯粹、淡泊名利书写了精彩人生，是广大部队官兵和退役军人学习的榜样。要积极弘扬奉献精神，凝聚起万众一心奋斗新时代的强大力量。

一条腿也要把位置"站正"

1959年，张富清来到来凤县的第4个年头，一座革命烈士陵园在县里拔地而起。陵园里，一座用青石砌成的革命烈士纪念碑巍然挺立。碑座四周分别刻着毛主席语录以及贺龙元帅的题词。这座陵园里，埋葬着长征时牺牲在这里的红军将士。

烈士陵园距离张富清现在所住的老建行小区，直线距离只有几百米。离休后，张富清时常带着孙子、外孙到这里走走。孩子们在绿地上嬉戏，张富清则站在纪念碑前久久凝望。小外孙好奇地问："外公，你在看什么？"张富清笑着蹲下来，摸摸外孙的小脑瓜，告诉他这里有革命烈士。

听着孩子们追逐打闹的欢笑声，张富清总会想，如果当年并肩作战的战友还在人世，那么或许也和自己一样儿孙满堂，享受天伦之乐。他有时也会想，那些牺牲的战友，他们的名字是不是也被镌刻在祖国大地的某一块纪念碑上？

孩子们一天天长大，张富清依旧时常去烈士陵园走走，这一走就到了2012年。那一年之后，张富清再也没有去过烈士陵园——因为那一年，88岁的张富清左腿膝盖脓肿，最后不得已，只能截肢。

"战争年代腿都没掉，没想到和平时期腿掉了！"张富清很伤感，但面对家人时却很乐观。对于88岁的老人来说，进行截肢手术可不是一件小事。张富清这个倔强老兵表现出的坚毅，让所有人都颇为吃惊。

老兵暮年，气概不减。张富清决心已定，要站起来，不给人添麻烦。"我还有一条右腿，还可以站起来。"伤口刚愈合，他便用一条独腿做支撑，沿着病床移动，后来慢慢扶着墙壁，练习走路。这个老兵开始了一场新的"战斗"——重新学习走路。每一趟下来，汗水把衣服浸透。有时走不好，还容易把自己弄伤。家里的墙上，还有他受伤

张富清 | 隐姓埋名的"时代楷模"

张富清与老伴（唐俊 摄）

留下的血迹。

张富清的腿在流血,孙玉兰的心也在跟着流血。这时,张富清总是笑着对老伴说:"没事,我得赶紧学会走路,才能陪你去买菜。"凭着惊人的毅力,这位老兵打赢了人生的这一仗。

仅仅一年,张富清就能够拄着助步架自如行走,不仅兑现了陪老伴去买菜的诺言,还能拿着大勺给老伴炒菜煮饭。他在助步架上安装了一块长条木板,站在灶台前做饭时,他就将自己残缺的左腿放在木板上。他还自己洗澡,有时嫌家人卫生做得不好,他还要再打扫一下。儿女们劝不住他,看着他艰难的样子,只得红着眼睛,用毛巾垫在他的背上,为他吸去汗水……

儿孙们回到张富清家,时常会看到这样的温馨画面——张富清系着围裙在灶边炒菜,孙玉兰就站在旁边静静地陪着他。看到这一幕,儿子张健全觉得父亲真了不起,"这老头从不向病痛低头"。

在子女们的印象中,父亲一直用行动默默影响着他们。张富清4个子女,患病的大女儿与老两口相依为命;小女儿是卫生院普通职工;两个儿子从基层教师干起,一步步成长为县里的干部。"我经常对儿女说,找工作、找出路不能靠父亲,只能靠自己努力学习,要自强不息、自己奋斗。"张富清说,"我是共产党员,是党的干部,如果我照顾亲属,那群众对党怎么想?怎么对得起党,怎么面对老百姓?"只有一条腿的张富清,"站"得笔直、挺拔。

大儿子张建国高中毕业后想参加招工,分管这项工作的张富清不仅对儿子封锁信息,还让儿子响应国家号召,下放到卯洞公社的万亩林场；大女儿常年看病花钱，他从未向组织伸过手；小儿子读书考学，他有言在先："我没有力量，也不会帮你找工作。"

时至今日，张富清还住在当年建设银行来凤支行分配的宿舍里。不到老人家里，哪能想到老英雄离休后住的是老旧的筒子楼。走过小区的通道，好像是穿越了一条时间走廊，时光一下子被拉回到20世纪80年代。30多年过去了，当初的简易装修早已老旧不堪，泛黄的墙壁、斑驳的木门、拼凑起来的家具、被熏黑的厨房诉说着主人的勤俭。过着朴素的生活，张富清却知足感恩："我吃得好、住得好，比以前不知道好了多少倍，比贫困农民也好很多，我有固定待遇。"

2018年11月，建行来凤县支行行长得知张富清因白内障要做手术，叮嘱老人和家属："您是离休干部，医药费全报，还是用个好点的晶体，效果好些。"到了医院，医生也向张富清推荐了7000元以上的几款晶体。没想到老人自己向病友打听，了解到别人用的是3000多元的晶体，立刻"自作主张"，选择了3000多元的晶体。该行行长问老人家是怎么回事，老人说："我90多岁了，不能为国家作什么贡献了，能为国家节约一点就节约一点吧！"

张富清把自己的降压药锁在抽屉里，强调"专药专用"，不许同样患有高血压的家人碰这些"福利"。他的衣服袖口烂了，还在穿，实在穿不了了，他就做成拖把；残肢萎缩，用旧了的假肢不匹配，他塞上皮子垫了又垫，生生把早已愈合的伤口磨出了血……

馒头、白开水，张富清一天的生活，是这样开始的。早晨起来，他打开电视看看国际新闻和"海峡两岸"。看国际新闻，他想的是人民军队必须强军兴军；看"海峡两岸"，他盼望的是台湾早日回到祖国的怀抱。

香港回归那一天，从不熬夜的张富清，硬是守着电视等到午夜12点。那一夜，张富清坐在沙发上，静静地看着电视直播。五星红旗在香港上空升起的那一刻，张富清心潮澎湃。两年之后，澳门回到祖国怀抱。75岁的张富清又熬到夜里12点，等着电视直播结束，他才肯去休息。

2015年9月3日，天安门广场举行隆重的胜利日大阅兵。此时已经91岁的张富清端坐在电视机前，目不转睛地盯着电视里的每一名官兵、每一辆战车。陪伴在身边的老伴知道他曾是个老兵，却不知道那一刻张富清的胸中涌动着怎样的巨浪……

他和他的战友们是这个国家的缔造者、见证者，他们曾站在历史舞台的中央。如今，他已经退到历史舞台边缘，但他的目光从未离开历史舞台的中央！他的心始终与这个国家的发展紧密相连。

因病截肢后，他坚持下楼锻炼，和老伴一起买菜，中午带个粑粑回来当中饭。一碗苞谷饭、一碟黄豆合渣、一盘炒青菜，这是张富清的晚饭。素淡的饮食，一如老人离休后恬淡的生活。老人整天笑呵呵，尽管他笑时只剩下一颗牙露在外面，但他还是微笑着面对生活，微笑着看待过去的那些峥嵘岁月。

迎难而上，为党和国家而战的突击队员本色，张富清保持了一辈子。来凤县原教委主任向致春记得，当年他担任过张富清小儿子和小女儿的小学班主任，每次去家访，饭桌上总是"老三样"：青菜、

张富清 | 隐姓埋名的"时代楷模"

左腿截肢的张富清依靠支撑架活动(唐俊 摄)

馒头、油茶汤。"我在他家吃过不下10次饭，没见过肉腥。"向致春笑言，张富清当时是来凤县卯洞公社革委会副主任，是老百姓眼中的"大官"，但家里的伙食比一些社员还差。

"我有空就种种花，这一种就种了快10年。"9盆绿植，在阳台上直线列队，间距相等。在张富清自制花架的归拢下，所有花枝全部挺拔向上，像一列威武的士兵。仔细端详，这9盆绿植是一个品种：仙人指，属仙人掌科。仙人掌，在荒无人烟的沙漠里也能生长，寓意"不畏艰难，坚忍不拔"。

张富清家整洁得像军营，箱子里的衣物用打背包的方法整整齐齐地捆着，好像随时准备出发。事实上，从在部队第一次申请加入突击组那天起，突击队员的精神品格便刻进了他的生命。

餐桌，是他用一条凳子加木板拼成的。书桌上，两本翻掉封面的《新华字典》，一本是1953年版，一本是1979年版，被他用透明胶补了一道又一道。张富清只上过速成中学补习班，1955年转业到地方工作后，文化成了他工作上的"拦路虎"。如何提高文化水平？他买来《新华字典》开始自学，他笑称这是"无声的老师"。孙玉兰也说："他还讲人不学习要落后，你晓不晓得？机器不用要生锈。他就经常说我，你不爱学习，不爱刻苦，说我要学习，你看那字典就是我们两个人的老师。"

几十年下来，靠着两本《新华字典》，老人利用工作间隙学习《毛泽东选集》《邓小平文选》等著作，阅读《人民日报》等报刊，掌握党和国家的大政方针。桌上还有一本《习近平总书记系列重要讲话读本》，因为时常翻阅，封皮的四周早已泛白。书里醒目的红色圆点和波浪线，是老人阅读时做下的标记。在书的第110页的一段文字旁，他写下："要不断改造主观世界，加强党性修养，加强品格陶冶，老老实实做人，踏踏实实干事，清清白白为官，始终做到对党忠诚、个人干净、勇于担当。"

离休后，他每天坚持读报，并坚持做读书笔记，还将报纸上的重大时事消息和时评做成剪报。午休后阅读《人民日报》，晚上准时收看电视《新闻联播》，是他的日常生活。他说："工作上离休了，政治上、思想上绝不能离休，要常常学习，检查自己。"张富清最欣慰的是一家四代有6个党员。

有人说，张富清和他的战友们用肩膀扛出新中国，扛起祖国的建设，扛起人民的幸福。这就是民族的脊梁！他瘦小的肩膀如此强大，是因为肩膀之下有一颗忘我的心，迸发着源源不断的力量。只要是党的安排，张富清没有丝毫犹豫，他说："开始是为了人民求解放，后来是为了人民过上好日子。"

转业到地方，他的职务上升很慢，甚至很多年停留在一个台阶上，直到离休，还是副科级。无论在什么岗位上，他都不以英雄自居，留下"政声人去后"的清誉，以无私奉献绽放人生、烛照他人，始终以共产党员、革命军人的标准严格要求自己、为家人立规矩，这也是英雄本色之所在。他的身材并不高大，但是他在人们的眼里是伟岸的，他不只在早年从戎时屡立战功，也在中年转业后恪尽职守，还在晚年离休期间奋进不息。

英雄无言，深藏身与名，张富清靠的是党员的信仰，为的是不负入党的誓词。在部队，他保家卫国；到地方，他为民造福。越是平凡处，越是见初心。突击，彰显的是使命担当；坚守，彰显的是初心本色。当这两个鲜明特征在张富清身上完美叠加时，如果用两个字来形容，那就是"纯粹"。每次选择，每次岗位和身份的变换，他考虑的从来不是"我需要什么"，而是"党需要什么""人民需要什么"。什么是对党绝对忠诚？什么是对人民的赤子情怀？张富清在一次次人生关键之处的选择便是答案，他用自己的朴实纯粹、淡泊名利书写了精彩人生。

如果不是这次退役军人信息采集，老英雄的故事可能依旧无人知晓。淡泊名利的张富清，其实很富有。战争年代出生入死，一枚枚军功章镌刻着他的荣耀，他的经历很富有；和平时期，为贫困山区奉献一生，用共产党人的本色赢得群众信赖，他的精神很富有。理想信念是这个时代最宝贵的精神财富。张富清自豪地说，从入党那一天起，自己时刻按照入党誓词去做，党交给的任务从来不拖欠，国家的便宜一分都不占。这话朴实无华，既形象地概括了他一生的突击，也生动地表达了他一生的坚守。不忘初心、不负使命、不改本色，张富清为我们树立了一个坚守信仰的时代标杆。

精神富足、生活朴素、追求纯粹——他的名字"富清"，正是他一生的写照！

钟南山

院士的专业与国士的担当

ZHONG NANSHAN

国梁
大脊

ZHONG NANSHAN

钟南山，著名呼吸病学专家。1936年10月出生于江苏南京，中国工程院院士，曾任广州医学院院长、党委书记，广州呼吸疾病研究所所长，广州呼吸疾病国家重点实验室主任，中华医学会会长，现为广州医科大学教授、国家呼吸系统疾病临床医学研究中心主任、国家卫健委高级别专家组组长。2020年9月被授予"共和国勋章"。

提起抗击"非典"那场关系到无数人生命安全的重大战役，人们自然会想起"钟南山"这个名字，作为一面旗帜，钟南山是那场战役中最耀眼的明星之一。

2019年底，新冠疫情暴发。面对未知的病毒，人们渴望一根"定海神针"。2020年1月，八旬高龄的钟南山院士临危受命，第一时间登上了开往武汉的列车。

艰险的抗"非典"战场上他立下赫赫"战功"

钟南山是国内最早觉察到"非典"蔓延的严重后果并果断向有关部门提出紧急报告的人。据钟南山回忆，第1例非典病人2002年11月底出现在佛山，而他首次接触到的非典病人则是第2例、来自河源的病人。2003年1月初，钟南山按照常规到广州呼吸疾病研究所（简称"呼研所"）重症监护室查房，见到了刚从河源被送来的呼吸困难的垂危病人。当时他对病人进行体察、分析，发现病人发烧并不很严重，其他器官没什么异常，一个很突出的特点就是肺很硬。会诊以后用了很多抗生素还是不解决问题，钟南山考虑病人患的是急性肺损伤，就试用了一下大剂量皮质激素来进行静脉点滴治疗。很意外，第2天、第3天病人的情况明显好转，钟南山感到非常惊奇。后来他更惊奇地发现与河源的两个病人接触的又有8个人感染了。

广博的医学知识与多年的行医经验告诉钟南山，这是一例非常值得关注的特殊传染病。他马上指示将情况报告给广州市越秀区防疫站，同时要求做好防护隔离工作。接着，中山市也报告出现了类似"怪病"与医务人员被感染的情况。情况越来越严重，钟南山意识到当务之急应该弄清这种病的症结所在，找到预防与治疗方法。因为这种肺炎不明原因，所以一开始的命名为不明原因肺炎。但是称它是"不明原因"很容易造成一些误会，特别是香港有报道说这是炭疽性肺炎，还有人说是鼠疫、腺鼠疫性肺炎、禽流感。其实从病人的分泌物，从血清等各方面的检查都排除了这类猜测。后来钟南山提出"非典型性肺炎"，卫生部认可了这一提法，并补充为"传染性非典型性肺炎"。

2月11日，广东省卫生厅紧急召开新闻发布会，钟南山出现在这次会议上，这是他在"非典"期间的第1次公开露面。在这次会议上，钟南山以科学家的远见卓识郑重宣称：非典型肺炎并非不治之症，而是"可防、可控、可治"，"绝大部分病人是可以治愈的"。钟南山学术方面的权威身份和从容笃定的自信，给人们吃了一颗定心丸，社会舆论日趋平稳。

随着一个个危重病人被迅速地转移到呼研所，"非典"的攻坚战就此打响。由于早期危重"非典"病人传染性非常强，在病发高峰期，有时为救治一个病人，会有两三名医护人员倒下。短短时间内，广州医科大学附属第一医院有26名白衣战士被感染，重症监护室的

6名业务骨干,一下子就被放倒了4个。死神近在咫尺。然而,在钟南山带领的这个英雄集体里,没有一个人临阵逃离,没有一个人犹豫彷徨。前面的人倒下了,马上有人紧急补上;倒下的人一经治愈,立即义无反顾重返战场。年近七旬的钟南山始终身先士卒,不顾个人安危,坚守重症病房。在探视病人时,为了检查患者的口腔,他把自己的头凑到距离病人不到20厘米处细细观察。钟南山肯定知道"非典"强烈的传染性,但是作为专家,他更想知道这个病是怎么回事儿。"你不做一些了解的话,你怎么能够得到第一手的资料?另外我也有点自信,我想身体好的人(会好些),不会每个人都得病的。"

2003年4月3日世界卫生组织对广东抗击"非典"高度评价,他们认为,世界卫生组织希望找到的治疗非典型肺炎的经验在广东找到了;以钟南山为首的广东专家摸索出来的治疗经验,对全世界抗击"非典"有指导意义。

体育成为他的家庭特色

如果说钟南山以医学为事业追求,那么运动则是他的业余追求。

钟南山曾有过一段辉煌的体育获奖的历史。1954年,上中学的钟南山第一次代表学校参加广州市的运动会,就获得了400米赛跑的第4名。1955年9月,钟南山进入北京医学院医疗系。钟南山在医学院读书的时候,仍没有放弃对运动的追求,成了名副其实的运动健将,田径、游泳、篮球、举重都是他的至爱。1956年,钟南山获得了9所

钟南山 | 院士的专业与国士的担当

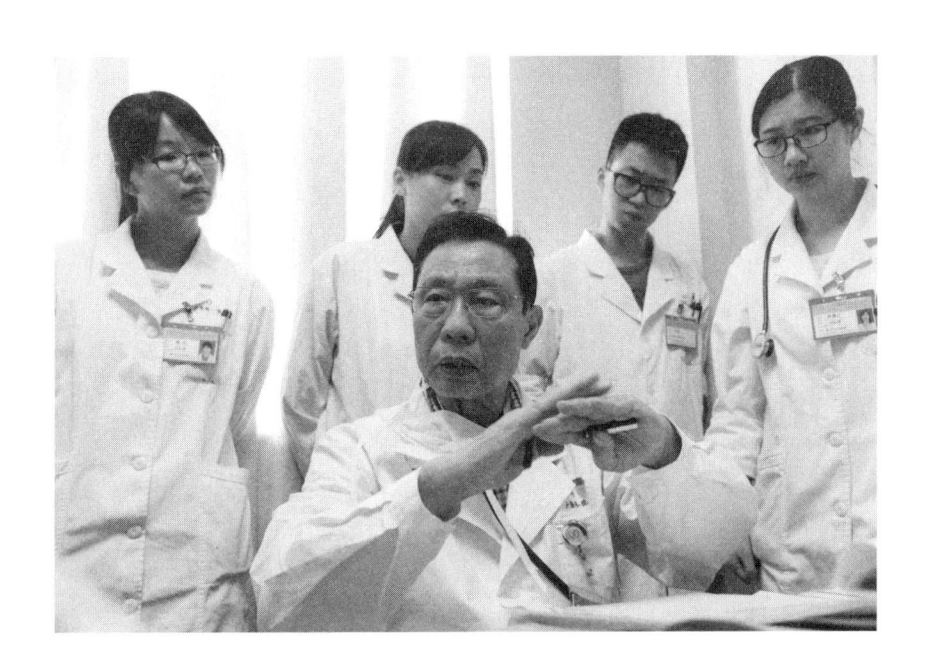

钟南山院士在广州医科大学附属第一医院诊室内为患者分析病情（邓华 摄）

院校运动会400米赛跑项目第1名。大学3年级时，钟南山作为北京医学院的运动员代表参加了北京市高校运动会。以往北京医学院参加这样的运动会，总是与奖牌失之交臂。可这一年，钟南山在运动会中摘取了400米赛跑项目的桂冠，为北京医学院争了光。

对体育运动的酷爱，也成全了钟南山与夫人李少芬一段美好姻缘。20世纪50年代，一个平平常常的日子，在一位朋友家里，钟南山和李少芬相识了。当时，李少芬已经是"体育明星"了。1936年出生于广东省花县（现为花都区）的李少芬，有着极高的运动天赋。她1950年入选广州队，1951年参加中南区篮排球选拔大赛，入选中南区女子篮球队，1952年入选国家女篮，是个能里能外，中锋、前锋和后卫三个位置都能打的技术全面的运动员。她是新中国成立后第一批被周总理和贺老总送去苏联学习的运动员，曾任中国女子篮球队的副队长，在队中是绝对主力，主要得分手，有"李多分"的绰号。李少芬曾代表国家队参赛13年，电影《女篮五号》就是取材于她和队友们的故事。因为是同乡，又有共同的爱好，钟南山与李少芬一见如故，彼此间的距离很快拉近，发展了恋爱关系。没有过多地在花前月下卿卿我我，他们相约在学业上互相帮助，在球场上互相鼓劲。在钟南山的影响下，李少芬还自学了好几门医学课程。

从运动场走到婚姻殿堂，这段似乎并不遥远的路途，花费了他们近10年时间。当年的体委负责人李梦华和荣高棠对李少芬说，如果你们女篮拿了（第一届新兴力量运动会）冠军，你就可以结婚。两位领导竟然给她开出这么高的结婚条件，好在英勇的女篮完成了这项任务。1963年12月31日,钟南山和李少芬在北京举行了简朴的婚礼。

2003年,"非典"流行期间,李少芬非常害怕钟南山生病,每次他回来便首先问他有没有去病房查病人,要是有的话在门口就把他截住,"指挥"他脱下衣服先去洗澡,接着便把他所有衣服拿去洗干净。让钟南山感到内疚的是,当时家里人也受歧视,别人都不敢与他们接近,害怕他们和钟南山有过接触而携带病毒。那时,李少芬已经退休,照顾钟南山成了她的主要生活内容。她说,那时钟南山领导着抗"非典"的工作,自己便是他的"营养师"和"贴身秘书"。在家庭抗击"非典"战斗中,她把所有能用的知识都用上了。"他病的那几天,不想吃饭,体重下降得很厉害,我真的很着急。过去我当运动员,当体工队副大队长,东奔西跑,他帮我;现在,该我帮他了!"

每周四的下午,是钟南山开专家门诊的日子,这也是钟南山雷打不动的规矩。每到这一天,呼吸疾病研究所1楼的门诊室就人头攒动,候诊区排满了,走廊也排满了,一直到外面的过道也站着等候专家门诊的病人。人们都是冲着钟南山教授来的。专家门诊开诊时间是下午两点半,但钟南山每次都提前半个多小时来到诊室,做门诊前的最后准备。一切就绪后,钟南山长达7个多小时的专家门诊就开始了。从下午两点一直到晚上10点,中间是川流不息的病人,根本没时间休息。钟南山出门诊的习惯,让李少芬也形成了一个习惯。每周四晚上9点,她总会提着保温瓶,到呼研所给钟南山送饭。当钟南山送走最后1位病人的时候,李少芬总是赶紧将晚饭送到钟南山面前,她担心钟南山一会儿又因为忙别的事情而忘记吃晚饭。

钟南山当选中国工程院院士后，广州市科协举行庆祝会，可不管怎么动员李少芬，她就是不愿出席会议。庆祝会结束后，已是晚上9点多了。当有人问李少芬怎么没来参加庆祝会，钟南山深情地说："如果没有她（李少芬）操持家务，我怎么也抽不出这么多的时间来工作。她在省体工大队当副队长，训练工作也很忙。本来我也动员她来参加会议的，可是怎么说她都不肯。她说这是个'洋玩意'，挺别扭的。这回好了，这束花就可以送给她了。"

"80后"谈养生

由于多年坚持锻炼，80多岁的钟南山看起来像60多岁。他担负着繁重的工作却依然神采奕奕，显得年轻又充满活力，钟南山的养生秘诀令人们非常好奇。

钟南山表示，养生的第一要义就是心理平衡，这是最重要也最难做到的一点。2005年8月的一天晚上，钟南山觉得心脏不适，呼吸困难，幸而得到及时救治而无大碍。就在钟南山情绪低落之际，他接到了表哥的电话，第一句话是："祝贺你！"钟南山心里说："我这么倒霉，还有什么好祝贺的？"没想到表哥接着说："之所以祝贺你，第一是因为你这个病没有发生在出差途中，可以很及时地就医；第二，梗死的只是很小一段血管，不是重要部位；第三，这件事正好给你一个警告：要注意身体了！"钟南山听完解释以后，感到表哥说得很有道理。他说，这其实就是要求人辩证地看待人生的挫折。谈到具体的平衡技巧时，钟南山引用了一句古话：祸兮福之所倚，福兮祸之所伏。"即要从失败与挫折中寻找积极因素，从而达到新的心理平衡。"

作为医学专家，钟南山很注意健身，每天跑步。"但我从来不晨跑，因为根据人体的规律，早晨跑步对身体不好。早晨人的内脏功能处于完全放松的状态，如果进行锻炼特别是剧烈运动，心脑血管适应不了，这就是为什么有人在早晨跑步会发生猝死。"钟南山跑步一般选择在下午，利用下班以后晚饭之前的时间。"我只有在这个时候有空。"如果时间宽裕，他会来到离家近的公园里跑跑步；如果时间紧，那也一定要在家里的跑步机上出出汗。钟南山每天除了坚持跑步，拉扩胸器和举哑铃也是他经常锻炼的项目。为了加强肌肉训练，钟南山在卧室的墙壁上安了一个单杠，平时做做引体向上。钟南山说："我现在的状态感觉像是中年，还没有到功能减退的时候，还需要体质锻炼。"对钟南山来说，每天不运动是很难受的，"当你把锻炼身体看得与吃饭一样重要时，就能找到运动的时间了"。

生活中的钟南山一般是早上6点钟起床锻炼、学习，8点钟上班，下午6点下班，中午是一定要休息的。晚上回家吃完饭后看报，看到10点左右还要工作一会儿，11点吃夜宵。总的来讲，他的作息时间比较规律。而且，钟南山不挑食，每日吃4餐，适当补充维生素，牛奶天天喝。他的原则是：第一，不吃太饱，每顿饭都只吃七八分饱。第二，注意吃蔬菜和鱼。第三，对食物不太挑剔，也不太忌口。他不吃燕窝，也不喝参茶，因为他认为这些用处不大，但他吃多种维生素,这个习惯已经保持了10多年。

甲型H1N1流感袭来之时

2009年,甲型H1N1流感突如其来,引发了全球包括中国民众的高度关注。作为抗击"非典"的领军人物,钟南山曾如此评价甲型H1N1流感和"非典"带给我们的影响:我想那次SARS(重症急性呼吸综合征,通常简称为"非典")是一次遭遇战,这一次我想我们现在采取的一些措施应该是个前哨战。SARS的遭遇战意味着什么?意味着根本就不知道它是什么,一开始连病原也不知道,就知道它可能人传人,当然也采取隔离措施,采取了很多的办法,经过那次的教训,对这种人畜共患的传染病,现在认识度提高了,提高了很多。另外对它的警惕性也提高了很多,所以今日不同往日了,不能同日而语,就是说这一次不是个遭遇战,目前来看是一个前哨战,也就是说我们打前哨,一方面监测,另外一方面把住关口,加强海关监管。对来自疫区的人进行监测,还有就是在国内发现的病人,早点儿追踪,必要的时候进行隔离,等等。这一次大家都有备而来的话,我相信会有很大的不同,意思就是说,现在一开始就主动了,我觉得这是最大的不同。

甲型H1N1流感是一种具有高度传染性的急性呼吸道疾病,由A型流感病毒引起,病毒在猪群中通过气溶胶、直接和间接接触传播,无症状携带病毒的猪也可传播,人感染猪流感病毒被称为H1N1流感，H1N1 指代病毒表面的糖蛋白。钟南山在接受采访时指出，出现在墨西哥城的猪流感，对青壮年的威胁更大。为什么越是体质好、免疫功能强的人，反而越容易被甲型 H1N1 流感夺命？钟南山指出：这是因为越是年轻、体质强壮的人，身体的免疫功能越敏感，发挥的免疫能量就越高。甲型 H1N1 流感一旦侵入这样的人，其人体的免疫细胞就会迅速释放，因为免疫功能旺盛，一下子释放太多，就会破坏人体自身免疫细胞的平衡状态，对身体造成更大的伤害。

在狡猾而隐蔽的新冠病毒面前

新冠病毒来势极为凶猛，同时又狡猾而隐蔽。

2020 年 1 月 18 日，钟南山正在召开一个紧急会议，讨论前一天在深圳看完的两例病人的情况。会议开到一半，接到通知，上级请钟南山去武汉看看，而且必须当天就到。

下午在广东省卫健委的会议一结束，钟南山立刻出发去广州南站。一路上他愁眉不展，喃喃说道："没想到，2003 年'非典'过去了，17 年后又出现这么大的卫生应急事件。"

此时是春运期间，往武汉方向的火车票早已销售一空，在铁路部门的帮助下，钟南山终于在餐车车厢内找到一个位置坐下，可以拿出电脑来看看资料，很多事情还需要综合研判。晚上 10 点多，终于到达武汉，钟南山从高铁站直奔武汉会议中心，国家卫健委相关同志简要介绍了当前情况，会议结束时已是深夜。

大 国 脊 梁

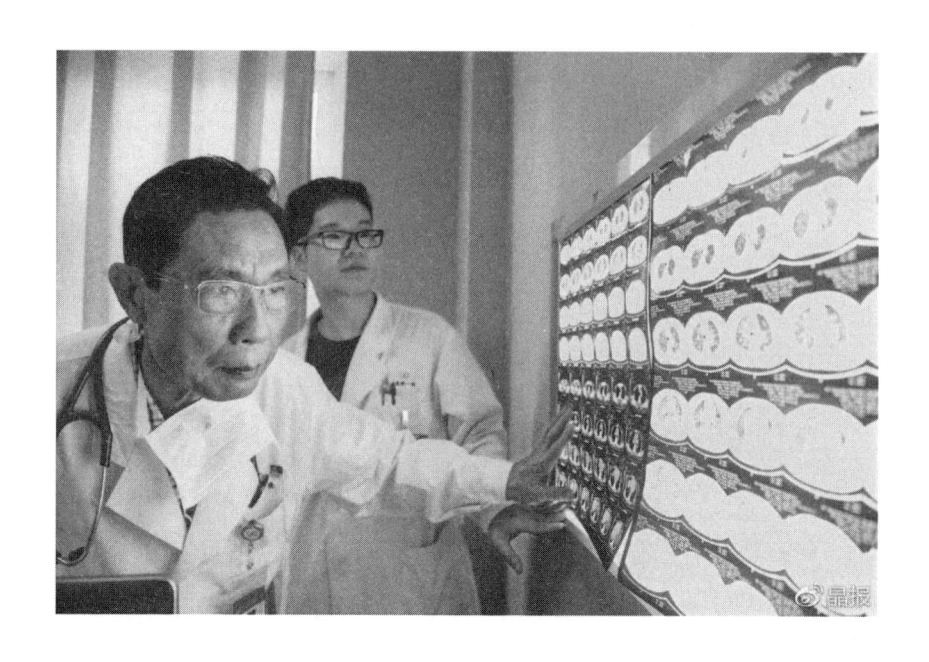

黄鹤望霾悲切切，南山出战骨铮铮（图为钟南山在诊断病情）

1月19日早上9点，众多高级别专家组的成员已经在武汉会议中心汇聚，武汉市卫健委的同志首先对当下疫情进行了通报，钟南山随后与其他专家一起前往武汉市金银潭医院和武汉市疾控中心，简要了解有关情况。接着就是继续开会讨论、研究，一直到下午5点，会议结束后钟南山马上乘机飞往北京。晚上9点多，钟南山抵达北京，刚入住酒店便接到国家卫健委的通知，马上参加紧急会议，当时已是11点钟。在国家卫健委一直开会到第二天凌晨1点半，钟南山回到房间休息时已是凌晨2点。

1月20日，早上6点起床后，钟南山开始反复研究昨晚国家卫健委对当前疫情的研判和各位专家的建议。7点半，他和几位专家集中乘车前往国务院汇报工作，一直到12点左右才结束汇报回到酒店。但下午1点半要参加疫情防控专家讨论会，会后还要参加国家卫健委组织的新闻发布会，他中午没时间休息了。

下午5点，新闻发布会开始，在国家卫健委的组织下，钟南山和几位专家分别对媒体提出的问题进行了回答，一直到7点才结束。晚上9点，他接受中央广播电视总台《新闻1+1》栏目的采访，跟主持人白岩松进行了连线。结束后，确实有点累了，钟南山无奈地笑道："感觉脑袋都木了。"

……

连续几天，钟南山实地了解疫情，研究防控方案，上新闻发布会、连线媒体直播，解读疫情最新情况……工作和行程安排得满满当当。他的面孔和声音，开始接连在电视节目中出现，回应社会关切。

他代表国家卫健委在新闻发布会上发言时指出新型冠状病毒"肯定人传人",存在医务人员感染的风险;他提醒公众提高防范意识,出门最好佩戴口罩,勤洗手,没有特殊情况不要去武汉;他认为对感染者进行前端隔离,并严密跟踪密切接触者,是目前防控疫病传播的最好手段;他告诉我们,有信心不会让"非典"重演⋯⋯

钟南山针对疫情有关防控情况作出的一系列回应,仿佛一颗"定心丸",迅速安抚了民众恐慌的情绪,更新了人们对疫情的认知,产生了巨大的影响力。网友纷纷热议:"看到钟南山就安心了。""总有敢担责任,负重前行的人出现。""钟老,民族的脊梁,武汉加油!"⋯⋯

1月23日,充分考虑疫情态势,中央作出决策,武汉实施"封城"。此举也相当于宣告了中国与新冠病毒的"战争状态",一系列战时措施随后在武汉乃至湖北启动,并向全国扩展。

1月29日,由钟南山担任组长的广东省新型冠状病毒感染的肺炎重症病例会诊专家组对广东省5例危重症患者进行首次远程会诊。这次会诊,持续了4个多小时。

1月30日,由于临时接到北京通知,钟南山一大早要赶至机场,他不得不把与"世界上知名的病毒猎手"、美国教授维尔特·伊恩·利普金的约见提前至早上6时,地点则改在广州白云国际机场,他们就新型冠状病毒感染的肺炎疫情进行了探讨。

之后,钟南山奔赴北京中国疾控中心参加座谈会。当日,国务院总理李克强在会议上就进一步加强疫情方面的科学防控听取了专家意

钟南山 | 院士的专业与国士的担当

"共和国勋章"获得者钟南山 （刘大伟 摄）

见。会议开始前,李克强说,本该与大家握手的,但按你们现在的规矩,握手就改拱手了。会议结束后,李克强与专家们告别时,特意对钟南山说:"还是握一次手吧!"

钟南山一直在不停歇地工作、赶路、交流,即使上了飞机,他依旧在坚持工作,研究危重病人的治疗方案,并认真做记录。如此奔波忙碌后,钟南山的眼睛里布满了血丝,夫人李少芬看在眼里,疼在心里。"你们能不能让他多睡一会?"然而,相伴半个多世纪的她,了解丈夫的脾气,"劝是劝不住的,因为他太在乎自己的病人了。"

事非经过不知难。如今,越来越多的人认识到新冠病毒的狡猾,也切身体验到疫情对人类社会的巨大危害。但在2020年年初恐怕谁也料不到,疫情会以如此猛烈的方式肆虐全球。病毒突袭而至,来势汹汹,中国迎战的风险和难度超乎想象:如何对当时尚未充分认知的病毒进行防控?如何在春运大潮中阻断病毒传播?如何确保数目庞大的患者应收尽收、应治尽治?如何确定有效的治疗手段和药物……诸多未知,需要应对。有人说,中国提前做了一场"闭卷考试",在病毒传染国内人口不到0.006%时就勒住了"脱缰野马",创造了人类与传染病斗争史上的奇迹。这样的"中国答卷",来之不易,感天动地。

国外一些政客和媒体指责"中国刻意瞒报疫情",钟南山强调,我国用事实证明疫情相关信息的公布是及时、公开、透明的。疫情发生后,钟南山作为国家医疗与防控高级别专家组组长赶赴武汉,在通报中,代表专家组率先指出病毒"肯定有人传人现象"。"当时向中央提的建议就是，宣布中国武汉暴发了疫情，这个研判非常重要。中央后来决定武汉是一个震中，在震中之外开展大规模的群防群控活动。这个做法经过实践证明是正确的。有了早期的准确研判，以习近平同志为核心的党中央果断决策，前所未有地调集全国资源，始终以人民至上、生命至上的理念救治新冠感染患者。人民至上，生命至上。习近平主席在解释这个观念的时候说，我们等于先按停经济键，会有很多的付出跟损失，这个我们可以补回来，但是人的生命是补不回来的。我觉得这次疫情对全国是一个极大的教育。"

2020年3月底，我国疫情防控已取得阶段性重要成果，新冠感染患病率、病死率始终处于低位。但是一些美国政客和媒体仍屡屡指责"中国刻意瞒报疫情"，并借疫情对我国进行抹黑和打压。钟南山说："其实美国患病率是最高的，死亡率也是最高的。欧洲很多国家也都比较高，唯独中国是很低的。因此他们认为，中国肯定是瞒报了。武汉市公布集中核酸检测排查结果，从5月14日0时至6月1日24时，检测9899828人，没有发现确诊病例，检出无症状感染者300名，没有发现无症状感染者传染他人的情况。这个跟以前我们报的数字一脉相承，也进一步用事实说明我们的数据确实就是这么低，我们没有任何隐瞒。国外侮辱我们瞒报，我们不需要跟他解释，我们是用事实来解释。"

钟南山认为，在此次新冠疫情防控过程中，中国一方面积极防治，另一方面也积极总结经验，仅他个人就在几十场关于新冠疫情的国际交流中分享经验。中国医务工作者及时总结中国经验，得到越来越多国家的认可。"这次与 17 年前的'非典'疫情有很大不同。那个时候我们只注重医疗救治，对研究总结、指导全世界或者推动整个学科发展注意不够。这一次我们中国的科技人员、医务人员一方面全力投入救治工作，另一方面也很注意总结。截至 2020 年 5 月 10 日，国际防控权威杂志发表的有关新冠感染的文章一共是 2150 篇，中国占 650 篇，差不多占了三分之一，这在过去是从来没有过的。"钟南山表示，他正和团队加紧推进建设国家呼吸医学中心，希望未来为解决呼吸系统疑难病例、科学研究以及国际合作做更多工作。

病毒没有国界，疫情不分种族。我们深知，疫情防控全球阻击战，只要还有一个国家没有有效控制疫情，这场战斗就不会结束。在这场战斗中，中国以无可辩驳的事实，充分展现了负责任大国的担当，作出了无愧于国际社会的牺牲和贡献；在这场战斗中，中国以开放合作的实际行动，与世界各国共同维护全球公共卫生安全。

高铭暄

刑法泰斗的法治情怀

GAO MINGXUAN

国梁
大脊

GAO MINGXUAN

高铭暄，著名法学家和法学教育家，新中国刑法学的主要奠基者和开拓者，中国国际刑法研究开创者。1928年5月出生于浙江玉环，1951年毕业于北京大学法律系，1953年从中国人民大学法律系刑法研究生班毕业。曾任国务院学位委员会第二、三、四届学科评议组成员及法学组召集人，中国法学会副会长，中国法学会刑法学研究会会长等；现为中国人民大学荣誉教授、法学院教授、博士研究生导师，中国人民大学刑事法律科学研究中心名誉主任，兼任中国法学会刑法学研究会名誉会长，国际刑法学协会副主席暨中国分会主席，系最高人民法院特邀咨询员，最高人民检察院专家咨询委员会委员，北京市法学会名誉会长。2019年9月，被授予"人民教育家"国家荣誉称号。

他是新中国刑法学的主要奠基者和开拓者，亲历、见证了中国刑法立法的发展。

他是著名法学家和法学教育家，一条条重要刑事法规的问世、修改和咨询与他有关，他为新中国的首位刑法学博士与首位国际刑法学博士的培养倾注了心血。

面对两鬓染霜的高铭暄，笔者不仅感受到他饱经风霜的厚重人生，更感受到他思想的深邃与人格的高尚，他献身法学事业、潜心耕耘探索的精神让人感动。

风雨人生与刑法典诞生的曲折历程几乎同步

1954年9月，《中华人民共和国宪法》和《中华人民共和国全国人民代表大会组织法》等5个组织法通过后，第一届全国人民代表大会决定制定《中华人民共和国刑法》，并交由全国人大常委会办公厅法律室负责组建起草班子。经与中国人民大学联系，人大法律系领导就把高铭暄派到刑法起草班子，工作包括草拟条文、收集资料等。

据高铭暄讲，中华人民共和国建立初期，惩治犯罪主要依靠政策，但也有少数几个单行刑事法规，如《惩治反革命条例》《惩治贪污条例》《妨害国家货币治罪暂行条例》等。

高铭暄 | 刑法泰斗的法治情怀

新中国刑法学的主要奠基者和开拓者高铭暄（余玮 摄）

高铭暄说，我国刑法的起草准备工作，早在1950年就由中央人民政府法制委员会开始，并写出了两个稿子，一个叫《中华人民共和国刑法大纲草案》，一个叫《中华人民共和国刑法指导原则草案（初稿）》。"由于当时正在进行抗美援朝、改革土地制度、镇压反革命以及'三反''五反'等运动，党和国家领导人的注意力并没有集中在立法工作上，所以这两部稿子也就只停留在法制委员会范围内作为两份书面材料保存下来，它们始终没有进入立法程序，更没有公开向社会征求意见。因此，这段刑法典起草工作我们只能叫它'练笔'。"高铭暄说，这两部草案从某种意义上说是立法专家的学术作品，从今天来看也不乏耀眼的闪光点，但令人遗憾的是它们毕竟未被列入立法议程，没有成为立法文件，至多只能算作立法资料。

在接下来的岁月里，高铭暄为刑法典的出台倾注了自己全部的学识、热情、心血和汗水。作为自始至终参与刑法典创制的唯一学者，他提出了数不清的立法意见和建议，搜集整理了不知多少资料，对每一项条文不知作过多少次的草拟、修订和完善。

从1954年10月到1956年11月，经过两年多的努力，刑法第一稿被写了出来。

不久，党的八大召开，这次会议的决议明确指出："国家必须根据需要，逐步地、系统地制定完备的法律。"

在八大精神的鼓舞下，刑法起草工作加紧进行，到1957年6月28日，起草班子已经拿出了第22稿，这个稿子经中央书记处审查修改，又经过一届全国人大法案委员会审议，并在第一届全国人大四次会议上发给全体代表征求意见。这次会议曾做出决议，授权全国人大常委会根据人大代表和其他方面所提的意见，将第22稿进行修改后，公布试行。

"决议做了，征求意见的工作也做了，但刑法典草案并没有公布。"高铭暄认为，实质原因是反右派运动以后，"左"的思想倾向急剧抬头，反映到法律工作方面为否定法律，轻视法律，认为法律可有可无，有了法律反而束缚手脚，政策就是法律，有了政策可以不要法律等法律虚无主义思想一时间甚嚣尘上。"这是我国法治建设上的一次倒退，给立法工作带来不小的冲击。足足有三四年时间，刑法典起草工作停止下来了。"

到1961年10月，全国人大常委会办公厅法律室又开始对刑法典草案进行一些座谈研究。1962年3月，毛泽东就法律工作明确指出："不仅刑法要，民法也需要，现在是无法无天。没有法律不行，刑法、民法一定要搞。"这时，刑法典起草班子感到有奔头了。

从1962年5月起，全国人大常委会法律室在有关部门的协同下，对刑法典草案第22稿进行了全面修改。经过多次的重大修改和征求意见，其中也包括中央政法小组的几次开会审查修改，到1963年10月9日，共拟出33稿。

"文化大革命"开始后，高铭暄受到了冲击。1969年10月，高铭暄被指派到京郊的一家炼油厂劳动锻炼。一个月后，高铭暄被下放到江西余江（今鹰潭市余江区）的"五七"干校参加劳动。但无论处于怎样的逆境，他都没有改变研究刑法的信念。

20世纪70年代初，北京一些高校招收工农兵学员，但师资力量缺乏，1971年，高铭暄等90余名原中国人民大学中青年教师被调回北京，分配到北京医学院工作。

当时，高铭暄先后担任教务干事和宣传干事，就是跑跑腿、写写简报、放放电影。做了几年行政工作之后，高铭暄觉得这样的工作实在乏味，就向北京医学院革委会一位领导请示："我原来是搞法学研究的，现在，法学用不上了，能不能让我搞点医学研究？"

经领导同意后，高铭暄开始研读中国医学史教材和法医学著作，并撰写了《世界第一部法医学专著》《王安石对我国医药事业的贡献》等文章，分别在有关报刊上发表。直到1978年，中国人民大学复校，高铭暄才回到了阔别多年的学校。

这年春，第五届全国人大第一次会议后，谈民主、谈法制的空气渐渐浓厚起来。10月，主持工作的邓小平在一次谈话中指出：过去"文化大革命"前，曾经搞过刑法草案，经过多次修改，准备公布。"四清"一来，事情就放下了。现在，很需要搞个机构，集中些人，着手研究这方面的问题。

不久，中央政法小组就召开法治建设问题座谈会，研究有关法律的制定。"1978年宪法出来后，刑法起草工作才开始组建班子，1年内重新搞了5稿，共38稿。刑法这口'宝剑'磨了近25年。"

1979年5月29日，刑法草案获得中共中央政治局原则通过，接着又在全国人大常委会法制工作委员会全体会议和全国人大常委会第八次会议上进行审议，修改以后提交1979年6月召开的第五届全国人大第二次会议进行审议，审议中又做了一些修改和补充。

7月1日下午4时5分，高铭暄非常激动地迎来了期待25年的庄严时刻：《中华人民共和国刑法》获得一致通过。

1980年1月1日，第一部刑法典正式施行。但随着政治、经济形势的变化，对刑法的修改和补充工作，又被提上议事日程。从1981年至1995年，全国人大常委会又通过和颁行了25个单行刑法，对刑法典的内容做了重要的修改和补充。在此期间，高铭暄参与了大部分刑事法律的草创活动，提供咨询意见，发表立法建议，要求纠正不当条文，受到我国立法工作机关的高度评价。

1996年3月新刑事诉讼法通过后，国家立法机关迅速将主要精力转入刑法典的全面修改工作。高铭暄以求真、坦诚之精神，就修订草案中的死刑立法规定进行了慷慨激昂的评析发言，他从历史经验、死刑价值、党的"少杀"政策以及国际斗争利益等多个角度出发，旗帜鲜明地提出削减死刑的建议，给同人以启迪。

高铭暄见证了新中国刑法建设的全进程。"我刚毕业即参加了刑法起草工作，并自始至终参加了1979年刑法典起草和1997年刑法典修订工作，多次参与中国最高司法机关制定刑事司法解释的研讨咨询工作。"其中的辛苦无法计量，"在立法过程中，我已记不清提出过多少立法意见和建议，搜集和整理过多少参考资料，对每一个刑法条文作过多少次的草拟、修订和完善"。改革开放以后，人民生活日新月异，法律也需要吐故纳新，他一次次开始新的征战，无论是原有法律的修订、新《刑法》的起草，还是《刑法总则》的归纳创制，高铭暄始终活跃在立法工作的一线。

在学术和教学中坚守初心

"刑法学者应当独立思考，坚持学理探讨，具有高度的科学信念。学术上没有'禁区'，应当勇于探索，敢于创新，坚持真理，修正错误。"作为一名科学工作者，高铭暄从未停止过向学术高峰的攀登；作为一名正直的法学家，他从不随波逐流。几十年来，他追求真理，探索真知，形成了自己独立的学术思想体系，发表了许多真知灼见。

我国刑法学界在20世纪50年代曾深受苏联刑法理论的影响。早期出版的一些刑法学教科书，基本上都是模仿甚至照搬"苏联模式"的犯罪构成体系。刑法颁布施行以后，一些学者主张对犯罪构成模式进行修正和改革。有的主张"三要件"，有的提出"五要件"，有的设想把"大陆模式"与"苏东模式"相结合，个别学者甚至提出否定一般的犯罪构成，代之以具体的犯罪构成。针对各种不同意见，高铭暄明确指出：否定一般犯罪构成的观点是错误的。建立一个科学的犯罪构成体系，不仅是必要的，而且是可能的。但是，犯罪构成模式的建立，既要学习和借鉴已有的犯罪构成模式，又不能完全照搬，还必须符合我国刑事立法的实际，便于司法机关处理具体案件，有助于刑法理论体系的完善，而且要有中国特色。

"工欲善其事，必先利其器。"高铭暄特别注重刑法学研究的方法论这一基础理论问题,并屡屡发表自己独到的见解。在我国刑法学界,高铭暄较早地提出了犯罪构成的理论模式。高铭暄认为,犯罪构成就是我国刑法所规定的、决定某一具体行为的社会危害性及其程度而为该行为构成犯罪所必需的一切主观和客观要件的有机统一。这些主张在他的刑法著作中都得到了具体体现。谈到犯罪构成模式的改革问题,高铭暄认为,一种理论体系的形成,是无数人经历了多年探索的结果。犯罪构成理论的研究需要不断深化,某些内容需要创新和完善。但是,全盘否定现行的理论模式,则是不可取的。理由很简单:这一模式已经为刑法学界大多数人所接受,也经历了我国司法实践多年的运用和检验,证明它还是比较科学、比较实用的。当然,某些方面、某些具体问题是需要改进的。

高铭暄的案头堆满了资料,都是最前沿的刑法研究理论和司法实践素材。京剧选段《洪羊洞》中有句唱词:"为国家哪何曾半日闲空。"高铭暄就是这样一位学者,他用一生去推动我国刑法法治进步。谈到自己人生的座右铭,高铭暄说他特别喜欢周总理说的那句话"活到老,学到老,改造到老"。晚年的他仍然坚持每天学习英语一小时,不想落伍,求知若渴,这可能也是他保持思维敏捷、学术常青的秘诀。

针对1979年审议通过的刑法中"凡捏造事实诬告陷害他人(包括犯人)的,参照所诬陷的罪行的性质、情节、后果和量刑标准给予刑事处分"的规定,高铭暄认为这有"诬告反坐"成分,诬告罪应该有自己独立的法定刑,应予修正。经过积极努力,现行刑法采纳了高铭暄的意见。

高铭暄在刑法研究中功勋卓越、硕果累累，被称为"刑法学泰斗"，但他最珍视的始终还是那三尺讲台。他深知"徒法不足以自行"的道理，积极投身法学教育事业，始终将培养合格的人才视为自己的神圣职责，把教书育人当作自己人生的第一事业。他坚持以"海纳百川"的治学态度，鼓励学生勇于探索、敢于创新；坚持"因材施教"的教育理念，尊重学生的个体差异，激发学生的兴趣和热情；对学生一腔热忱，始终关怀学生，鼓励学生秉承师志，献身学术、献身法治。学生每每想起高铭暄，都有一股暖流在心间流动，一种敬爱之情油然而生。晚年的他，依然奋斗在教育第一线，用实际行动践行和诠释了一位人民教师"不忘教师初心、牢记教书育人使命"的宣言。

教学之余，高铭暄笔耕不辍，主编过有关刑法学的教材及其他著述100多部，出版了多部专著。尽管已眉发花白，但"90后"的高铭暄依旧精神矍铄。他还在指导博士生，忙着写文章、做法律咨询和讲座，闲暇时还在微信朋友圈"打卡"学英语。"只要身体可以，我就要继续做工作、提升自己，活到老学到老。"他笑着说。在高铭暄看来，时代发展日新月异，新的规范条例不断出台，法律工作者需要加紧学习，才能应对新问题、新挑战，不落后于时代。特别是对人工智能、知识产权、极端犯罪、生态环境等新领域更需要加强学习和研究。

高铭暄也致力于中国刑法的国际化，盼望着中国刑法走向世界。他说："我们要让外国人知道中国的刑法很系统、很完备，有不少好

2006 年 10 月，高铭暄在杭州出席刑法学年会时留影

经验。同时也要了解其他国家的经验，促进交流。"

"法"门子弟吃上刑法学这碗饭

1928年，高铭暄出生在浙江省玉环县（现为玉环市）一个叫"鲜迭"的小渔村里。当时，毕业于浙江法政专门学校的父亲，远赴上海在特区法院担任书记官，年幼的高铭暄留在家乡跟着祖母生活。鲜迭那片金色的沙滩，曾留下他蹒跚学步的脚印；乐清湾那昼夜声声入耳的涛声，曾催生他无数个美好的梦想。9岁那年，在上海担任书记官的父亲不愿为日本侵略者卖命，愤然弃官回乡，赋闲在家。抗战胜利后，迫于生活，高铭暄的父亲到浙江省高等法院任审判官，后到杭州国民政府的地方法院任推事（即法官）。

高铭暄说，父亲当年的职业给自己思想上多多少少打下了一点烙印，觉得自己是"法"门子弟，与"法"天然有点联系。当时，父亲希望他将来子承父业，献身神圣的法律事业，父亲的谆谆教诲，激励他在少年时代阅读了许多法律书籍。

在父亲的督促下，小学毕业的高铭暄以优异的成绩进入温州瓯海中学（温州四中的前身）。在中学读书期间，高铭暄勤奋学习，各科成绩都很优秀。战火纷飞中的1944年春季，高铭暄考入温州中学高中部。温州中学人才辈出，如数学家苏步青、历史学家夏鼐、法学家陈光中等。在这里，高铭暄如饥似渴地博览群书，打下了深厚的社会科学功底。这时的高铭暄还读了很多法律书籍，因为"家里有很多法律书，父亲让我多读书，我就拿来读了"。其间，战火依然不断，眼看温州又要落入日寇之手，温州中学不得不搬迁办学，直到抗战胜利后才搬回原址，高铭暄终于能够安心读书了。

在温州读高中时，高铭暄经常从法院门口和律师事务所门口经过，耳濡目染，再加上经常翻报纸，在报纸上看到一些案件报道和不公平事情的报道，正义感油然而生，他就想用法律维护正义，因此觉得法律职业是一个正义的职业，暗暗立下了从事法律工作的志愿。

1947年夏天，高铭暄从温州中学毕业后，来到杭州与父亲团聚。此时，是继续读书，还是参加工作？他觉得父亲只是一名普通公职人员，那份薪水用来养家糊口并不容易。高铭暄面临着选择。当时父亲对他说："不管怎么困难，你都要好好念书，我把你培养到大学毕业是没有问题的。"父亲的话激励着他开始为考大学做准备。

当时，各大学都是分别招生，分别发榜。于是，高铭暄就在杭州报考了浙江大学法学院，然后去上海报考了复旦大学法学院。因为国立武汉大学在杭州有招生点，高铭暄回到杭州后又报考了武汉大学法学院。

结果，由于他的成绩优秀，3所大学发榜时，都录取了高铭暄。

经过认真考虑，高铭暄决定选择到浙江大学法学院读书。在他看来，父亲在杭州市地方法院当推事，自己在杭州读书，能和父亲住在一起，经常聆听父亲的教诲，"也可借父亲的一点'光'，将来求职容易一些，同时也想图个生活方便"。而且，浙江大学也是非常不错的学校，由进步人士、著名气象学家竺可桢担任校长。于是，他便选择了浙江大学。

为了发展法学教育，竺可桢从武汉大学请来了法律系主任李浩培教授，担任新组建的浙江大学法学院院长。不久，浙江大学法学院就聚集了一批很有声望的法学家，如宪法学家黄炳坤、法理学家赵之远、讲授政治学的周子亚等。

1947年秋季，高铭暄进入浙大法学院读书。在诸多名师的教诲下，高铭暄受到了严格的法律训练，也打下了坚实的法律基础。

高铭暄入学后，第一学年的刑法总则课就是法学院院长李浩培讲授的。其实，李浩培一辈子也就讲过这一次刑法课。在高铭暄的印象里，李院长讲的刑法学对象明确，体系完整，条理清晰，分析细致，逻辑严密，内容生动，娓娓动听，并且与实际生活非常贴近，听起来毫无枯燥之感，引起他极大的兴趣，他感觉到刑法里面学问很深，下定决心好好学习。

1949年5月3日，杭州解放。追求进步的高铭暄利用暑假参加了中共杭州市委组织的青年干部学校的学习，讲课的都是中共著名政治活动家，如谭启龙、张劲夫等。

暑假学习结束后，高铭暄准备回到学校。这时，浙江省军管会文教部为贯彻中共中央"关于废除国民党六法全书"通知的精神，决定撤销浙江大学法学院，法学院的学生既可以转系，也可以参加地方工作。李浩培认为撤销浙江大学法学院不合适，就带着高铭暄到浙江省军管会文教部协商，不要停办法学院，毕竟新中国也需要培养法律人才。但协商没有任何结果。

21岁的高铭暄又一次面临着选择,是参加工作还是转系继续求学?想到父亲对自己的期望,此时的高铭暄既不想转系,也不想立刻参加工作,他把继续学习法律的想法告诉了李浩培。为了支持高铭暄,李浩培把他举荐给了自己在东吴大学上学时的同学——北京大学法律系主任费青。费青是著名的国际法专家,是社会学家费孝通的哥哥。费青同意接收高铭暄。

　　1949年9月16日,高铭暄告别父母北上,转学到北京大学法律系继续读书。

　　这年10月1日中午,高铭暄与同学早早吃完午餐,自北京大学所在的沙滩红楼出发,步行到天安门参加即将举行的开国大典。下午2点55分,站在现在的人民大会堂位置的高铭暄注意到一行小汽车缓缓驶到天安门城楼下,他想:这可能就是首届政府的全体领导人吧。3点,毛泽东在天安门城楼上庄严宣布:"中华人民共和国中央人民政府成立了!"看到五星红旗在高高的旗杆上迎风飘扬,高铭暄十分激动。

　　在北京大学,高铭暄抱着"法治"社会的崇高理想,自由遨游在法律的海洋里。为了提高自己的法学学识,他不但在课堂上认真听讲,向老师虚心请教问题,而且一有空闲,就去图书馆阅读法学资料。"在北大,我接受了革命传统教育、马克思主义理论教育和法律专业教育,其中也听了著名刑法学家蔡枢衡教授的刑法课和黄觉非教授的刑事政策课,进一步提高了我对刑法课的兴趣。"辛勤的努力换来丰硕的成果,高铭暄的成绩名列前茅,这为他日后成为中国刑法学界举足轻重的人物打下了坚实的基础。

1951年7月，高铭暄从北京大学毕业时，正值新成立的中国人民大学要招收10名研究生。北京大学法律系领导在征求高铭暄的分配志愿时，他毫不犹豫地要求做一个刑法学研究生，又一次选择向法学殿堂的更高层次攀登。

研究生期间，高铭暄先后上了贝斯特洛娃、达马亨、尼可拉耶夫、柯尔金等4位苏联专家教授的刑法学专业课，对刑法学有了更全面、更系统、更深入的了解，研究的兴趣也越来越浓。"我父亲在1952年因病离世，于是一家人陷于困顿之中。我在家是老二，共有6个兄弟，母亲一直在街道幼儿园当养育员，收入很低的。在读研究生时，我常常将助学金的绝大部分寄给家里。"

1953年8月，经过10多年的寒窗苦读，高铭暄的学生时代画上了句号。这是人生的分水岭，又一次面临选择，高铭暄毅然选择了中国人民大学法学教师这一职业作为他人生的新起点。

高铭暄小时候爱听戏曲、打乒乓球。"我想学法律，与看戏也有关，戏曲里有好多包公戏，我看得比较多，肯定对自己有影响。"据悉，高铭暄直到晚年还特别喜爱看京剧，常年订阅《中国京剧》杂志。"晚上，我看了新闻，接着就看央视11频道的戏曲。自己有时也唱京剧，尽管唱得一般，但在一些老年的娱乐场合，或在出国访问阶段也给朋友和老外们'表演'一下。"

选择学术道路也就意味着选择了艰难、清贫和寂寞。从此，高铭暄走上了一条跋涉之路，他付出了无数心血、汗水和时间，身后留下

弘扬大师风范，繁荣刑事法治

了一串深深的脚印和一个个鲜明的标识。

多年来，高铭暄为学生教授中国刑法、刑事政策与刑事立法、刑法前沿问题等课程。"全国优秀教师""全国师德先进个人""人民教育家"……从教一辈子，高铭暄获得了不少荣誉，对教育事业始终钟爱如一。

2019年10月1日，高铭暄受邀参加新中国成立70周年庆典观礼。他感慨道："新中国一路走来很不容易，国家发生了翻天覆地的变化，足以让每个中国人感到自豪。"而日益完善的中国刑法也让高铭暄感到欣喜："随着国家进步、民主法治水平的提升，我们的刑法一直在发展、进步，法律条文越来越符合实际，更具体，更有针对性，可操作性也越来越强。我所做的一切，就是希望推动法治中国建设，保障国家安全、社会稳定，让人民权利得到保障，让犯罪分子得到应有的制裁。"回顾一生的奋斗历程，高铭暄依然充满"老骥伏枥，志在千里"的豪情："今后我还要继续做好本职工作，和法学界同人一道，努力推动法学体系不断发展完善，为我国法学的发展作出新的贡献！"

樊锦诗

"敦煌女儿"的牵肠挂肚

FAN JINSHI

国梁
大脊

FAN JINSHI

樊锦诗，浙江杭州人，著名敦煌学家、石窟考古专家、文化遗产保护管理专家，有"敦煌女儿"的美誉。1938年7月出生于北京，1963年毕业于北京大学历史系考古学专业。历任敦煌文物研究所副所长、敦煌研究院副院长、敦煌研究院院长等职，出任过中央文史研究馆馆员、中国敦煌吐鲁番学会副会长、中国古迹遗址保护协会副主席、甘肃敦煌学学会会长。系中共十三大代表，第八、九、十、十一、十二届全国政协委员。曾获全国杰出专业技术人才、全国先进工作者、全国三八红旗手标兵、全国优秀边陲儿女、全国优秀共产党员等荣誉或称号。2018年12月，被党中央、国务院授予"改革先锋"称号；2019年9月，被授予"文物保护杰出贡献者"国家荣誉称号。2020年5月，被评为"感动中国2019年度人物"。

大 国 脊 梁

一个面积为3.12万平方公里的偏远城市，西向沙漠，三面环山，位于中国最干旱的地区之一，却有着一个寓意"盛大、辉煌"的名字——敦煌。

"全国优秀共产党员""全国先进工作者""全国杰出专业技术人才""全国三八红旗手标兵""中国十大女杰""改革先锋"……一个个荣誉背后连着同一个人——樊锦诗。

2019年8月19日下午，习近平总书记来到全国重点文物保护单位敦煌莫高窟，实地考察文物保护和研究、弘扬优秀历史文化等情况。其间，被誉为"敦煌女儿"的敦煌研究院名誉院长樊锦诗全程陪同，不时作补充讲解。

对于樊锦诗几十年扎根大漠，倾全力保护、研究与利用敦煌石窟所作出的杰出贡献，国家与人民不会忘记。2019年，已是"双百"人物（100位为新中国成立作出突出贡献的英雄模范人物和100位新中国成立以来感动中国人物）之一的樊锦诗被评为首批"国家荣誉称号"获得者。面对戈壁黄沙，她无怨无悔；面对各种荣誉、鲜花和掌声，她不骄不躁，平静如水。她说："我觉得我很平凡。我不能说我真的做好了一件事情，从历史辩证法来看，当时觉得做好的事情，以后未必经得起历史的检验。我只能说，我做了一件有意义的事情。"

让"年迈"的石窟延年益寿

在敦煌，有一线的艺术工作者和文物保护工作者，也有大名鼎鼎的专家和教授。从当年到敦煌工作的那一天起，樊锦诗就开始逐步地了解文物保护的具体手段和方法，比如壁画坏了或者翘起来了，要给它打针。有些修护过的文物，经过一段时间的风蚀，还会继续损坏，她就向专家们请教，怎样才能做到真正地保护。慢慢地，她明白了文物保护其实是一门综合性很强的学问，有的要施工，有的要做化学分析，一些保护仪器的操作跟物理原理有关系。真正的文物保护需要跨学科或交叉学科的知识，除了考古发掘，还需要借助文学、艺术、民族、历史乃至理工科的知识背景和工具；除了临摹和描绘，还要多开动脑筋想各种各样的办法，有时甚至要和大家一起从事很多体力劳动。就这样，她从一个象牙塔里被人称为"天之骄子"却又有些懵懵懂懂的年轻人，成长为一个有用之才。

1998年，60岁的樊锦诗被任命为敦煌研究院院长。"这是整个世界的宝藏，担子交到我身上是很重的，我知道自己的能力和分量，但是我不能退缩。"

上任伊始，她就遇到了一个棘手的难题——为发展地方经济，有关部门计划将敦煌与某旅游公司捆绑上市。全面商业化的操作与保护的矛盾让她忧心忡忡，寝食难安：敦煌是国家的财产、人类的财产，决不能拿去做买卖，捆绑上市是有风险的。为此，樊锦诗四处奔走，

在人们心中，樊锦诗是守护莫高窟的"飞天女神"（余玮 摄）

跑遍了相关部门，向人们讲解敦煌石窟脆弱的现状，反复强调保护的重要性："敦煌壁画这么漂亮，它是拿什么做的？泥巴、草、木材，你说脆弱不脆弱，一弄就坏了！再加上它多病，几乎每个洞都有病！"

当时樊锦诗坚决不同意，"硬是把压力都顶了回去"。现在说起来，樊锦诗还是坚持当时的立场，"文物保护是很复杂的事情，不是谁想做就可以做的，不是我樊锦诗不相让，你要是做不好，把这份文化遗产毁了怎么办？全世界再没有第二个莫高窟了"。她说："如果莫高窟被破坏了，那我就是历史的罪人。敦煌是一个整体，我们要把完整的敦煌留给后人。"

一场将敦煌捆绑上市的风波终于平息了，日渐消瘦的她却有了新的思考，她开始进行游客承载量的研究，希望在满足游客需要和文物保护之间找到一个平衡点。

1979年，敦煌正式对外开放，这座以精美壁画和彩塑享誉世界的"东方艺术宝库"，吸引着来自世界各地的参观者。1984年游客突破10万人次，1998年突破20万人次，2001年突破30万人次，2004年突破40万人次，2006年突破50万人次……2015年突破百万人次。后来出于对文物的保护，每天的参观人数有名额限制。

神秘的莫高窟吸引着越来越多的游客，"使莫高窟长期处于疲劳状态，文物保护与开放的矛盾越来越突出"。科学的测算结果表明，合理的游客承载量应该是每天2900多人。而实际参观人数远超于此。樊锦诗掐着指头算起账来：即使一天有2000名游客，25人一批，每个洞窟就要接纳80批游客，每批游客在洞窟中待6分钟，一个洞窟每天的开放时间就是 8 小时。

樊锦诗说，莫高窟虽规模宏大，洞窟众多，但每个洞窟的空间极其有限，其中 85% 以上的洞窟面积小于 25 平方米。历史上每个洞窟都是供奉佛陀的殿堂，为某个家族建造和拥有，进入窟内的人十分稀少，所以洞窟内的小环境长期处于恒定的状态，又加之敦煌地区气候干燥，莫高窟才得以保存至今。"游客的增多打破了洞窟原来恒定的小气候环境，我们的试验监测数据显示，40 个人进入洞窟参观半小时，洞窟内空气中的二氧化碳含量升高 5 倍，空气相对湿度上升 10%，空气温度升高 4℃。"

模拟试验表明，相对湿度反复起伏，是造成洞窟常见病酥碱的主要原因。"二氧化碳长时间滞留窟内以及窟内相对湿度增加，空气温度上升，都有可能侵蚀壁画，加速已有病害的发展。"樊锦诗说，这对洞窟内十分脆弱的壁画、彩塑的保存是严重的威胁。"游客脚步的震动和汽车排出的尾气，也对洞窟内那些由泥土、木材、麦草等脆弱材料制成的彩塑和壁画有着不小的伤害。"

樊锦诗和她的研究集体一直在努力寻找一条科学的途径，来化解文物保护与开发的矛盾。"要把有效保护与合理利用结合起来，就要加强建立在科学和技术基础上的保护和管理，变被动抢救为主动预防，把开放给文物带来的破坏降到最低程度。"樊锦诗说，我们的工作就是要让石窟"保重身体"，尽量老得慢一些，争取让它再活 1000 年。

"游客多对增加地方旅游收入固然是好事，也可增加研究院的门票收入，但莫高窟是人类文化遗产中非常珍贵的艺术瑰宝，是唯一的，也是不可再生的。如果我们只关注眼前利益，而对旅游给莫高窟保护工作造成的负面影响听之任之，无异于饮鸩止渴。如果我们这些研究者、保护者对此保持沉默，那就是失职。"樊锦诗认为，游客的剧增，对于空间狭小、材质脆弱的洞窟来说，简直就是一场灾难！

面对游客迅猛增加带来的挑战，敦煌研究院开始开展大量卓有成效的保护工作，2005年顺利完成了《敦煌莫高窟保护总体规划》，从研究、利用和管理等方面制定了具有权威性、强制性和约束力的保护措施。同时，敦煌研究院还开展了洞窟游客承载量的研究，寻找莫高窟洞窟游客承载量的科学数据，建立洞窟旅游开放标准，实施轮流开放、参观预约和预报制度，控制进窟参观人数。"文物就像人的胃，有多大胃口就吃多少饭。文化遗产的开发利用必须建立在保护为主的基础上，进行科学、适度的利用。"

樊锦诗积极探索，寻求办法以解决旅游人数大量增加与石窟保护之间的矛盾，她在2003年全国政协会议上提出了《关于建设敦煌莫高窟游客服务中心的建议》的提案，被全国政协列为重点提案，得到党和国家领导人的高度重视。后来，提案的各项建议得到实施。

"数字敦煌"让千年敦煌"不朽"

敦煌像一块磁铁，吸引着这位执着追求的无私奉献者。樊锦诗潜心于石窟考古研究工作，她运用考古类型学的方法，结合洞窟中的供养人题记、碑铭和敦煌文献，先后撰写了《莫高窟北朝洞窟分期》《莫高窟隋代洞窟分期》《莫高窟唐代前期洞窟分期》等论文，完成了敦煌莫高窟北朝、隋及唐代前期的分期断代，揭示了各个时期洞窟发展演变的规律和时代特征。她还与人合作撰写了《莫高窟290窟佛传内容考释》，运用图像学方法，考证了莫高窟290窟窟顶佛传故事题材和内容，纠正了以往对该壁画的错误定名；她撰写的《敦煌石窟研究百年回顾与瞻望》，是对20世纪敦煌石窟研究的总结和思考……灿若星河的敦煌艺术让她如痴如醉。

敦煌研究院成立了专门从事敦煌石窟文物数字化的部门。在樊锦诗眼里，任何文物都在逐渐退化，何况有1000多年历史的石窟、壁画。"敦煌有那么多洞窟、塑像、壁画等珍贵文物，我们得想办法把这些信息固定保存下来。'数字敦煌'是一个不错的选择。"

所谓"数字敦煌"，一是将数字技术引入遗产保护，将洞窟、壁画、彩塑及与敦煌相关的一切文物加工成高智能数字图像；二是将分散在世界各地的敦煌文献、研究成果、相关资料，通过数字处理，汇集成电子档案。"莫高窟在一天天变老，100年前人们看到的莫高窟和现在看到的是不一样的，这个工作也可以说是'与大自然赛跑'。这不但可以永久地记录下敦煌，而且通过先进技术打造的游客中心，我们将有可能吸引游客更多地停留在洞外参观，观赏效果却更好。这样既减少洞窟的压力，也达到保护洞窟、传承文明的目的。"

随着工作人员指尖的滑动，敦煌美轮美奂的石窟在显示屏上轻快地展开。高大的释迦牟尼坐像，沉静的面容和安详的姿态栩栩如生，敦煌盛期艺术创作的勃勃生机扑面而来。鼠标缓缓移动，沿顺时针方向走到佛像的侧面，然后从像后窄窄的空间穿过，佛像背部以及被其遮挡的洞窟壁画，都在明亮的光线中一览无余。视线移动到洞窟顶部，10多米高的洞顶多组壁画一幅幅呈现出来，绚烂多姿。通过鼠标和键盘的操作，一组壁画被连续放大，原本不太清楚的飞天局部细节——呈现……

"数字敦煌"项目位于莫高窟游客中心，距莫高窟约15公里，包括游客接待大厅、数字陈列厅、数字影院、球幕影院等。动画片般的生动画面，使人身临其境。在樊锦诗眼里，"数字敦煌"和真实的莫高窟各有味道，"数字敦煌"不是让游客看扫描的照片，而是看与真实洞窟等大的球幕，甚至可以把洞窟穹顶上看不清的画面点击放大观看，这在真实的洞窟中是不可能的。当然，有了"数字敦煌"并不等于莫高窟真实洞窟全部关门，游客还可以在"虚实"两个敦煌间进行选择，只是在洞窟停留的时间和集合的人数将会有所限制。樊锦诗憧憬，"数字敦煌"让千年敦煌成为"不朽"遗产。

"改革先锋"的薪火相传与最大满足

樊锦诗说，现在有些"历史文化名城"，没了"历史"，没了"文化"，没了"名"，只剩下个"城"了，而且"城"跟"城"长得越来越像了。目前文化遗产保护方面有一个大的误区，就是让太多现代的东西，比如现代建筑、商店等挤进来，破坏了遗产依存的自然景观和环境。敦煌莫高窟在这一点上做得非常专业，附属设施远离石窟景区。"文物的保护不是一时之事，为了使文物得到长久有效的保护，使之能完整地、真实地留存后世，我们敦煌研究院制定了一系列相关规章制度，也极力促使一些相关的法律、法规健全起来，这为莫高窟的保护提供了强有力的法律保障，规范了莫高窟的保护、利用、管理等各项工作。比如，我们清点、迁移了保护区内的现代建筑，及时制止了一些在保护区范围内架电线杆子、引水等危害遗产环境保护的事件。"

石窟、壁画比较脆弱。"按照自然规律，这些东西都会慢慢衰亡。特别是自元代以来的几百年，敦煌石窟就处于没人管理的状态，各种人为的损坏、自然的损坏，使石窟得了不少'病'。我们有一支专门的科研保护队伍，做了大量的工作，但能够做到的只是让石窟艺术延年益寿。"樊锦诗说，最关键的是做好日常工作，预防在先。"我们在莫高窟崖顶、窟前设立了3个全自动气象站，对区域环境中的温度、湿度、风速、日照、降雨量等环境要素连续监测，已经积累了大量的基础环境数据。而且每个洞里也都有监测系统，洞里面的情况变化都是以数据说话，一旦发现问题，就立刻采取应对措施。"

作为全国政协委员，樊锦诗忠实履行着自己的职责，她的大量提案离不开她所追求的文物保护事业。为了防止筹建的敦煌至格尔木铁路可能给敦煌莫高窟和鸣沙山月牙泉景区环境造成破坏，她向全国政协提案委员会提交了《关于坚决要求改变敦煌—格尔木铁路设计方案敦煌段线路的建议》的提案，最终促使敦煌至格尔木铁路敦煌段选择

樊锦诗 | "敦煌女儿"的牵肠挂肚

樊锦诗在指导敦煌研究院青年研究者

了新线路。

樊锦诗注意到，有些地方的政府部门由于财力有限、观念落后、人才匮乏，往往对世界文化遗产保护少、利用多，有的官员甚至只把眼睛盯在增加收入上。于是，她在全国两会上一次次呼吁：世界文化遗产绝不是摇钱树！在全国政协会议上，樊锦诗曾提交过《关于世界文化遗产收回到省级部门保护管理》的提案，建议由省级人民政府管理世界文化遗产，集一省的专业、科技力量，提高世界文化遗产的保护水平，正确处理利益之争，为子孙后代留住顶级的文化瑰宝。她说："我国政府对文化遗产所持态度很明确，那就是'充分保护、适度利用'。但现实情况却并不令人满意，普遍存在重申报、轻管理，重开发、轻保护的现象。一些地方政府拼命地去申报世界文化遗产，一旦申报成功就把它当成摇钱树，利用这个招牌来增加地方财政收入。按照有关规定，世界文化遗产的门票收入都要投入自身的保护中，但一些地方政府做不到这一点。这种做法既有悖于保护公约，也与我国政府出台的相关法规不符。"

樊锦诗在调研中发现，敦煌发展光电的前景看好，"我们现在使用的能源无非是煤电、水电、风电等形式，敦煌的面积很大，戈壁滩大，日照时间又长，阳光充足，在敦煌发展光电十分合适"。她说，自己在敦煌过了十八九年没电的生活，当年能挺过去，现在没有电就不行了，用电的需求会越来越大。"甘肃经济要发展，利用光能既提高了国家的总体能量，也支持了甘肃的经济。"于是，她向全国政协提交了有关发展新能源的提案，建议国家在敦煌建立一个千万千瓦的光电基地。

2010年,第41届世界博览会在上海举行,敦煌研究院受邀在城市足迹馆和甘肃馆布展。长于上海的樊锦诗很珍惜莫高窟艺术在故乡亮相的机会。经与上海世博局商定,敦煌研究院选送1件五代至宋时期的木雕六臂观音像、4件唐代彩塑和5件唐代写经共计10件珍宝入驻世博会,还复制了3个洞窟。

敦煌是中国的,也是世界的,敦煌的保护离不开国际合作。从20世纪80年代起,敦煌研究院在全国文物界首开国际合作先河,先后与日本、美国、澳大利亚、英国等国家的一些文物保护和研究机构开展合作。曾有人说樊锦诗崇洋媚外,但这个认准了道路绝不回头的老太太,坚持走自己的路,让别人说去吧!事实证明,她坚持要走的国际合作之路使敦煌研究院与世界平等对话成为现实。

樊锦诗对自己起初开展国际合作的动机毫不讳言:"最早,就是瞄上了人家口袋里的钱。后来发现,先进的管理经验、技术理念更值得学习。再后来又发现无论管理还是技术,总得有人来掌握吧!"此后在国际合作中,锻炼、培养人才成为樊锦诗最为重视的一件事。合作中敦煌研究院坚持主动,一定要让自己的年轻人介入每个环节。与敦煌研究院已有多年合作经验的美国专家内莫·阿根纽先生与这位精明的合作者没少争论过,但他对这位常给自己出难题的老太太倒是评价颇高:"任何一种合作都是人与人之间的合作,樊是一个很好的合作者。在她的领导下,敦煌研究院已形成了成熟的机构架构、人才架构。"

说来难以置信，地处戈壁荒漠的敦煌研究院拥有的博士生在全国文物保护界位列第一！只知踏踏实实做事的樊锦诗当初发现这个事实也有些吃惊。几十年了，为吸引人才、留住人才，她不知想了多少办法，磨了多少嘴皮，与人争了多少回，可就是没想过要创什么第一。

可她还是高兴不起来："敦煌有今天，是因为有一批人才。但我们的人才不是多了，而是少了。我们永远需要一流的人才，永远需要那种既懂业务又懂管理的项目科学家。"但她也明白，如今不是半个多世纪前她毕业的年代了，不能单纯要求年轻人只讲奉献不求回报。敦煌也不比繁华大都市，年轻人追求更好的生活条件、工作待遇无可厚非。这些她都理解，甚至会说"要是年轻20岁，我也走"。

樊锦诗重视人才，但决不迷信人才。在敦煌研究院，受重用的不只是有学位的人，只要出成绩，职称待遇一定会跟上。"没有真才实学，你是博士又怎样？吓不倒谁！"她总是鼓励年轻人放手去做事情，"什么事都离不开我不是好事，得让他们去锻炼。"

樊锦诗爱惜人才，但她选拔人才有个标准：热爱敦煌，全身心投入。她可以容忍年轻人有毛病，但不能容忍他不爱敦煌。"有毛病怎么了？李白活到现在，好多人会说他是疯子。院里有个年轻人，整天牢骚不断，怪话连篇，可人家业务过硬，好多没人研究的卷子，他都啃下来了。他有毛病没关系，你可以剔除他的毛病用他的长处。"但她绝不会强留一个对敦煌没感情的人，一次，有个博士闹着要调走，樊锦诗一句挽留的话也没说，3天就办好了手续……

岁月的磨砺以及西北广袤天地的锻炼，让樊锦诗的性格变得坚韧而执着。年轻时的樊锦诗是个内向沉默的人，"上台说不出话，照相的时候就往边站"。但现在的她说话直来直去，在风沙中大声与人争论着，"很多事情逼着你，就非常着急，急了以后就会跟人去争了"。樊锦诗苦笑着说，她的"严厉"和"不近人情"因此而出了名。由于工作雷厉风行，说话单刀直入，有人在背地里骂她"死老太婆"。而樊锦诗却说：当我离开敦煌时，大伙能说"这老太婆还为敦煌做了点实事"，我就大大满足了。

樊锦诗总是很忙，像一个轮子不停地转动。谈到敦煌的保护，你丝毫感觉不到这是一个已经年过八旬的老人了。大漠的风沙吹白了她的双鬓，但是对她来说，个人的衰老是无所谓的，但敦煌决不能迅速老去。她希望更多的人了解敦煌、热爱敦煌、保护敦煌。

"敦煌我一直是向往的，河西走廊我是希望走到的。"2019年全国两会上，来自甘肃的全国人大代表热情邀请总书记到敦煌看看，习近平这样回应。8月19日，习近平总书记如约而至，甘肃考察首站来到敦煌莫高窟，探寻古丝绸之路的奥秘。作为敦煌研究院名誉院长的樊锦诗全程陪同。

陪同考察期间，樊锦诗注意到当习近平总书记出现在敦煌莫高窟时，现场一片沸腾，来自大江南北的游客激动不已，纷纷涌上来，向总书记问好，问候声此起彼伏。总书记走上前，同大家亲切握手。

走进洞窟，习近平仔细端详，不时向樊锦诗或其他工作人员询问莫高窟的历史渊源、文化传承和文物保护情况。听到莫高窟数百年来几经劫掠破坏，新中国成立后不仅得到妥善保护，而且敦煌文化日益发扬光大、远播海外，习近平不禁感叹道，国家强盛才能文化繁荣。

当日下午，习近平在敦煌研究院主持召开座谈会，认真听取樊锦诗等专家学者关于文物保护、文化传承、文明互鉴的意见建议，向他们询问《丝路花雨》《大漠敦煌》等优秀文化作品创作、演出和"走出去"的成功经验，了解基层文物保护队伍的建设情况，听取关于加强文物保护和弘扬的意见和建议。

习近平对敦煌文化保护研究工作表示肯定，强调敦煌文化是中华文明同各种文明长期交流融汇的结果，我们要铸就中华文化新辉煌，就要以更加博大的胸怀，更加广泛地开展同各国的文化交流，更加积极主动地学习借鉴世界一切优秀文明成果。习近平强调，研究和弘扬敦煌文化，既要深入挖掘敦煌文化和历史遗存蕴含的哲学思想、人文精神、价值理念、道德规范等，更要揭示蕴含其中的中华民族的文化精神、文化胸怀，不断坚定文化自信。要加强对国粹传承和非物质文化遗产保护的支持和扶持，加强对少数民族历史文化的研究，铸牢中华民族共同体意识。樊锦诗记得，习近平总书记还提出要推动敦煌文化研究服务共建"一带一路"，加强同沿线国家的文化交流，增进民心相通；要加强敦煌学研究，广泛开展国际交流合作，充分展示我国敦煌文物保护和敦煌学研究的成果。

面对新的任务，樊锦诗充满了紧迫感。"习近平总书记为我们今后的工作指明了方向，提出了思路。可以说，现在我们的任务非常艰巨。我们有退路吗？我们只能进。石窟，国家交给了我们，总书记又肯定了我们，能退吗？我们要抓住机遇，要创新，不能躺在成绩堆

樊锦诗 | "敦煌女儿"的牵肠挂肚

2014年3月5日，全国政协委员樊锦诗同女代表们高兴地翻阅送达全国两会现场的红色励志纪实作品《采访本上的雷锋》（温奇羽 摄）

上，满意得不得了。要找出问题，找准问题。总书记一再说，文物要保护，要走好中国特色的文物保护旅游开发道路。对我们来说，要走好这条路，就是要抓住机遇、要创新，往前走！"以身许敦煌的樊锦诗说："我做梦，都会梦见敦煌；醒过来，还是敦煌。我们的责任就是看家护院，弘扬敦煌文化，把这份属于全人类的遗产完好地留给后人。"

"赞叹敦煌异彩珍，狼烟四起泪花频。樊篱难阻沙尘暴，妙手能回石窟春。锦绣缤纷丝路杂，山河壮丽世风纯。诗歌曲赋当书写，荒漠精心护宝人。"曾有人赋七律一首，如是赞美樊锦诗。也有人说：今日的敦煌，已不仅是一个光彩夺目的艺术殿堂、一个世人向往的美丽地方，不仅是一处文物、一座宝藏、一门学问，还是一种价值、一个品牌、一种语言，甚至是一种精神、一种境界、一种象征。为了人类的敦煌，为了实现敦煌梦，樊锦诗扎根大漠，呕心沥血！

周有光

被上帝遗忘的"汉语拼音之父"

ZHOU YOUGUANG

国梁
大脊

周有光，原名周耀平，著名语言文字学家，《汉语拼音方案》的主要创制人之一，中国语文现代化的倡导者，当代中国语言文字学界的旗帜性人物，被誉为"汉语拼音之父"。1906年1月出生于江苏常州，先后就读于上海圣约翰大学和光华大学。历任光华大学教师，江苏教育学院教师，杭州民众教育学院教师，新华银行派驻美国纽约和英国伦敦职员，上海复旦大学经济研究所教授，上海财政经济学院教授，中国文字改革委员会委员，国家语言文字工作委员会研究员，中国社会科学院研究生院教授，语言文字应用研究所研究员，中国语文现代化学会名誉会长等。曾任全国政协委员兼教育组副组长。

2007年，叩响国家语言文字工作委员会宿舍楼的一户房门，在家政服务员的引导下，笔者见到一位清癯慈善的老人从书桌旁的椅子上站起来迎候，他就是笔者要采访的鼎鼎大名的"汉语拼音之父"周有光先生。

简单的寒暄之后，我们面对面坐在有年头的、略显斑驳的小书桌前开始交流。难以想象，这位唯一健在的当时《汉语拼音方案》的设计者在这小小的书桌上做着那么大的学问。尽管老人有些耳背，采访中偶尔还得借助纸笔，但笔者自始至终感觉到老先生思路清晰、思维敏锐、精神豁达。

走出青果巷的大学者解读"语文"二字的由来

江苏常州青果巷，出了3位致力于文字改革的著名学者：赵元任、瞿秋白、周有光。1906年1月13日，周有光就出生于青果巷唐氏八宅之一的礼和堂。周有光的曾祖父是清朝的官员，同时也在常州经营棉纺、织布、当铺等产业。清朝咸丰年间，太平军攻打常州，他的曾祖父全力支持清军守城，以家产供守城清军发军饷，后常州城被攻破，曾祖父投水自尽，周家的雄厚家财尽失，从此家道开始衰败。后来，清政府念周家有功，封"世袭云骑尉"，享受俸禄直至清朝

周有光 | 被上帝遗忘的"汉语拼音之父"

著名语言文字学家周有光（余玮 摄）

末年。

周有光的祖籍是江苏宜兴，后迁居常州。到父亲周葆贻时，靠祖上留下的房产，周家在当地还算殷实。周有光记得很清楚，小时候家里的房子很大，自己一家人住不了，就租了一半给房客住。房客家也有好几个孩子，自己总爱和他们一起玩儿。小时候，周有光对屋檐下的麻雀窝兴趣特别大，总爱和伙伴们爬上去掏麻雀蛋，有时碰到麻雀惊叫着飞起来，呜呜地叫着，不停地绕着他们飞。"它们是在不停地骂我们哩，我那时做了不少不好的事。"

小时候，周有光受过很高旧式教育的祖母教他背古诗词。6岁时，他进入七年制的育志小学读书。这是一所新式小学，小学就教英文，但他更喜欢语文和数学。后来，周有光随全家迁居苏州。1918年，周有光入江苏省立第五中学（今常州高级中学）预科，一年后正式升入中学，列16班乙组，与后来同样成为语言学家的吕叔湘是同学。

周有光回忆说："小学、中学，我们国文读的都是古文，课本上没有白话。不过老师提倡我们课外看白话的书。于是我们就课上读文言，自己看白话，也能写白话文。当初我没有对语文特别偏爱，国文、英语、数学学得都不错。高中以后，我才喜欢语言学，那是受了五四运动的影响。五四运动在当时最突出的就是语文运动，就是白话文运动，大家都提倡国语。而我们受教育都是用方言，到今天我背古诗都只能用方言，要我用普通话念古诗我就费劲了。"周有光说，五四运动提倡的白话运动"影响的基本上是我们那批年轻人"。

中学时期，有位叫吴天秀的女老师对周有光影响较大。那时，她经常请一些有名的老师、教授来学校讲课和演讲。在名人来学校讲课和演讲前，每次她都会在黑板上作一个预告，有意思的是，她不是写下"名人演讲"的字样，而是把"名"字的点笔画拉长，变成"各人演讲"，可以看出她不盲目崇拜个人的思想。周有光认为，一个人的少年时代在一生中是很重要的，老师的一句话往往比一本书的影响还要大。他为中学时代遇到吴天秀这样的好老师感到庆幸。

1923年，周有光中学毕业，成绩优异，由于家庭经济困难，本只能选择免交学费的师范学校，但无意中考上了上海圣约翰大学，后幸得亲友资助，凑齐了200元学费，遂入学。大学里，周有光主修经济学，但对语言学的爱好让他选修了语言学。

大学时代留给周有光印象最深的是一位外籍老师。那个时代时局动荡，他每天在图书馆看报纸，知道世界上发生了许多大大小小的事情，报纸上的消息密密麻麻，看得让人透不过气来。一天，那位外籍老师问他，报纸上每天都刊登世界上发生的许多事情，你知道哪个消息最重要，又为什么最重要？那个消息的历史背景又知不知道？这一问还真把他难住了。外籍老师又说，不知道的话，就要多查查资料，《大不列颠词典》就是很好的工具书。周有光从此就按照外籍老师所说的方法读书看报，效率果然大大提高。

"我进的是教会学校。一进大学，我就用英文打字机，但是中文没有打字机，我就感觉到英文用起来非常方便，而中文则不方便。中文一定要用毛笔写。吕叔湘是我高中的同班同学，上大学后，我在上海,他在南京。我们就通信,当时大家关心的都是中国的国语运动,我们通信的话题也主要围绕国语运动。"这个时候,周有光对语言学产生了浓厚的兴趣,他曾说:"当我看书看得疲倦了,改看语言学的书有重振精神的作用,好像是右手累了,改用左手,可以使右手休息似的。"

国民党统治时期有许多左翼运动组织。"语文左翼运动有个重要人物,后来成为我的同事,叫叶籁士。叶籁士在日本读书,回来以后编了一本杂志,叫《语文》,大概就是(20世纪)二三十年代,具体哪一年我搞不清楚了。那时候'语文'两个字不是连起来的,语言就是语言,文字就是文字。'语文'两个字连起来用并作为杂志的名称,是叶籁士开创的。我给《语文》写文章。因为我是外行,名字都是用假的名字,即笔名,也就是'周有光',后来'有光'变成了我的号。"周有光笑言,那些文章很幼稚,现在看起来都觉得不好意思。

1925年上海发生五卅惨案,周有光随同全体同学和华籍教授离开上海圣约翰大学,改读离校师生创办的光华大学,1927年毕业。

"1933年,我去日本学日文,很快就学会了日语,我那时候有一种'左'倾思想,想跟随河上肇先生,当时他是'左'倾的经济学家,我对他十分钦佩。我本来在著名的东京大学读书,而他在京都(也称西京)大学教书。我就去考西京大学,结果跑到西京大学,河上肇却被逮捕了。我所就读的上海圣约翰大学是跟美国接轨的,但是与日本不接轨。所以,我在日本就只读了1年,主要也不是读经济,因为那些经济课程我都修过。我基本上都是在学日文，1年时间我的日文已经说得不错，连日本人都称赞。"当时，夫人张允和在日本怀孕了，周有光于是偕夫人回上海。

回国以后，周有光原本准备去美国读书，于是找工作，准备攒钱留学。"结果却遇到抗日战争，全家逃难到后方。抗日战争期间，是我最困难的时期。"

同两位美国名流的特别因缘

周有光是现代汉语拼音方案的重要拟订者之一。现代汉语拼音方案源于近代以来在中国开展的拉丁化新文字运动，中国的拉丁化新文字是20世纪20年代末30年代初在苏联创制的，其目的是在苏联远东的10万华工中扫除文盲，以后在条件成熟时，用拉丁化新文字代替汉字，以解决中国大多数人的识字问题。当时的苏联政府把在苏联远东地区的华工中扫除文盲也列为本国的工作任务，于是，在苏联的中国共产党党员瞿秋白、吴玉章、林伯渠、萧三等人与苏联汉学家龙果夫、郭质生合作，研究并创制拉丁化新文字。

由于当时国民党政府的新闻封锁，拉丁化新文字在国内推行已是1934年。1934年8月上海成立了"中文拉丁化研究会"，之后又涌现出许多推行拉丁化新文字的团体。拉丁化新文字具有不标声调、拼写方便、分词连写等特点，简单易学，适于在广大劳动群众中进行扫盲和普及教育，因此拉丁化新文字运动的发展便具有广泛性和群众性。"倪海曙（文字改革活动家、语言学家）在上海搞拉丁化新文字运动，影响很大。因为语文的事情一向是高层的，而倪海曙把它带到群众里面去，带到工人里面、农民里面，广大的劳动群众也参加语文运动。"当年，周有光参加了拉丁化新文字运动。

七七事变以后，周有光一家从上海逃难到重庆，他本人任职于新华银行。周有光常对人说，他的"命大"，并举事实为证：抗日战争时，他在重庆逃难，一次日本飞机的炸弹落在他的附近爆炸，冲力很大，整个人被摔到路边去了。当时以为自己非死即伤，结果呢，从头到脚摸一遍，身上没有疼的地方，没有受伤，旁边的人却被炸死了！"你说我幸运不幸运？"

周有光回忆说："当时国民党政府在重庆要确保后方有东西吃、有衣服穿，于是国民党的经济部成立了一个农本局，在很多银行找人去农本局做事，实际相当于农业银行，服务于抗战需要。我就调去了农本局，担任重庆办事处的副主任，管辖四川。"

1942年，盟军联合攻打日、德法西斯，美国一艘载着轰炸机的航空母舰驶向西太平洋，准备轰炸日本本土。美国事先同中国约好，对东京进行轰炸后，16架轰炸机飞到浙江，之后轰炸机全部送给中国。不幸的是，美军提前一天行动，中国方面把友机当作敌机，机场灯火管制，导致美国轰炸机无法降落。不得已美军放弃飞机，人员用降落伞下降，幸好无大伤亡。中国方面搞清真相后，要宴请这批美国飞行员。但在战火纷飞的小地方找一个翻译成了难事。当时，周有光路过金华要回重庆，帮忙购长途车票的一位国民党军官对周有光说：这下好了，你明天可以动身，但要帮个忙当翻译。"

待至宴会席上周有光才知道美军领头人叫杜立德（James H.Doolittle），第二天即与杜立德将军同车前往衡阳。敞篷吉普车在崎岖道路上行驶了3天，杜立德脱下皮夹克为周有光挡风沙御寒。路上，周有光开玩笑说，你的名字叫"做得少"（do little），可是你却"做得很多"（doing much）。

空袭东京给了骄横不可一世的日本侵略者以沉重的打击，使得战况不佳的盟军看到了胜利的希望。不久，杜立德晋升为地中海联军空军总司令。

1946年，周有光返回上海，回到新华银行工作。当时，张允和回苏州老家探亲，一天漫步旧书店，随意购得几册旧书，其中有一本线装《唐五代词选》，封面上有朱笔写下的"远荪"两字。张允和并不在意，带回上海后，顺手把它往书架上一放。周有光下班回家，到书架前看到这册旧书时，惊喜地叫起来：啊，这是我的书呀！重又回到我手中，真是太奇妙了！遂即又在封面上写下："抗战8年，避居蜀中，家中旧物损失早尽。今日忽于书架见此书，视之若相识者；细看封面有'远荪'二字，遂知为余之旧物。并忆起此二字为老友所书。询之允和，方知此书甫自苏州旧烬中拾来。得此如20年前故人，喜不自胜，因此记之。"

战争是残酷的，而这本《唐五代词选》却迷津识途，历经沧桑后又神话般地回到了主人手里……这时他俩已结婚13年，相识20载，张允和还不知"远荪"即是夫君。周有光说，我有8个兄妹，我是老六，从小抱给恽次远（常州和慎商业储蓄有限公司创办人）做孙子……这就是"远荪"的出典。

不久，周有光由新华银行派驻美国纽约。"在美国的时候，我主要是工作，周末去读书。当时很矛盾，内心考虑要不要辞去工作拿学位。而我也在美国很大的一个信托银行工作，已经做到了中上层。这些对于毕业生来说是不容易的。所以，我没有辞去工作，而是利用业余时间读书、学习。"

当时，杜立德已复员，成为壳牌石油公司董事长。1946年，杜立德在那用软木装饰墙壁的气派豪华的办公室里，热情接待了周有光。杜立德说自己已经50岁了，可是身体强壮，接着像小孩子一样，当着周有光的面蹦了起来，以证明自己的身体很棒。故人重逢是那么高兴。周有光没有想到，当年一次特别的巧遇，两人竟结为终身好友。

1947年，周有光与著名物理学家、相对论的创立者爱因斯坦见过两次面。"我到美国不久，一个朋友是普林斯顿大学的教授，他跟爱因斯坦是同事。一次在聊天中说，爱因斯坦现在很空闲，你可以去跟他聊聊。因此，我有幸跟爱因斯坦聊过两次。当然都是聊一些普通问题，因为专业不同，没有深入谈一些话题。但是，爱因斯坦十分随便，穿的衣服还没我讲究，给我的印象非常好，我们侃侃而谈，他没有任何架子。"

周有光回忆说："美国研究原子弹，当时打仗，经济紧张得不得了，研究原子弹需要很多钱，这钱投进去原子弹到底能不能造出来，谁都不知道。罗斯福总统不敢签字，就去问爱因斯坦。爱因斯坦就讲了一句话：That's possible（那是可能的）。罗斯福听了回去赶快签字了。后来原子弹果然研制出来了。这影响大得不得了。对这种大人物的贡献，你不能拿普通人来衡量他。他说一句话，有千钧之重。爱因斯坦读书并不好，大学都考不上。所以说考试只能评定你的记忆力，不能评定你的理解力、创造力。今天我们对青年和小孩的教育方法恐怕要改改。"

与爱因斯坦的见面，对周有光而言，很多细节都遗忘了，但他对爱因斯坦的这样一段话记忆深刻：一个人的一生到60岁为止，工作大概是13年，除了吃饭睡觉，业余时间是17年，能不能成功就看你怎么利用你的业余时间。

半路出家的重磅语言学家

1949年，周有光在新中国成立前夜回到上海，先后在上海复旦大学经济研究所、上海财政经济学院做教授。

"拉丁化新文字运动不是一种国语运动，而是很多种方言的运动。我的看法跟他们不一样，我觉得当时国语重要，方言不重要。我也不反对方言写成文字，但主要力量要放在国语上面。这是一点。还有许多方案，要有共通性，不能相互有矛盾，诸如此类。陈望道（时任复旦大学校长）对我提的意见非常感兴趣。他说你这些东西跟他们想法不一样，很好，你把它收集起来，出一本小书。我就根据他的意见，在1952年出了一本小书《中国拼音文字研究》，那本书也是很幼稚的，是关于拉丁化的一些文章。"

中华人民共和国诞生时，56个民族有数十种方言，并且很多人是文盲。要建设这样一个国家，没有统一的、能适应现代化需要的文字语言，是不可想象的。因此，文字改革问题很早就被置于国家工作日程的重要位置，相关部门从全国范围内选拔了许多专家学者来从事这项开创性的工作。

1955年10月，为了进一步规范简化汉字，提高认知率，中共中央决定召开全国文字改革会议，周恩来总理点名邀请精通中、英、法、日四国语言的周有光参加会议。会后，中国文字改革委员会副主任胡愈之跟周有光说："你不要回去了，你留在文改会工作吧。"周有光笑了笑，说："我不行，我业余搞文字研究，是外行。"胡愈之说："这是一项新的工作，大家都是外行。"不久，周有光接到通知从上海调往北京。

消息传出，朋友们纷纷相劝："经济学多重要啊，语言学可是小儿科。""哪里需要哪里去！"——凭着一份朴素的热情，49岁的周有光扔下经济学，半路出家，乐呵呵地一头扎进语言学中。于是，经济学界少了一位金融学家，国家语言文字改革委员会多了一位委员，多了一位语言学家。

在美国国会图书馆里，既藏有经济学家周有光的著作，又有作为语言文字学家周有光的著作。从金融经济到语言文字，周有光改行可算是"完全彻底"。他的孙女在上小学的时候，曾经很严肃地与爷爷讨论这个问题。她说：爷爷，你亏了！搞经济半途而废，你搞语文半路出家，两个"半圈"合起来是一个"0"！周有光笑道："我这是在'劫'不在'数'。那时候搞经济的后来都倒了霉。"

"我的改行是偶然的，不过我是既来之则安之，既然改行了就要认真做，当时的工作任务很繁重，我就把所有能够利用的时间都拿来补充知识，因为作为外行可以马马虎虎，但真正作为一个专业人员你就决不能马马虎虎，以前看过的名著我要重新细读，那个时候我的确很用功。"谈起转行，周有光回忆道："中国文字改革委员会下面有两个研究室。第一研究室的研究重点是拼音化问题，第二研究室侧重于汉字问题。领导认为我在汉语拼音方案方面过去发表过一些东西，另外我的主张还是有点道理的，就让我主持第一研究室。这两个研究室是做具体工作的，下面还有小委员会。一个是汉语拼音方案委员会，我也是委员。"

事实上，拼音方案在重新设计之前已经有过两代人的努力。"中华民国成立第二年，当时的政府就开始制订注音字母方案，这是中国语文往前走的很重要的一步。这些工作是黎锦熙先生搞的，他是比赵元任更早的一批。到了赵元任，是第二代了，他们制订国语罗马字，就不用中国汉字方式的符号，而用国际通用的字母。赵元任和我是老乡，比我大，高了几级，最初都没有交往。后来我到美国工作，赵元任正好在那儿读书。我常去看他，两家交往多了，我们就开始讨论语文问题，我就请教他。"周有光说，到了20世纪50年代要重新设计拼音方案，赵元任的思想"对我影响很大，我们设计的拼音方案就参考了国语罗马字制订汉语拼音方案"。

当时拼音方案委员会一共有 15 个人，由几个大学的语言学家组成，主要是开会参加讨论。"文改会安排具体工作由 3 个人来做：叶籁士、陆志伟和我。叶籁士兼秘书长，比较忙；陆志伟要教书，还兼语言所的研究工作。我呢，离开了上海，没有旁的事情，就一心搞这个事情。我们三人就起草了第一个草案：汉语拼音文字方案。"当时，周有光提出了三点原则：拉丁化、音素化、口语化。"事实上，我们三个人共同提出要用 26 个拉丁字母，没有新字母。看法基本一致，没有什么对立思想，只有一些技术性的不同观点。"

罗马字母最终成为汉语拼音的背后

"我们在（20 世纪）50 年代制订《汉语拼音方案》的时候，一下子拿到 600 多份方案，后来拿到大概 1000 份方案，接着又拿到 1000 多份方案，一共拿到的方案有 3000 多份。不少人积极参与创造方案，大家热情很高的。当时制订《汉语拼音方案》，我们非常慎重，从原理到技术都广泛征求意见、深入研究。有人曾给我们讲笑话：你们太笨了，26 个字母干 3 年。我今天回想：这 3 年时间花得还是很值得的。事实上，直到今天还有人在提意见，而他们提的意见我们都研究过，几乎没有新意。假如当初没研究好，有漏洞，就遗憾了，毕竟要弥补是很麻烦的。"周有光说，汉语拼音采用的是罗马字母（拉丁文的字母），但它在 20 世纪 50 年代曾遭到很多人的反对。周有光描述道："当时有人认为中国有 5000 年的文化，几个字母还不会搞，干吗要用帝国主义的字母?"

早在1949年年底,毛泽东主席到苏联访问,其间与斯大林谈到中国的文字改革。斯大林建议说,中国是一个大国,可以有自己的字母。毛泽东回到北京,指示中国文字改革委员会研究制订民族形式的拼音方案。此后,中国文字改革委员会研制了多个民族形式的拼音方案,但意见不能达成一致。当时文改会主任吴玉章向毛泽东汇报民族形式的拼音方案难以研究后,毛泽东同意研究罗马字母,再提到党中央讨论,得到批准,文改会这才把精力放到罗马字母形式的拼音方案研究上来。

确定用罗马字母了,但怎么用?周有光举"j、q、x"制定的例子来说明仅这3个字母就费了很大周折。当年周有光花了很大气力研究世界各国的字母用法,将其分为3类:基本用法、引申用法和特殊用法。"j、q、x"就属于特殊用法,比如"x",它一方面有学术根据"mexico"(墨西哥)中的"x",发音和中文的"x"差不多,另一方面清朝就有人提出这样的用法,"只是当时没人理他"。

"一开始不敢用这种特殊用法,反对的人很多。比如有人姓'齐',首字母是'Q',他反对说那他就变成阿'Q'了。我就说那英文中女王也是'Q'开头。"周有光说这是笑话,但当时的确有阻力。后来"j、q、x"才确定在《汉语拼音方案》中。

1956年1月,国务院正式公布《汉字简化方案》和《关于推广普通话的指示》;1958年2月,第一届全国人大第五次会议通过了汉语拼音方案决议,同年秋季开始,《汉语拼音方案》作为小学生必修的课程进入全国小学的课堂。"汉语拼音方案通过以后，还是有争议。沈从文和我是一家人。我娶了张家的二女儿张允和，他娶了三妹张兆和。沈从文搞文学，要发展形象思维，我搞学术，要发展逻辑思维——在这上面我们是两条路，但我跟他很亲近。他一开始非常反对拼音，不赞成我搞拼音，说中文怎么能用拼音来写呢，中文应该一个个字写出来。用外国字来帮助拼音，那是中国人写外国字。不过后来我用具体事例说服了他，让他知道我们要搞中国语言文字现代化。当时我带他在打字机上做实验。用打字机打拼音，中文字一下子就出来了。沈从文看了以后，觉得拼音可以用了，也就不反对了。"

是年秋，应北京大学王力教授之约，周有光开讲"汉字改革"课程。根据讲稿整理成的《汉字改革概论》1961年出版，1964年再版，1979年出第三版，1985年在日本出日文翻译版。

1969年，周有光被下放到宁夏平罗远郊的国务院"五七"干校。去干校不能带研究资料和参考书，不愿让头脑闲置的周有光灵机一动，带上了二三十本各国文字版本的《毛主席语录》，还随身带有一本《新华字典》。"其间，我过了整整一年的农民生活，我觉得很有意思，还有好处。我容易失眠，到宁夏去种田，没有脑力劳动，体力劳动竟把我的失眠症治好了，所以看似不好的事也有好的一面。"他说，在干校时期最大的收获是"要能够适应不好的环境。不要着急，不要失望，遇到任何坏事情，要稳定，要安定，同时要保留积极的思想，不要消极"。

当年，65岁的周有光和71岁的教育家林汉达被派去看守高粱地，二位老先生仰望天空，热烈讨论中国语文大众化问题。一次，林汉达问："未亡人""遗孀""寡妇"哪种说法好？周有光开玩笑回答：大人物的寡妇叫遗孀，小人物的遗孀叫寡妇。又说，从前有部外国电影，译名为《风流寡妇》，如果改为《风流遗孀》，观众可能要减少一半……讨论逐渐深入，最后一致同意，语文大众化要"三化"：通俗化、口语化、规范化。二位老先生高声地交谈，好像对着几万株高粱在演讲。

干校劳动间隙，周有光以收入《新华字典》的字为依据，科学分类统计，把信息论引入古老的汉字研究领域，开创了一门现代汉字学。劳动之余，他还凭借当时多种语言版的《毛主席语录》开始比较文字研究。周有光没有想到，30多年后，也就是2004年12月，他应邀在中国现代文学馆作有关"比较文字学"的讲座时，仅带提纲、讲稿全在肚里的他讲课一小时，现场答疑却有一个半小时，其间，不少精彩回答博得听众阵阵掌声，会后人们争着求签名，排起了一条"追星"长龙。

1971年，周有光从"五七"干校返京。

1979年4月，国际标准化组织（ISO）在华沙召开文献技术会议。周有光在会上代表中华人民共和国发言，提议采用汉语拼音方案作为拼写汉语的国际标准。1982年国际标准化组织通过投票，认定汉语拼音方案为拼写汉语的国际标准（ISO7098）。"ISO通过全世界投票，使汉语拼音方案成为国际标准。从中国标准到世界标准，这是过去没有的。为什么要这么做呢？中国文化要和外国文化沟通交流，一定要得到世界认同。"

后来，周有光还主持了汉语拼音正词法基本规则的制订，提出正词法的基本原则和内在矛盾，规则在 1988 年公布。

《汉语拼音方案》成为国际标准，开辟了中国文化走向世界的一条通道。1998 年，《汉语拼音方案》公布 40 周年，美国国会图书馆决定，从这一年起，把全部中文图书的目录由旧拼法改为汉语拼音。有专家曾经估算过，这套汉语拼音方案的出台，不仅使历史悠久的汉字语言从此有了标准、规范的读音，还使学龄儿童能够提前两年开始阅读名著。

全面而科学地阐释中国语文的现代化

在周有光看来，中国语文的演变与历史紧密相关。"秦并六国，实行书同文，极大地推动了中国语文的发展。辛亥革命，帝国变为民国，提倡国语，统一汉字读音，制定注音字母，文言改为白话。1949 年建立新中国，推行普通话，实行汉字简化，制定汉语拼音方案。中国历史的演变总会引起中国语文的演变。"

清末以来，中国语文经历了国语运动、白话文运动、注音字母运动、国语罗马字运动、大众语运动，等等，这一系列运动的要求可以归纳为 4 个方面：语言的共同化、文体的口语化、文字的简便化和表音的字母化。

所谓语言的共同化，是说汉族需要一种大家通用的共同语。"孔子时代有雅言，历代有通语，明清时代有官话，民国时代提倡国语，中华人民共和国成立后推广普通话。现代社会需要标准明确的规范化共同语，普及共同语是实行全民义务教育和建设现代化国家的基础工程。民国初年，尝试以多数省份的汉字共同读音为标准，1924年改为以受过中等教育的北京人的语音为标准。1955年，全国文字改革会议把国语改称普通话，定义为：以北方话为基础方言，以北京语音为标准音，以典范的现代白话文著作为语法规范。1982年宪法规定，推广全国通用的普通话。随着义务教育的逐渐普及，规范的普通话正在成为事实上的全国共同语。方言时代将要让位于普通话时代。普通话所代表的汉语已经成为世界上使用人口最多的语言。"

文体的口语化是指从文言走向白话的过程。文明古国都有书面语（文言）和口语（白话）的矛盾，中国长期以文言为正宗文体，阻碍了思想的发展和教育的普及。周有光说，清末维新运动者提出"我手写我口"，1919年前后掀起的白话文运动也成为五四运动的先导，白话由此取代文言成为文学的正宗、小学教科书的正式文体，原来"不登大雅之堂"的白话大行其道。新中国成立后，直行排印改为横行排印，以便配合科技术语和数学公式。实行公文改革，如今"等因奉此"的公文程式已经无人知晓。报纸上半文半白的语言也基本消失了。多种古书今译丛书的出版，可以看作是白话文运动的延续。

汉字笔画繁、字数多、读音乱、检索难，这些对于汉字的推广造成很多困难。清末开始提倡简化汉字，要求定形、定量、定音和定序。"定形即异体字要统一，印刷体与手写体要接近，要以清晰、易认易写的简体字为规范。定量是为了解决汉字太多的问题，在难以减少字数的情况下，用分层的方法来减少学习和使用的难度。"据介绍，汉字分为常用汉字（3500字）和通用汉字（7000字）两个层次，前者用于小学教育，后者用于一般出版物。此外罕用的汉字，可以用于古籍和专门性的出版物。定音代替了传统的反切，开始汉字的统一读音，民国以来字典一律用字母注明标准读音，后来进行普通话审音工作，统一异读词的读音。汉字检索的部首法和笔画法都难以适应自动快速检索的技术需要，1918年公布注音字母之后，开始了利用字母顺序的音序法。1958年公布汉语拼音方案，在《现代汉语词典》使用拼音字母的音序法排列正文的带动下，大型出版物如《中国大百科全书》也采用拼音字母音序法排列正文，这就是定序。定形、定量、定音和定序帮助中国语文越来越现代化。

汉字简化在清朝末年就开始提倡，一直到新中国才成为事实。"我国内地的教科书、报纸和杂志已经普遍采用简体字。但是马路两旁的招牌繁简混杂，使人感觉城市街道十分混乱。书法应当分实用书法和观赏书法，实用书法应当使用规范字，观赏书法则可以任意变化。但简化无损于书法，古代的书圣王羲之就经常写简体字。"

与中国语文的现代化关系最密切的是表音的字母化。"汉字一直缺少一套字母。古时的反切法自然非常不利于识字教育。从1918年制定以古汉字为基础的注音字母，开始了表音的字母化过程。1928年公布国语罗马字，采用国际通用字母。1958年公布汉语拼音方案，继承和改进国语罗马字。1982年，汉语拼音方案得到国际标准化组织的认证，成为拼写汉语的国际标准（ISO7098）。我国的语文政策是，汉语拼音帮助汉字，不代替汉字。汉语字母的诞生是个难产的过程，从国外设计到中国设计，从民族形式到国际形式，从内外有别到内外统一，从国家标准到国际标准，经过了漫长曲折的历史过程，汉语字母终于成为电脑上输入中文的主要媒介，成为中外文化交流的桥梁。"

在信息网络时代，汉字遇到如何在电脑上输入输出的问题。"起初尝试整字输入；后来改为拆字输入，设计了千种以上的字形编码；最后采用'拼音—汉字'变换法，输入拼音，以语词和词组为单位，自动转变为汉字。现在这种变换法已经成为各种输入法的主导。"

"规范汉字，包括简体字和传承字，在中国大陆已经通行。小学教师说，简体字好教，小学生容易认，容易写。在电脑屏幕上简体字阅读清晰，联合国的中文文件准备一律用大陆的规范简体字。许多种古代书籍已经翻译成白话文，改印规范汉字。银行记录的电脑化，由于生僻字不便输入电脑完成转账，今后姓名用字应当以通用汉字为限。一个十几亿人口的大国，过去多数人都是文盲，今天大多数人都接受基础教育，这是我国文化历史的巨大变化。"通晓汉、英、法、日4种语言的周有光以百岁老人的历史视角纵论普通话、简体字的意义。

中国是世界上人口最多的国家，也是使用汉字人数最多的国家。与此同时，中国还是一个地域辽阔的多民族国家，有非常丰富的语言文字和方言种类。周有光说，全国55个少数民族中有72种语言，29

个民族有自己的文字，共 54 种，其中 25 种还在使用中。汉语就有 7 大方言区，100 多个方言片。它们在中华民族的形成和发展中起到独特的作用，具有独特的文化价值。中国语言文字是世界共同的文化遗产。1950 年以来，相关部门给没有文字而需要文字的民族创制文字，对应用不便的文字进行修订或改革，汉族和少数民族一同进入语文现代化时代。

周有光的谈话，不仅给人以启迪，还富于幽默感。为了让人明白汉语改革的必要性，他总爱说这样一个小故事：从前，三个中国人在英国相遇，一个广东人，一个上海人，一个福建人，谁也听不懂谁的方言，不得不用英语互相沟通。后来，有了汉语改革，这种笑话才不至于再发生。

"'言语异声、文字异形'的时代即将过去，'书同文、语同音'的时代出现在我们的面前，在全球化的 21 世纪，中国将以一个现代文明大国的形象屹立于世界。"这是周有光的愿望。

社会的变化快，语言文字也跟着变化快。如今，各种个性化的语言可以说是五花八门。周有光说："现在中国人特别爱用外国字母，觉得表达起来很方便，像 TV、卡拉 OK、CD、PK 等。还有一个事情很有趣，'〇'算不算中国字？以前，《现代汉语词典》是不收的，后来收了，承认它是个中国字。因为这个'〇'到处用了，比如现在常这样表示二〇〇七年，过去则是二零零七年，其实这两个'〇'是外国的，现在已经成了中国的。"

个性化语言的大量出现，会不会与国家推广的"语言文字规范化"相冲突呢？周有光摇了摇头说："现在有不少人对中国语言文字的纯洁性表示担忧，但我认为大可不必。不仅是中国，如今许多民族都有这个问题，特别是第二次世界大战以后。现在我们接受的外来词，主要是英国、美国的。为什么？他们的口语在全球的使用频率高，我们学他们的许多口语，结果把他们的许多词汇也学来了。其实，即使英语也不是纯粹的，英语里有不少词汇也是外来的。所以说，我们国家出现的这种现象，是变化过程中的现象，不要觉得奇怪。当然，变，有的合理有的不合理，有的能接受有的接受不了，要有一个过程。比如我们小时候没有'沙发'这个词，这是洋词，但现在不感觉它是外国话了，而且约定俗成了。随着时间的流逝，有些不合理的词语会慢慢地被淘汰掉，因此所谓规范化、标准化，一定要在社会语言的成分稳定以后才能规范化，否则你规范它也没用处。"他表示，语言文字的规范化不是一次订下来的，规范不是一成不变的，要不断研究不断改进。"语言在变，你的规范也要变。所以规范化是一个长期的工作，推广也是一个长期的工作。"

谈到推广普通话会不会使方言消失，周有光说，中国今天一些城市发展非常快，外面来的人越来越多，本地人口增加得非常慢，慢慢地这些城市就变成了大城市、大都会。大都会不可能通行本地方言，必然有一种共同语言，在中国就是普通话。大都会的通用语必然是普通话，这是一个自然趋势，这不仅是中国的现象，也是世界各国的现象。

随着中国的和平崛起，一股"汉语热"正在世界五大洲冉冉升起，不少国家的人从中学就开始通过拼音学习中文，而且进步很快。这就不能不感激半个多世纪前汉语拼音的主要设计者周有光。近几十年来，周有光把大部分精力投入了现代汉字学及语文现代化的研究中，在他的倡议下，1994年在北京成立了中国语文现代化学会，他任名誉会长。

"元老"级的"观赏动物"原来是位"新潮老头"

2002年8月，张允和仙逝，享年93岁。"我们结婚近70年，忽然老伴去世了，我不知道怎么办。两个人少了一个，这种生活好像自行车只有一个轮子了，另一个轮子忽然掉了，你怎么走？不知道怎么办。后来呢，慢慢地、慢慢地，隔了半年以后人就稳定下来了。因为我想到一个外国哲学家讲过：个体的死亡，是群体进化的必要条件。这么一想，我才安下心来，毕竟生死是自然规律。有一位外国哲人也说过，人的死亡是给后来人腾出生存空间。"

当时，没有举行追悼会，也没举行遗体告别仪式。周有光在极度痛苦之中，用先哲的警言来排遣心情。慢慢地，他已经把人的生死参透了。

早在1925年，由于周有光的妹妹周俊人与张允和是同学，两家的兄弟姊妹们便已相互认识。1928年，周有光、张允和同在上海读书时，成为朋友。1932年上海发生战乱，为了安全起见，张允和借读于杭州之江大学，此时周有光任教于杭州民众教育学院，两人开始自由

周有光 | 被上帝遗忘的"汉语拼音之父"

老伴张允和在世时,两人相敬如宾

恋爱。1933年4月30日，周有光、张允和结为伉俪，从此相濡以沫。

老伴张允和在世时，两人相敬如宾，据说一辈子没吵过架。对此周有光解释道："我们的亲戚经常向我们的保姆询问此事。其实我们也有吵架，不过我们吵架不会高声谩骂，不会让保姆听到的，一般是三两句话就吵完了。还有一点，我们吵架通常不是为了两个人的问题，而是因为其他人的问题。的确，我们的婚姻生活是很和谐的。到了北京，一直到我老伴去世，我们每天上午10点钟喝茶，有的时候也喝咖啡，吃一点小点心。喝茶的时候，我们两个举杯齐眉，这当然是有一点好玩，更是双方互相敬重的一种表达。"

周有光祖上为常州望族，太太张允和是当时的大家族张家的闺秀。叶圣陶先生曾说："九如巷张家的4个才女，谁娶了她们都会幸福一辈子。"张家四姐妹，个个兰心蕙质，接受过良好的教育。大姐张元和的夫君是昆曲名家顾传玠，老三张兆和是沈从文的夫人，老四张充和嫁给了德裔美籍汉学家傅汉思。张允和的曾祖父张树声，是跟随李鸿章打仗出身的，"张家"与"李家"相并列。李鸿章当年因母亲去世回家守孝，职务就是由张树声代理的。

散文集《多情人不老》是周有光和夫人张允和合著的。所谓"合著"，其实是各写各的，书的正反面互为封面，张允和的文章横排，书页向左翻；周有光的文章竖排，书页向右翻，可谓别开生面。他们所写的，都是回忆人和事的散文，感情饱满，文采斐然。

紧挨窗台的书橱里，沈从文的书超过三分之二，墙上则挂了几幅周有光与老伴张允和的合影。有一张丁聪画的漫画很有意思，漫画中，周有光踏着一辆三轮车，载着夫人张允和一同出游，老两口的亲密、默契与恩爱，跃然纸上。周有光说，他们夫妻俩跟丁聪是好朋友，一次他跟丁聪说自己要买一辆三轮车带着老伴出去玩，可是没想到车还没买，就被丁聪画成漫画在报上刊登了。

谈话的间隙，周有光从身后的小书架上取下一本书给笔者看。这是《中国现代语言学家传略》，里面收入了包括周有光在内的许多知名语言学家的传略。笔者在目录处看到每一个传主后都有周有光用铅笔做的标记，注明有关传主的去世时间，只有他自己还健在。"现在，收在这本书里的好朋友和同学全走了，离开了这个世界到八宝山去了，只剩下我。长寿也不是一件好事，佛经里说，99 岁功德圆满。2005 年春节前后，我患肝淤血住进医院，医生说这种病要治好的可能性不大，我觉得也到了该结束的时候了。可在医院里住了 3 个多月，我又回来了，99 岁生日就是在医院里度过的，他们都来看我，我好像成了观赏动物一样。"

已百余岁高龄的他，每天还要看书读报——不是随意浏览，而是逐行逐句，圈点勾画，读到细处，甚至要找来地图，举着放大镜相与对照。"老来回想过去，才明白什么叫作今是而昨非。老来读书，才体会到什么叫作温故而知新，学然后知不足，老然后觉无知。这就是老来读书的快乐。"

周有光晚年仍勤于笔耕——不，按他的说法，是"指耕"，他每日用电脑写作。他对用打字机写作赞不绝口，他每天都用打字机写作，比手工快 5 倍，说着拉开办公桌抽屉，里面放着很多电脑软

"新潮老头，白发才女"（著名漫画家丁聪笔下的周有光夫妇）

盘，他随手拿出一张软盘说，这就是一本书，又拿出两张说，一部大的书，两张软盘。"我写作没有固定的时间，年纪大了，跟正常人不同，年老的人工作累了要睡觉，我利用精神好的时候写文章，工作效率并不低。"

有人称周有光为"新潮老头"。周有光在大多数人还不知道电脑为何物时，就已经开始在电脑上写文章了。书桌旁边，摆放着用花布包裹着的东西。他指着说："写文章全靠它了。"说着，他小心地打开包裹，里面是一台陈旧的WL-1000C中西文文字处理机。那是1988年4月，日本夏普公司送给周有光的礼物。从此，周有光开始每天用这台电子打字机写作，用双打全拼输入中文。这台打字机保养得很好，几十年后他还经常用这台"夏普"，尽管儿子后来给他购置了一台更高级的电脑。"我使用双打全拼在电脑上写文章，不用草稿纸已经快30年了，我想什么就打什么，得心应手，灵活自如，一点也不慢；有的人是看着别人的文稿打，那是'看打'，是打字员。"

高龄"换笔"之后，周有光开始关注汉字在计算机中的输入输出问题。在他看来，汉语拼音输入法不用编码就可以输出汉字，值得大力推广。周家的保姆30多岁，周有光曾劝她学学电脑，保姆说："我都老了，还学什么电脑呀？"周有光说："我还没说老呢！"他不但说服保姆学电脑，还在保姆女儿假期来玩的时候，教她学会了电脑。

周有光叹息自己年纪大了，大部头写不动了，只能零星写点小文章，每月坚持为《群言》杂志写一篇随笔。采访时，他给了我他写的一篇文章的打印稿，题目是《食衣住行信》。在他看来，民以食为天,"食"当排首位,而不是常言的"衣食住行",他还认为在飞速发展的信息时代,"信息"如同吃饭穿衣一样重要,不可或缺,有必要在原来4个字的基础上再加上一个"信"。老人还在关注身边的社会问题,用随笔的方式表达自己的看法。可嘉可赞!

尽管从事学术研究,而且年纪大了,但周有光却不像别的学者那样闭门谢客,苦心经营。他笑言:别人来看我,说怕耽误我的时间,我说我的时间不值钱,我是"无业游民"。

当今世界,人活百岁并不稀奇,稀奇的是已逾百岁高龄的周有光笔锋尚健。说到著作等身,周有光不赞成这种说法,他说这个提法不科学。古时候的书用竹简穿缀而成,堆积起来可以有一人多高;现在技术先进,一张光盘就能容纳好几十部百科全书,要想"等身"不可能了。仔细想来,周有光的话很有道理,衡量学问的尺度不是书本堆积的高低,而是要看书里边是否有思想、有内容,在物欲横流的时代做学问,恐怕还要加上一条,那就是学者的良心。

这位历经晚清、民国和新中国三个时期的"元老"风趣地说:"中国有句老话,叫作长命百岁。100岁是人的生命的极限,超过极限是有的,但那是例外,我自己一不小心已身处例外了。上帝糊涂,把我给忘了……不叫我回去!"周有光笑言自己"四世同球",原来他的孙女和重外孙现居美国,他隔天就用"伊妹儿"和他们通信。

他不仅头脑十分新潮,而且生活中也不落伍,喝"星巴克"咖啡,看好莱坞大片,时尚不输当代青年。他对自己的未来充满了信心,他说有的老人认为自己老了,活一天少一天了,而他则不以为然，"老不老，我不管，我是活一天多一天的"。"我的生活很简单，我的天空就是这半个书房。"讲着讲着，周有光便笑出声来，孩童般乐不可支、合不拢嘴。

生命从80岁开始

周有光年轻时得过肺结核，患过抑郁症，结婚时算命先生说他只能活到35岁。可是他早已超百岁了。吃饭、如厕、洗澡等基本能自理，偶尔他还下楼散散步。"如果身体跟五官分开，我的身体就很好，血压正常、消化正常、脑子正常，只是耳朵有些聋，眼睛也不好使。"因为接电话不方便，他在致友人的信末告知电话号码时，总要附上一笔"我耳聋，保姆代听"。

他说，自己耳朵不好，常闹笑话。一次，三联书店的编辑拜访老先生。当时张允和讲了一个故事，周有光凑在一旁的小板凳上"听"，张允和讲的是曹禺当年边洗澡边读书的趣事。张允和讲完之后，周有光见客人兴致很高，把小板凳往那位编辑身边挪了挪说：我也给你们讲个故事吧。等他一开讲，张允和与来访者哈哈大笑起来，周有光问她们笑什么，这下客人笑得更厉害了。那位编辑告诉他说，奶奶刚才讲的就是这个故事呀。

1946年底，周有光被新华银行派往美国工作，在太平洋过子午线的前一天，刚好是他的生日，过了子午线，重复一天，还是他的生日。接连两天过生日，真是难得。2001年阳历1月13日是他的生日，凑巧这天是阴历十二月十九日，也是他的生日。阴历、阳历两个生日在同一天，要大半个世纪才发生一次，这也是百年难遇的趣事。

"我97岁去体检，医生不相信，以为我写错了年龄，给我改成了79岁。医生问我怎么这样健康，我说这要问医生啊。"谈到自己的养生之道，他说：其实也无秘诀，不过是生活应有规律，心宽体胖。周有光认为最重要的是度量要放宽一点。周有光是中国语言学的权威，但他从来不居功自傲，更不争权力、要待遇……他能够居于陋室，安于陋室，无求于物，自静其心。

周有光说："有些人常常为小事吵架、生气，我认为没有必要生气。德国哲学家尼采说得好，'生气都是拿别人的错误惩罚自己'，人家做错了事情，我生气，不是我倒霉吗？"就是这种宽容的心态，使得这个慈祥、快乐的老人得以高寿。

周有光年轻的时候很喜欢打网球，现在已经做不了这样的运动了，他就自己琢磨了一种运动方式，还给它取了一个很形象的名字——"象鼻子运动"。周有光说："大象的身体很庞大，但它却健康得很，不大生病，虽然它没有蹦啊跳啊的，但它的鼻子却经常地运动着，这正是持久的小运动带来的大健康。而且这种锻炼不需要器械、场地，随时都可以进行。"老人每当写文章感到累的时候，就会做一下他独创的"象鼻子运动"——扶着桌脚、晃晃头、耸耸肩、扭扭屁股、伸伸腿……小小的运动锻炼了全身，难怪年迈的他连牙齿都是"原装"的。

周有光认为要健康愉快就要善于自己创造条件。"老年人切忌孤独，应广交朋友，参加一些力所能及的文体活动；或者与忘年朋友交流思想，吸取青春活力，使老年生活兴味盎然。我现在都老得出不了远门了，只好把青年朋友请进家来。"

老人书很多，又没有专门放书的屋子，4间小屋子都放满了书。有的时候，要查资料，常常在4个屋子里跑来跑去，周有光没有把这当成一种负担，反而乐此不疲。他说："古代有'陶侃运砖'，讲一个名叫陶侃的书生为了锻炼身体把砖头搬来搬去。我把书搬来搬去，这是'周有光运书'。"说完，老人哈哈地笑了起来。

"老年人离退休后，应该珍惜和把握自己的生物钟，平时要注意保持良好的生活规律，按时起居。老年人了解和掌握生物钟现象很有好处，一方面积极配合家庭成员的生物钟规律，另一方面要把握自己的生物钟规律。充分利用高峰期，多做些有益的工作。低谷期要注意休息，保持心情愉快。"他每天起居定时，晨6时起，晚10时睡，中间要午睡。

周有光一生饮食习惯基本不变，喜欢吃面包、喝咖啡、饮红茶。在日常生活中，周有光一日三餐以面包、牛奶、青菜、鸡蛋、豆腐为主，主食吃得很少。他从不刻意保养身体，不吃补品，自述生活要平淡稳定，吃东西不要过量，不要老吃所谓的山珍海味，要吃家常便饭，吃青菜豆腐，就是赴宴会也不要多吃。"以前我在上海有一个顾问医生，他告诉我大多数人不是饿死而是吃死的，乱吃东西不利于健康。"

"牛奶是好东西，但有不少人喝不习惯，我也喝不惯。我是在红茶中兑入牛奶一起喝的,这样口味好些,因为红茶的浓重气味可以去掉牛奶的腥气。牛奶是廉价的滋补品,但要坚持常年喝,这样才会对身体有好处。红茶性味甘温,可补益身体,生热养腹,还可以去油腻,开胃口。"据悉,老人天天洗澡洗头,一身清爽。

前几年,周有光写了一篇周氏"陋室铭",曰:"山不在高,只要有葱郁的树林。水不在深,只要有洄游的鱼群。这是陋室,只要我唯物主义地快乐自寻。房间阴暗,更显得窗子明亮。书桌不平,更怪我伏案太勤。门槛破烂,偏多不速之客。地板跳舞,欢迎老友来临。卧室就是厨房,饮食方便。书橱兼作菜橱,菜有书香。喜听邻居的收音机送来音乐。爱看素不相识的朋友寄来文章。使尽吃奶气力,挤上电车,借此锻炼筋骨。为打公用电话,出门半里,顺便散步观光。仰望云天,宇宙是我的屋顶。遨游郊外,田野是我的花房……"

这篇"陋室铭",粗看平白琐碎,细看则立意深远。字字句句,无不体现出百岁寿星"随遇而安"的养生哲学!

周有光80岁的时候身体状况还非常好,行动十分灵活,经常坐公交车出去买东西,85岁那年才从工作岗位上退下来,用老人的话说:"再不退休就不好意思啦,占着别人的位置好久啦。"周有光说,人生就是一个增长弧线,100岁就是一个关口,1岁至10岁是生长期,20岁至80岁都可以正常工作,90岁至100岁就开始衰老了。

人愈老,愈发童真。他把80岁视为零岁,把81岁视为1岁,从头开始计算年龄。他92岁时,收到一张贺卡,上面写着:祝贺12岁的老爷爷新春快乐!老先生高兴得不得了。

不知不觉和这位神采奕奕、腰杆直、脚步稳的老人聊了两个多小时，笔者担心老人疲劳，便告辞。这时，似有一束温暖的阳光从窗外照射进来，洒在那小小的老式的书桌上……他谈兴正浓，完全不像年逾百岁的老人，看他高兴的劲头，倒像是个顽童。

告别时，周有光坚持要送笔者到门口、下楼梯。笔者回过头来，发现眼前这位超高龄的老先生确实没有半点老迈之态、衰惫之容。难怪他说："上帝把我给忘了！"

2017年1月14日，周有光去世，享年111岁。

杨利伟

一步登天与一夜闻名的背后

Y A N G L I W E I

……

国梁
大脊

……

YANG LIWEI

　　杨利伟，解放军少将军衔，中国航天第一人，有"中国的加加林"之称。1965年6月出生于辽宁绥中，1983年6月入伍，1987年毕业于空军第八飞行学院。历任空军航空兵某师飞行员、中队长，中国人民解放军航天员大队航天员，中国航天员科研训练中心副主任，中国载人航天工程办公室主任，中国载人航天工程副总设计师，国际宇航科学院院士。系中共十七届中央委员会候补委员，十三届全国政协委员。被评为十四届"中国十大杰出青年"。

大国脊梁

———

2008年7月22日，解放军总装备部（现为中央军委装备发展部）举行将官晋衔仪式。晋衔仪式在庄严的国歌声中开始，总装备部政委迟万春上将宣读了中央军委晋升将官军衔命令，并分别颁发了中央军委主席胡锦涛签署的晋升将官军衔命令状。"航天英雄"杨利伟晋升为专业技术少将，他军容严整、精神抖擞地站在主席台前。总装备部政委迟万春上将向他颁发命令状，并与他亲切握手，表示祝贺。佩戴少将军衔肩章的杨利伟向出席将官晋衔仪式的领导同志敬礼，向参加仪式的全体同志敬礼，全场响起了热烈的掌声。这位中华人民共和国第一位进入太空的航天员，这位自小向往军营的中国军人终于实现夙愿，从此成为一位共和国的将军。此时，他心潮澎湃……

2003年10月16日6时23分，随着神舟五号飞船在内蒙古预定地区平稳着陆，中华民族几千年的飞天梦一朝成真，中国成为世界上第三个独立将航天员送上太空的国家。从此，全世界都记住了一个中国人的名字——杨利伟。这位皮肤白皙、眉目清秀的中国航天员，以高超的专业技能、过硬的身体素质、优秀的心理品质，驾驭神舟五号完成了震惊世界的太空之旅。

小时候，每当读到郭沫若的名篇《天上的街市》，杨利伟总是向往不已。当遨游在距地球200多公里的太空中，他不禁发出这样的赞叹：天上的感觉非常好……操纵宇宙飞船环绕地球14圈、约60万公

杨利伟 | 一步登天与一夜闻名的背后

"航天英雄"杨利伟

里的杨利伟，因此成为中国第一位"太空人"。作为"中国航天第一人"，其一步登天之前的成长经历与一夜闻名之后的生活故事自然是世人关注的焦点。我们不妨从"太空勇士"的亲人、亲友、身边人等知情者口中，去探寻另一个杨利伟。

守望在咫尺天地间

"10、9、8、7……"神舟五号飞船发射进入倒计时。通过北京航天城的指挥大厅的大屏幕，人们看见中国第一位走向太空的航天员杨利伟正在微笑。杨利伟缓缓举起右手，给期待他的人们敬了一个庄严的军礼。这是他进舱前向大家做的最后一个动作。

火箭点火升空的一瞬间，杨利伟的妻子张玉梅把一直紧盯着大屏幕的眼睛挪开了。她说："点火时，我太紧张了，心跳得太厉害了。我什么也没有想，什么也不能想，脑子里一片空白，不敢看大屏幕。"

张玉梅通过北京航天指挥控制中心指挥大厅的大屏幕，目睹了中国第一位进入太空的航天员、自己的丈夫杨利伟在飞船中的"非常"生活。杨利伟的一举一动都牵动着她的心。

2003年10月14日晚上7时左右，张玉梅接到中国航天员训练中心负责人的电话，请他们全家15日到北京航天城的指挥大厅里观看发射。"虽然没有明确地告诉我是利伟去，可我的心里已经有感觉了，肯定就是他了。"电话放下后，全家人在电视机前坐到第二天凌晨1点多，希望能从电视新闻里得到什么消息。那一夜，张玉梅怎么也睡不着，"感觉就像自己出门去执行任务一样。儿子倒没有什么特别，只是知道爸爸到很远的地方出差去了"。

张玉梅说，自从10月12日航天员梯队出发去甘肃酒泉发射场，家乡的亲属、丈夫的战友、同学从媒体中得知飞船即将发射的消息，便从四面八方打来电话，表达关切和问候。丈夫走后，虽然家中的生活一切照旧，但在看似平静的背后，却有一种无形的焦急和牵挂。张玉梅说，因为生怕错过亲人抽空打来的电话，家中一直都有人留守。她也不敢主动给丈夫打电话，害怕影响他的工作和休息。

看着火箭直冲云霄，张玉梅全家一直盯着大屏幕。当整流罩脱落，飞船的舷窗露了出来，杨利伟可以看见外面的景色时，全家都舒了一口气。屏幕上，杨利伟显得很镇定。开始失重后，他在"飞行手册"上写了一行字"我可以飘起来了"，张玉梅和杨利伟的父母看到后笑了。

10月15日9时20分，神舟五号飞船准确进入预定轨道。顿时，指挥大厅里响起雷鸣般的掌声。指挥大厅大屏幕蔚蓝色的背景上，相互交织而又排列有序的飞船飞行曲线，犹如一幅色彩斑斓的优美画卷，真实而又形象地展现在人们面前。这一刻，张玉梅心随船飞。在北京航天指挥控制中心技术人员的精心指挥和准确控制下，神舟五号飞船仿佛矫健的雄鹰，在太空中尽情地飞翔……

"儿行千里母担忧"，更何况可能要到太空去出一次"远差"。当儿子告诉自己选上航天员头三名，杨利伟的母亲说，担心是难免的。

但儿子自信和镇定的表现，让母亲放心了许多。在指挥控制中心的大屏幕上，母亲看到儿子身穿航天服，在飞船里半坐半躺，不时在本子上写写画画。9点半左右，当地面控制中心询问他在飞船上的状态时，杨利伟大声回答"自我感觉良好"，一派镇定自若。谈起这些，杨利伟的母亲说："我们为他感到骄傲。"

自飞船入轨的那一刻起，作为飞行控制神经中枢的北京航天指挥控制中心，一直处于紧张、忙碌之中。

张玉梅一直在等待机会和太空中的杨利伟通电话。她不停地问自己，究竟该跟丈夫说什么呢。"说得不好，怕影响他的工作，怕影响他的情绪。不过我最想问的，还是他的感觉如何。"

10月15日晚7点58分，神舟五号刚刚进入绕地第八圈的飞行。此时杨利伟右前方的舷窗一片明亮，正是"白天"。指挥人员告诉他：这次跟你通话的是你的家人。这时候，杨利伟的妻子、儿子和他的父母正坐在北京的航天指挥控制中心大厅里，从大屏幕上注视着他。杨利伟8岁的儿子杨宁康穿着一件天蓝色的夹克，十分显眼。

张玉梅问候他说："感觉好吗？""感觉非常好，放心吧。""在太空看地球是不是很美呀？""景色非常美！""我们看到你了，我们都为你感到骄傲！爸爸、妈妈和孩子都来了，我们期待你归来，明天我们去机场接你，迎接你凯旋。""谢谢你的支持和鼓励！"或许是知道有很多人在"旁听"，杨利伟夫妇没说过多的"贴心话"，不过当儿子杨宁康稚嫩的声音响起来时，杨利伟的情绪显然愈加兴奋了。

"爸爸，祝你一切顺利。"儿子说。"谢谢你，好儿子！"杨利伟一直平静的脸庞现出笑意，话音未落，指挥控制中心大厅里就响起一片掌声。"爸爸，你吃饭了没有？你吃的是什么？"儿子接着问。"吃过了，我吃的是航天食品。"杨利伟耐心地回答。

"你感觉航天食品怎么样？"

"味道好极了！"

"你看到什么了？"儿子又问。

"我看到咱们美丽的家了，非常好！"

指挥大厅内，掌声一片。一直静静地坐在那里的杨利伟的父母露出了微笑。

午夜，北京指挥控制中心灯火通明。静谧的太空中，已经用过餐的杨利伟进入熟睡状态。妻子张玉梅看到丈夫甜美的睡姿，脸上露出笑意。然而，神州大地，此夜无眠。

10月16日，又是一个令全国人民无比激动、无比兴奋的日子，也必将是一个永远载入中华民族史册的日子！乘坐神舟五号飞船在太空遨游21小时的中国航天员杨利伟，披着绕地球14周的征尘，准备从天外归来。

清晨5时35分，飞船飞行第14圈。大屏幕三维动画模拟显示，飞船轻轻地转了个身。总调度声音沉着冷静："返回制动开始！"张玉梅的心提到了嗓子眼，飞船开始返回了！

"远望"三号、纳米比亚、马林迪、卡拉奇……各测控船、测控站把相关数据实时传到北京，张玉梅看到计算机自动生成的轨道参数和落点计算值迭次变幻。

"飞船进入中国境内！"6时许，布设在新疆和田的活动测控站第一个发现：神舟五号正朝着祖国母亲的怀抱飞来。历史性的一刻终于到来了！在内蒙古的搜救队员迅速架起处置平台，熟练地打开舱门。在张玉梅期待的目光里，实现了中华民族千年飞天梦想的航天勇士杨利伟从返回舱中神采奕奕地探头出来，他把面罩向上一推，微笑着向迎接他回家的人们挥手致意。他说："我为祖国感到骄傲。"

一时间，掌声雷动，张玉梅激动得流下了热泪。

上午9时，灿烂的阳光洒满了北京西郊机场，远处的西山苍茫如黛。在宽阔的停机坪上，站满了迎接中国首位航天勇士凯旋的人们。随着由远而近的飞机轰鸣声，一架波音737客机出现在人们的视野里。飞机平稳降落后，经过短暂的滑行，稳稳停靠在红地毯的一侧。在满满的期待中，张玉梅和儿子杨宁康看见杨利伟出现在机舱门口，身着蓝色训练服，看上去精神饱满，没有丝毫倦态。

在喧天的锣鼓声中，妻儿怀抱鲜花迎上前去。杨利伟一手将妻子拥在怀里，一手将儿子抱在胸前，脸上挂着幸福的笑容……

当年想飞天的"娃娃头"成了中国日行最远者

随着"长征"二号F型火箭把神舟五号飞船推向离地球200公里的空间，38岁的杨利伟成了第一位叩访太空的中国航天员。

1965年，杨利伟出生于辽宁省绥中县一个普通市民家庭。父亲是县土副产品公司主管业务的副经理，母亲是中学语文老师，两位老人均已退休，和小儿子杨俊伟一起生活。

"踏踏实实办事，老老实实做人"，这是杨利伟父母对他的要求。儿时的杨利伟脑子灵，反应快，小学毕业时以优异成绩考进县重点中学尖子班，并多次参加全县中学生数学竞赛，拿过不少奖。高中时期的杨利伟学习成绩很优秀，理科尤其突出。毕业时，他本来可以报考地方大学，但他自小向往军营。1983年，18岁的杨利伟从绥中县第二高级中学"选飞"进入空军第八飞行学院，成了一名光荣的歼击机飞行员。从穿上飞行服那天起，他就把自己的一切交给了蓝天。

20世纪90年代初，杨利伟所在部队在"百万大裁军"的潮流中被撤销。这时，杨利伟面临着人生的选择，一些亲朋好友劝他：当飞行员既辛苦又危险，不如趁机换一份工作算了。与他同一个部队的战友们，很多在部队精简整编中改了行。然而，杨利伟向组织递交的是一份申请继续飞行的决心书。1992年，杨利伟被调到成都空军某部。

进入新的部队，杨利伟训练刻苦，很快就成长为部队的技术尖子，曾飞过多种机型。丰富的飞行经验、出色的飞行技术为他后来成为宇航员奠定了坚实的基础。在母亲和家人的印象里，杨利伟特别要强，爱琢磨。选上飞行员后，每次学飞行，换机种，他都学得挺好，"每次放单飞，他都是第一个上"。训练之余，他还反复揣摩练习，连难得的回家休息时间也不放过，有时竟莫名其妙地在客厅转圈，家里人觉得奇怪，一问，杨利伟正在琢磨转椅训练呢。

杨利伟的姐姐杨利君说："我弟弟从小就向往解放军，非常喜欢看打仗的电影，《敌后武工队》等百看不厌，还经常和院里的小伙伴玩打仗的游戏。"弟弟杨俊伟说："小时候，有一个当兵的邻居送给我哥一顶带着红色五角星的军帽，他几乎天天都戴，特别希望能参军。"那时，绥中县有一个军用机场，每当飞机起飞时，杨利伟就会好奇地仰望。弟弟说："我们那时都小，就觉得飞行员、飞机可神秘了。没想到，我哥不但当上了飞行员，还当上了宇航员！"五年前的1998年，当杨利伟告诉家人，自己被选上航天员，杨利伟的母亲第一感觉是高兴，"从那么多人中选出来，我很替儿子感到高兴。说真的，我觉得儿子挺棒的"。

姐姐说，杨利伟从小就很简朴，从不乱花一分钱。有一年夏天，天气非常热，杨利伟上父亲的单位去玩，母亲给了他一毛钱，要他在路上买两根冰棍吃。当时的冰棍价格是五分钱一根，但杨利伟只买了一根。回家后，他把手中攥得满是汗水的五分钱交给了母亲。"我妈经常拿这事来教育我们。"弟弟杨俊伟也回忆，小的时候，家里没有储钱罐，"我哥把家里给他的零花钱都装在一个小桶里。攒够了，就去买书"。《铁道游击队》《红岩》等小人书装了好几个抽屉。

杨利伟比弟弟大7岁，是家中的长子。在弟弟的眼中，他是一位聪明、执着但也很严肃的人。对于小时候兄弟俩相处的记忆，弟弟杨俊伟印象最深的是两件事。"有一次，我哥给我做了一个带刹车的小推车，非常复杂，足足做了两个星期才做好。当时我说，哥，做不上来就别做了。但他是那种不达目的不罢休的人，硬是给我做了出来。把别的小孩羡慕得够呛。"也难怪，参军后的杨利伟保持着军人严谨、认真的特色。"有一年休探亲假回家，他看见我的校徽别在运动服的拉链上,就立刻叫我立正,给我工工整整地别在胸前。"兄长的关爱令弟弟至今回想起来,仍然感觉很温暖。

飞行是冒险者的事业,但杨利伟对自己的选择无怨无悔。家人曾听他说:"从事飞行员这一行,安全是相对的,危险是绝对的。但是既然干上了,我就从没想过害怕。"杨利伟的母亲至今还记得一件事。有一次,杨利伟和两个小伙伴为了搞清远处山包上的一个"奇怪的东西",沿河走了四五十里路,回来时已经天黑,一个小伙伴不小心掉进了冰河,因不会游泳吓得在水里乱扑腾。岸上的几个小伙伴也惊慌失措,不知该如何是好。这时,杨利伟跑到路边,找来一根木棍,一边对落水的小伙伴说"别怕、别怕",一边趴在岸边把木棍伸给他。就这样,杨利伟把人救了上来。

绥中县电业局职工陈绥新是杨利伟的好朋友,两个人小时候的一件事情让他很难忘。"那个时候,我们好像刚刚上小学,当时看电影的机会比较少,每次看电影,我们都一块去一块回来。我印象最深的是一次我们去看电影《林则徐》,看完回家的时候天已经很黑了,我们两个人都有些害怕,就手拉着手往家里走。刚走出来的时候,我明显感觉到杨利伟的手在发抖,显然,他很激动,在沉默着走了一段时间后,他很突然地问我:'你将来长大了想干什么?'这个问题问得我一点精神准备都没有,于是我就反问他:'杨利伟,那你说你将来想干什么呢?'他当时十分严肃地对我讲,他要参军,让国家更加强大。"

杨利伟的老邻居赵淑琴大娘说:"我儿子从小与利伟在一起玩

耍,他俩小时候在一起常常玩纸飞机,长大后一同放风筝。利伟这孩子说,他喜欢蓝天。"

为了看飞机,杨利伟和陈绥新有过一次难忘的经历。一天,他们发现驻绥中县附近的海军航空兵的机场上停了很多架飞机,只是大门口有哨兵把守,"军事禁区"的大牌子把他们拒之门外。为了能摸一摸飞机,他俩在机场外转悠了好几天,商量着进入的办法。最后,他们把一个偏僻地方的铁丝网选为突破口,乘人不备,掀开铁丝网进入机场。不料,被早已盯上他们的哨兵发现,吓得他俩不知如何是好。哨兵盘问后,杨利伟壮着胆子解释:"我们不是搞破坏,只是想看飞机,我们长大了,也要像你这样,守着这么多飞机多好啊!"

陈绥新讲到这里,情绪有些激动,"虽然我当时还很小,觉得他说这种话有些好玩,但是不知道为什么,当时的那个情景好像印在我的头脑里一样,怎么也忘不掉"。就在神舟五号发射几天前,这两个老同学还通过电话。"11号晚上,我给他打了个电话,他接电话后说自己最近要出差,我知道这是有任务,就没有多问,但还是用平常的语言表达了我对他的祝福和鼓励。现在想起来,他当时在电话里的口气平静得让我吃惊,也许这就是人家航天员的心理素质吧……"

杨利伟的母亲说,小的时候,和别的男孩子一样,杨利伟也是一个爱玩、淘气的家伙,偷偷下河洗澡、上树摸鸟之类的事,也没少干,而且好奇心还特强,有很强烈的求知欲。他儿时的一位小伙伴回忆了他们曾经有过的一次探险经历:当时在绥中县的西北部有一个烽火台,杨利伟很好奇,想知道古代人是如何进行信息传递的。一个休息日的上午，杨利伟和两个小伙伴准备前去探险，"当时感觉烽火台距离并不是很远，可是走起来之后，发现怎么也到不了跟前，走了好几个小时之后，我们很累了，时间也已经过了中午，我们都有些气馁，可是杨利伟对我们讲，既然已经走到这里了，为什么要半途而废呢？在互相鼓励下，我们到底来到了这个烽火台的下面。后来，听大人们说才知道，我们出发的地方距离那个烽火台有30多里……"

半个"气象员"心中最为动听的"音乐"

杨利伟从小就喜欢美术、音乐以及各种体育运动，父母从未以耽误学习为由阻拦过他。"泯灭了孩子顽皮的天性，也就泯灭了个性。"干了一辈子教育工作的母亲说。

身为长子，杨利伟从小就非常懂事，十分孝敬父母。姐姐说："他刚能提动半桶水的时候，就开始给家里干活了。提水、买粮、买菜都是他的活儿。"参军以后，由于不能经常回家，杨利伟几乎隔两三天就会给父母打电话，还经常寄钱寄物，以表孝心。每次回家的时候，他总是尽可能与父母待在一起。父亲杨德元喜欢下象棋，只要杨利伟一回家，父子俩总会杀上几个回合。弟弟说："有一次，他回家的时候，发现我爸喜欢上了钓鱼，就立刻去秦皇岛给我爸买了500多块钱的渔具。"

开战斗机既是令人羡慕和钦佩的职业，同时也充满了危险和挑战。飞行员的家属所要承受的压力，外人是无法想象的。不过，在母亲学校同事的介绍下,杨利伟很幸运地找到了一位知心伴侣。1990年,杨利伟与同县姑娘张玉梅喜结良缘。

1992年,杨利伟被调到成都空军某部。新的单位地处山区,爱人一时安排不了工作,地理环境和生活条件比过去差,飞行气象条件比过去复杂,他由飞强击机改飞歼击机,技术得重新开始学。更大的不幸是,几个月后,杨利伟两岁多的女儿不幸病逝。抚养孩子耗费的心血、孩子带给全家的欢乐,顷刻之间化为泡影,杨利伟经历了有生以来最大的打击。但他没有倒下,没有放弃飞行。他强忍着悲痛,擦干妻子的眼泪,毅然决然地走上了改装新机的训练场。

夏日的川东山区,像一座火炉,机场气温高达40摄氏度,飞行服安全带上的连接环被烈日晒得像在火中烤过一样,稍不注意,皮肤就会被烫起一个血泡。杨利伟在这样的环境中一干就是两个月。到了冬季,这里又寒冷彻骨,冻得人手脚发麻。在严酷的大自然面前,杨利伟却表现得轻松、乐观,他说:"作为一个飞行员,意志比技术更重要,恶劣的环境正好磨砺意志。"

川东地区气象条件复杂多变。一次,杨利伟驾机飞上高空,在返回机场时,突然云雾翻腾,能见度由常规的三公里以上降到了不足两公里,着陆十分危险。但由于杨利伟熟练地掌握了昼间、夜间的目视和仪表飞行技能,面对险情,他临危不惧,操作自如,终于化险为夷。张玉梅说,杨利伟对自己要求很严格:为了保持良好的身体素质,他不抽烟不喝酒,也不吃辣椒;一年365天,不论严寒酷暑,无论阴晴雨雪,天天都坚持进行体能训练,长跑、短跑、单双杠训练成绩样样拔尖。

　　1996年8月，全空军有1500名飞行员参加航天员的体检，经过两年多的严格筛选，杨利伟终于脱颖而出，跻身14名入选人之列。在北京训练期间，按照有关规定，每四年才有一次十几天的探亲假。杨利伟与父母、姐弟可谓聚少离多。不过，杨利伟的父母每年都会去北京看望他，共享家人团聚的天伦之乐。

　　家人最早并不是从杨利伟的口中知道他将成为航天员的消息的。据说，当时上级派来好几个人到县里调查杨利伟的家庭情况，家人意识到杨利伟要"调动工作"了。张玉梅原来是位中学教师，娴静文弱，两人婚后夫唱妇随。当时部队规定飞行员结婚后其家属可以马上随军，婚后张玉梅即随同杨利伟到西安，后又到四川、北京。后来，张玉梅来到北京航天城工作，是北京航天医学工程研究所的一名资料员。

　　婚后，张玉梅随杨利伟辗转了好几个地方。大西北，茫茫大漠；大西南，群山环抱。对在渤海边长大的张玉梅来说，更好地适应生活环境是一项考验。但她没有抱怨，只要能和丈夫在一起，人间什么苦她都能吃。可当杨利伟的飞行与生活开始密不可分时，常常是一个在天上飞，一个在地上忧，每一次飞行她都牵肠挂肚。张玉梅终于意识到丈夫职业风光的背后是风险，是生离死别的危险。慢慢地，她知道，担心没有用，只有做好"大后方"的工作，让杨利伟放心地飞、开开心心地飞，才能最大限度减轻人为的风险。慢慢地，张玉梅也成了半个"气象员"，会根据天气状况来判断能否飞行。她的耳朵也灵敏起来，能捕捉空中的信息。天上飞机的鸣响声，在她听来是最动听的音乐。

"周末夫妻"更多的是靠电话传情

1998年1月，作为中国首批航天员中的一员，杨利伟要攀越的第一道阶梯是基础理论训练。当了十多年飞行员，现在重新坐进课堂里，《载人航天工程基础》《航天医学基础》《解剖生理学》《星空识别》……30多门课程要从头学起。杨利伟本来就是个不甘落后的人，想起肩负的神圣使命，他废寝忘食，初来的两年晚上12点前没睡过觉。

他的英语基础比较薄弱，为记住单词和语句，他每晚从航天员公寓往家里打电话，让妻子张玉梅在电话里提问，一遍一遍，反反复复。后来考试时，他居然得了100分。

第二道阶梯是航天环境适应性训练。离心机训练是航天员提高超重耐力最有效的形式。离心机在旋转，负荷从1G（重力加速度）逐渐加大到8G。杨利伟的面部肌肉开始变形下垂、肌肉下拉，整个脸只见高高突起的前额。做头盆方向超重训练时，他的血液被压向下肢，头脑缺血眩晕；做胸背方向超重训练时，他前胸后背像压了块几百斤重的巨石，造成心跳加快，呼吸困难。每训练一次，体力消耗都很大，他及时与教员沟通，总结经验，掌握好抗负荷用力和频率的度，慢慢地琢磨出规律和方法，使这项极具挑战且十分严格的训练逐渐变得轻松起来。

杨利伟 | 一步登天与一夜闻名的背后

杨利伟、费俊龙、聂海胜在工作中

大国脊梁

"转椅"和"头低位"训练,也是常人难以承受的,可杨利伟依然做得十分出色。一个休息日,妻子回家时发现他一个人在客厅里不停地转圈,惊讶地问:"你这是在干什么?"他说:"过两天我们就要做转椅训练考核了,我先刺激刺激自己。"做"头低位"训练前几天,杨利伟晚上睡觉就不枕枕头了。他说这也是为了"先刺激刺激自己"。

杨利伟奉命前往酒泉发射基地之前,获准放假在家休息三天。三天里,杨利伟和平时一样,"该吃吃,该喝喝,该睡睡,一点也看不出紧张来"。他爱吃肉,爱吃海鲜,离家赶往酒泉基地之前的一顿饭,妻子做了他最爱吃的鱼,他吃得很香,"但没敢多吃,因为他要控制体重"。杨利伟的母亲说。

妻子张玉梅是杨利伟的中学同学,性格娴静,说话慢声细语。"我和利伟结婚10年。之前我爱他多,现在他爱我多。这两年我身体不太好,他经常听天气预报,只要降温了,就一遍遍打电话,叮嘱我多穿点衣服。"妻子平时身体不好,杨利伟当选航天员后,每逢双休日回家,辅导儿子功课、操办家务这些事,都由他一手承担下来。

长期的操劳使张玉梅染上了肾病。有一年,杨利伟正在进行艰苦的航天员飞行训练,张玉梅一个人在病床上忐忑不安地等待医院肾活检报告。一周后,报告出来了,那是一份让张玉梅震惊而揪心的报告。落泪失眠后,她心中只有一个念头:"必须挺住!暂时不能将病情告诉他。"没想到杨利伟还是知道了,并立即请假回来照看。张玉梅说:"当我被推进手术室的一刹那,看到杨利伟对我那种从未有过的万般牵挂和怜爱歉疚的眼神时,我心如刀绞啊!"手术后,张玉梅的身体十分虚弱,24小时平躺在床上不敢动。可是,手术后第三天,杨利伟就要告别妻子去吉林某空军基地,进行航天员高空飞行训练。

临行前一天,他在妻子病床边的椅子上整整坐了一晚。然后,杨利伟义无反顾地回到了航天员大队。大队领导说:"你妻子病得很重,是不是推迟几天出发?"杨利伟说:"请首长放心,我已请老母亲过来帮我照顾。任何事情也不会影响我的训练。"

那次高空飞行训练,杨利伟完成得干净利落,又一次取得优秀成绩。又有几人知道,杨利伟的爱人当时被确诊为慢性肾炎晚期,肾小球被破坏达46%。一边是病重的妻子,一边是紧张的训练,他承受的压力可想而知。但是,他的训练成绩一直名列前茅。张玉梅说:"强化训练阶段进行了五次考试,他第一次得了99.5分,第二次得了99.7分,后面连续三次得了100分。他抑制不住内心的激动,兴奋地对我说:我对自己越来越充满信心。"

妻子积劳成疾,杨利伟疼在心里。在为数不多的回家休假的日子里,他马不停蹄地拖地、做饭、洗衣服。2002年初,杨利伟的岳父确诊得了癌症,他一直没敢对患病的妻子说,瞒着妻子给岳父家打电话询问病情,寄钱给岳父看病。春节他执意要带全家回老家过年,其实他是想让妻子见见病重的父亲。等张玉梅回到家,她才明白丈夫的苦心。

出院后,张玉梅每月要去医院做10天药物冲击治疗。两年间,每次去医院,她都是一个人。离家之前,她会撑着病弱的身子,把屋子拾掇得清清爽爽。她要让杨利伟不管什么时候回来都能看到美丽整洁的家！

走进杨利伟的家，墙壁雪白，地板光亮，书房干净，三间朝阳的卧室很温馨，透着军人家庭的简朴和整洁。这是一个普通的航天员之家，统一的装修让人看不出有什么特别的，但杨利伟却在他美丽的家中过着幸福的生活。

杨利伟平时不苟言笑，一副严肃的模样。熟悉他的人说，正是这份冷静，才使他最终脱颖而出，成为"中国航天第一人"。他和其他候选航天员同事的共同特点就是相貌端正，外形英俊。虽然杨利伟平时表情严肃，但一笑起来，两个明显的酒窝立即使他显出几分亲切。虽然一心扑在事业上，但性格开朗的杨利伟也有着丰富的业余爱好。他擅长唱歌、弹吉他、吹口琴，在部队的时候经常参加文艺演出。杨利伟也喜欢体育运动，尤其是滑冰和游泳。经常性的体育运动使杨利伟的身体非常健康。

张玉梅说："训练期间，利伟一般只能周末回来，在周末我们经常在院子里散散步，很少上街。利伟喜爱音乐，最喜欢听英文歌曲，家里还有一盘他们训练用的轻音乐。早晨起来他第一件事就是打开音响，一边做家务，一边听音乐。他还喜欢帮我做饭。儿子是他的宝贝，父子俩经常一人一把枪玩打仗，有时也放放风筝。"

多年来，他们几乎是"周末夫妻"，大多数时间靠电话传情，被称为"电话夫妻"。无论是天地通话，还是地面交流，电话成了他们幸福生活的使者。对于全家人一夜之间变成全国人民瞩目的新闻人物，张玉梅表示，"今后的生活，我想还是要保持一颗平常心"，并重申丈夫所说的这句话："我觉得不论是谁执行这次任务都代表了中国首批航天员群体。为实现中国首次载人航天飞行，有很多人在幕后默默奉献，成绩是大家的。"

一个关外小城与遥远的太空紧紧相连

在家乡辽宁省绥中县，杨利伟可以说引起了三次轰动。第一次是1983年选飞行员时。那时候，当飞行员是很多年轻人的梦想。他在几百名候选人中脱颖而出，并成功通过高考，成为考入空军第八飞行学院的"幸运儿"，在县城里引起很大轰动。第二次是他被选为我国首批航天员时。县城里曾经流传着这样一个故事，家住县城西关街的一个绥中人，在部队里接受一万米高空抛下的实验时，竟然没有一丝不良反应。一时间，这个故事以及县城里出了一个航天员的消息，像长了翅膀一样，传遍城乡。

如果说前两次轰动仅限于家乡的话，那么第三次轰动是真正的震撼——杨利伟成为第一个进入太空的中国人，一下子成为举世瞩目的焦点人物，为中华民族，为十几亿中国人，为所有家乡人争了光，同时也轰动了全世界。

当神舟五号升空后，中央电视台播放了现场实况录像。这时，杨利伟的故乡辽宁省绥中县沉浸在一片欢乐的海洋中，人们的兴奋之情似乎冲淡了深秋的阵阵寒意。他的亲人们得知发射成功的消息后，都情不自禁地欢呼起来。杨利伟的姐姐杨利君的眼睛里闪烁着激动的泪花，而他的弟弟杨俊伟更是和爱人、姐姐忘情拥抱。

10月15日一大早，杨利伟父母家的乡邻、亲友、师长、同学，还有一些媒体记者，不约而同地赶到位于绥中县城中心的杨利伟父母家里，这是县文化局居民小区一层楼的三居室住宅，屋里容纳不下这么多人，很多人都挤在院子里。杨利伟的父母前几天就被有关方面接到了北京，当时家里只有杨利伟的姐姐和弟弟，姐弟俩拉着一面大幅国旗，同大家一道挤在电视机前，观看杨利伟乘坐太空飞船升空的新闻节目。当杨利伟出现在屏幕上时，他们的眼中盈满了激动的泪水。

中午，杨利伟的姐姐家已经被来自全国各地的媒体记者团团"包围"，弟弟杨俊伟、姐夫石保山及好朋友陈绥新也被媒体记者"分割"开来，分别介绍杨利伟的情况。

姐姐杨利君说："四天前得知弟弟被选入三个即将升空航天员之一，当时家里人都很高兴，发射的时间越近，我就越紧张。从14号开始我就激动得睡不着觉，当今天（15日）早晨得知最终确定是弟弟上去时，我们全家都激动得欢呼起来，我的眼泪都流了下来。我们全家人为杨利伟感到骄傲和自豪，我为有这么优秀的弟弟而自豪。"当问及是否担心杨利伟的安全时，杨利君说："我们一点也不担心，因为杨利伟自从入选我国航天员后，经常写信或打电话到家里谈及他的工作情况，并给我们讲解航天知识，介绍我们国家的航天技术，我们也深信航天技术的安全可靠性，就打消了很多顾虑，所以当杨利伟飞入太空后，我们不仅不担心，反而更加坚定了对我国航天技术的信心。"

杨利伟的弟弟杨俊伟说，他最想对哥哥说的一句话是：为你自豪为你骄傲，祝你顺利返航。杨俊伟说："哥哥考入空军飞行学院时，我还小，还不知道哥哥从事的事业将来有多重要，但是有一个飞行员哥哥就已经在自己的同学当中很骄傲了。"杨俊伟说，哥哥一直是他心目中的榜样，因为哥哥从事的事业代表了整个国家的荣誉，他是我最崇拜和爱戴的人。

山海关外的小城绥中，碧空如洗，阳光灿烂，海风轻拂，山果飘香，到处都可以感受到一种欢欣鼓舞的喜庆气氛，乡亲们无不为家乡骄子杨利伟成为"中国航空第一人"而感到骄傲和自豪。辽宁省委书记闻世震在得知消息后，立刻委派省委秘书长到绥中看望杨利伟的家人，并送上了一笔慰问金。他号召全省人民向杨利伟学习，学习他无私奉献、听从祖国的召唤、克服困难、勇攀高峰、英勇无畏的精神。"他是绥中人民的骄傲，他是辽宁人民的自豪，他更是中华民族的骄傲和自豪！"

晚上，绥中县城举行盛大的焰火晚会，举城同庆家乡出了这样一位"太空勇士"。人们手里挥舞着五星红旗，脸上洋溢着欢笑。从四五十里以外赶来的大黄庙乡张老太激动地说："今晚比过年还热闹，中国人上太空了，杨利伟为咱中国人长了志气，我从早上到现在心里一直乐着呢！""杨利伟一个人在太空会孤独，家乡人会一直陪着他。我们希望他能够看到家乡人为他燃放的烟花。"杨利伟的家乡人以独特的方式表达着对神舟五号的祝福。

杨利伟高中时就读于绥中县第二高级中学，为了庆祝神舟五号飞

2008年11月,作家余玮与杨利伟在《中华儿女》创刊20周年纪念晚会上

天成功，这所学校把高二（三）班命名为"杨利伟班"，并号召学生向杨利伟学习。杨利伟的弟弟杨俊伟手捧葫芦岛市民政局刚刚授予的"光荣之家"的铜匾，望着夜空说："我真想告诉我哥，一路珍重，今晚我为你祈祷！"

烟花照亮了天空，群众扭起了大秧歌，耍起了狮子舞，整个绥中县城沉浸在一片节日的欢乐气氛之中。五彩缤纷的礼花腾空而起，与天空中浩瀚璀璨的星斗交相辉映，相信此时此刻正在太空中遨游的杨利伟，一定能感受到来自家乡的这份浓浓祝福。

10月16日早6时40分，东方晨曦初露，辽宁绥中许许多多一夜未眠的乡亲，揣着一颗激动而又牵挂的心，坐在电视机前，期待着杨利伟平安凯旋的那一刻。"在那里！在那里！"当电视上出现神舟五号返回舱安全着陆的画面时，同样一夜未眠的杨利伟的家人一下子兴奋起来。杨利伟8岁的小侄子眼睛盯着电视，努力地寻找着伯父的身影。

"杨利伟成功了，这是我们全家人的骄傲，是中国人的骄傲，也是全世界的骄傲。"杨利伟的弟妹贾迎雪抑制不住内心的激动。

当杨利伟走出舱门，站在旷野，迎接他的是草原晨曦中的一抹霞光。这一刻，他牵动了全世界的目光，因为浩瀚太空从此写下了一个中国人的名字……

2008年7月22日，解放军总装备部举行将官晋衔仪式，"航天英雄"杨利伟被授予少将军衔。授衔后，他十分激动，感谢祖国和人民给予自己的荣誉。于他看来，晋升将官军衔，既是崇高荣誉，更是党和人民赋予自己的神圣责任！

查全性

"后浪"应知晓高考恢复的背后故事

CHA QUAN XING

国梁
大脊

查全性，籍贯安徽泾县，出生于江苏南京，著名电化学家，有"建议恢复高考第一人"之称。1925年4月生，1950年毕业于武汉大学化学系。曾任武汉大学化学系主任，湖北省化学化工学会副理事长，湖北省科协常委，《化学学报》《高等学校化学学报》和《物理化学学报》编委，英国《应用电化学杂志》、美国《化学研究纪事》顾问、编委。担任过国务院学位委员会第二届学科评议组成员、中国化学会第二十二届常务理事、国家自然科学基金委员会评议组专家。生前系武汉大学教授、博士生导师，系中国科学院院士。

一年一度的高考落幕了！考生们迈着轻松的步伐，愉快地走出考场，感觉脚步与心情一样轻松了许多。

十年磨一剑。高考，是中学生涯的终点，也是成人世界的起点。把高考当作终点，只会收获更多的迷失，把高考当作起点，才能以平常心出发，凭力远航。当高考最后一科结束的铃声响起、监考老师收拾好试卷，拼搏的日子暂时告一段落。高考，是一场特殊的成人礼。

受新冠疫情影响而推迟一个月举行的2020年全国高考备受关注，全国共有1071万考生走进高考考场。可能少有人知道：1977年，有一个人让刚刚复出的邓小平一锤定音当年就恢复高考！高考制度的恢复，让多少代中国人受益！40多年来，人们由衷敬佩邓小平拨乱反正的魄力，也不会忘记一位敢于说真话的知识分子——曾任武汉大学教授、中国科学院院士查全性，当年正是他第一个当面向邓小平建议恢复高考制度。

当面向邓小平建言"恢复高考"

1977年7月，邓小平第三次复出，出任中共中央副主席、国务院副总理等要职。刚一复出，邓小平就自告奋勇主管科技和教育工作。7月29日，邓小平指示教育部召开一次科学和教育工作座谈会，

查全性 | "后浪"应知晓高考恢复的背后故事

"建议恢复高考第一人"查全性

他说，要找一些敢说话有见解的，不打棍子，不戴帽子，不是行政人员，在自然科学领域有才华的教学人员参加座谈会，而且这些人与"四人帮"没有牵连。

7月底，武汉大学校领导蒋蒲和崔建瑞通知化学系52岁的副教授查全性，说上面安排他到北京开会。"我当时既不知道开会的内容，也不知道有哪些人参会，会期有多长。'文化大革命'发生后我没机会上讲台，一直在实验室搞科研，事先对会议内容心中无数，所以没做准备。"查全性生前在武汉大学接受笔者采访时说。

8月1日傍晚，查全性坐飞机来到了北京。武汉大学化学系原教师刘道玉此时被借调到教育部工作，他专门到机场来接查全性。此前，刘道玉已经被任命为教育部党组成员兼高教司司长，参加了这次会议的筹备工作。日后，查生性才清楚刘西尧（时任教育部部长）和刘道玉跟自己是校友，知道自己敢讲真话，于是安排他参加了这次会议。

到北京后，与会者被安排住在北京饭店的老楼。查全性与吉林大学唐敖庆教授同住一室。"之后我才知道，此次的会议名叫'科学和教育工作座谈会'，具体安排这次座谈会的人是方毅。他说是邓小平同志让他来组织这个会议的，主要是听听大家对于科学、教育事业的意见。"这时，查全性发现出席会议的有吴文俊、邹承鲁、王大珩、周培源、苏步青、童第周、于光远等著名科学家以及中国科学院和教育部的负责人。

8月4日早晨，在习习清风中，神采奕奕的邓小平迈着稳健的步伐来到人民大会堂，主持召开了有33位来自全国各地的著名科学家、教授以及科学和教育部门负责人参加的科学和教育工作座谈会。会议从这天起，共开了5天。前两天，所有与会学者一直表现得非常拘谨，只敢谈一些不敏感的小问题，而且还都是纯粹的专业话题。因为当时"文化大革命"刚过去，知识分子大都心有余悸。由于参会的大都是非常著名的学者，所以头两天查全性基本没有发言，只是听他们说。

8月6日下午，清华大学党委负责人忧虑地说，现在清华的新生文化素质太差，许多学生只有小学水平，还得补习中学课程。邓小平插话道：那就干脆叫"清华中学""清华小学"，还叫什么大学！

这席话令查全性感同身受，他原本在笔记本上写了一个大纲。这时，查全性受到会议的气氛影响，激动地站起来，面对邓小平慷慨陈词："招生是保证大学教育质量的第一关，它的作用就像工厂原材料的检验一样，不合格的原材料，就不可能生产出合格的产品。当前新生的质量没有保证，部分原因是中小学的教育质量不高，而主要矛盾还是招生制度。不是没有合格的人才可以招收，而是现行制度招不到合格的人才。如果我们改进了招生制度，每年从600多万高中毕业生和大量的知识青年、青年工人中招收20多万合格的学生是完全可能的。现行招生制度的弊端首先是埋没人才，一些热爱科学、有前途的青年选不上来，一些不想读书、文化程度又不高的人占据了招生名额。"

"查教授，你说，你继续说下去。"坐在沙发上的邓小平深深地抽了一口烟，探出半个身子，示意查全性往下说，"你们都注意他的意见，这个建议很重要哩！"与会人士抑制不住心头的激动，因为他们知道，一件大家早已想说想做却又不敢打破束缚的大事情就要发生了。

查全性越说越激动，痛陈当时的招生制度有四大弊端：埋没人才；卡了工农兵子弟；助长不正之风；严重影响中小学学生和教师的积极性。"今年招生还没开始，就已经有人在请客、送礼，走后门。甚至小学生都知道，今后上大学不需要学文化，只要有个好爸爸。"查全性发言时情绪激动，全场鸦雀无声，与会者全神贯注。

查全性提提神，继续他刚才的慷慨演讲。这时人们发现邓小平不时地在笔记本上记录着。查全性建议："大学招生名额不要下放到基层，改成由省、自治区、直辖市掌握。按照高中文化程度统一考试，并要严防泄露试题。考试要从实际出发，重点考语文和数学，其次是物理，化学和外文则可以暂时要求低一点。从语文和数学的成绩，可以看出学生的文化程度和抽象思维能力。另外，要真正做到广大青年有机会报考和自愿选择专业。应届高中毕业生、社会青年，没有上过高中但实际达到高中文化水平的人都可以报考。"

查全性一言既出，举座惊讶。因为就在这次座谈会召开前夕，当年的全国高等学校招生会已经开过，招生办法依然沿用"自愿报名，群众推荐，领导批准，学校复审"十六字方针。有关招生的文件也在座谈会开始的当天送到邓小平手中。也就是说，1977年按照老办法招生几乎已成定局。

没想到，邓小平听完后，向查全性点点头，然后环视四座问："大家对这件事有什么意见？"吴文俊、王大珩等科学家表示赞同查全性的意见。查全性的发言得到了大家的响应，人们开始七嘴八舌地补充着他的发言，心情也越来越激动。

随后，邓小平问了一下当时的教育部部长刘西尧：今年改恐怕已经来不及了吧？查全性赶紧插话说：还来得及，今年的招生宁可晚两个月，不然又招 20 多万不合格的，浪费可就大了。

邓小平又问刘西尧：还来不来得及？刘西尧说：还来得及。邓小平略一沉吟，一锤定音："既然大家要求，那就改过来，今年就恢复高考！"

消息传得很快。第二天，新华社驻会记者找到查全性，开玩笑说："查老师，知不知道你昨天扔了个重磅炸弹？"

是年 8 月 7 日，中国科学院、教育部汇编的第 9 期《科教工作座谈会简报》，共 4 页，约 1200 字，上面记载着查全性这次改变上千万人命运的发言。

"几句真话"让教育的春天回归

在查全性看来，自己当时提出恢复高考制度，"并不是因为我特别有创见，只是我有机会说几句真话。而我敢于说，主要是觉得说了可能会解决问题"。说这话时，他的语气显得很平淡。

"在参会前，我和大部分大学老师一样，对于大学招生现状是不满的。倒不是说大家对工农兵上大学有意见，只是普遍觉得，政府让工农兵上大学的初衷虽不坏，但是由于入学没有考试，学生的文化程度就没有办法控制。有的学生各个方面很强，有的又差得很。由于没有一个分类、分级，同一班学生文化水平参差不齐。"从1972年开始，武汉大学也招了几届学员。那时候，大学生中有程度好一点儿的，也有程度差一点儿的。因为当时还有一个口号叫作"不让一个阶级兄弟掉队"，所以一切教学都得"就低不就高"——所有的教学工作都是按照文化水平最差的学生来进行的。"这样一来教学水平根本没有办法保证，而且你没有办法控制，你不知道他什么会，什么不会。有些学生甚至连小学的东西都不会，你要让他不掉队，大家就都得等他，大学就变成中学、小学了。"对这些情况，许多高校教师与查全性一样都很了解，也十分不满，但又无可奈何。

那次座谈会开始时，查全性等人以为，像邓小平这种身份的领导人，能够在开始和结束时各来一次，顶多再讲几句话，就很不错了。但是出乎他的意料，"会议期间，除了有一个半天小平同志有外事活动，非得走不可，就给大家放了半天假。在会议的大部分的时间里他基本上是听，偶尔问一两句关于一些具体事实，或者一些听不清楚的内容。他不做指导性的发言，或者希望大家谈哪一方面，他都不说，他就听大家谈，很少插话"。这种气氛让大家意识到，"小平同志很有诚意，是想解决一些问题"。

扔这个"炸弹"之前，查全性也不是没有顾虑。因为取消高考、实行推荐上大学，自1966年4月高等学校招生工作座谈会后，已经

226

实行了十余年。但他最后还是决定将真实意见说出来。

"如果说了,兴许会起一定作用,冒一点风险还是值得的;如果不说,错过这种机会太可惜了。小平同志拍板说,今年就恢复高考。这句话我记得非常清楚。从这件事情也可以看出小平同志倒也不是预先带了一个框框要在这个会议上公布恢复高考,他的确是听了大家(的意见)以后,然后根据这个情况马上做了一个决定,而且是效果非常重大的这么一个决定,就是当年恢复高考。"查全性强调说,"实事求是地说,我谈出来的意见一点也不新奇,可以说绝大多数的老师,心里的想法都是一致的。我在那个会议头两天讨论之后,就有个感觉,在这个会议上谈出来有可能解决问题,尽管没有绝对的把握,但是觉得比较有把握。"

当场拍板的这个决定收获了全场热烈的掌声,很多学者热泪盈眶。不出两天,全北京城就知道了这个消息。8月13日,邓小平下达指示后,教育部又召开了第二次高等学校招生工作会议。一年内召开两次高校招生工作会议,这是历史上从未有过的。

座谈会结束后,查全性回到学校,向学校传达了座谈会的情况,也向家人说了在会上发言的事。

查全性一家五口人。夫人张畹蕙是他的老同学,当时担任武大化学系教师;大儿子初中毕业后下农村3年,回城当工人5年,当时在武汉重型机床厂车间工作;女儿1976年高中毕业后,下乡到湖北钟祥劳动;小儿子还在读初中。"那时,两个大孩子都在努力适应环境,响应上山下乡的号召,追求进步。虽然心里也想上大学,但当时大学招生的机会绝少轮到他们。所以，他们没有想到自己的人生可能会发生重大改变，更没想到我个人会对这个事有什么影响。"

查全性的大儿子听了情况后，还曾担心地说："假如再搞'反右'，你肯定就是头号大右派了。"但是，重大的转折终于真正发生了。

当年10月12日，国务院批转了教育部根据邓小平指示制定的《关于1977年高等学校招生工作的意见》。文件规定：废除推荐制度，恢复文化考试，择优录取。

似乎恢复高考招生的一切枷锁都已解除，但这时突然有人提出：中国虽然是个考试大国，但积压了整整11年的考生一起拥进考场，谁也没有组织过呀！首先需要一大笔经费，其次印考卷需要大量纸张啊。这两件事现在看来根本不可能成为问题，当时却是个大问题，全国上下一片穷。问题因此上交到了中央政治局会议讨论。讨论的结果是，中央决定：关于参加考试的经费问题就不要增加群众负担了，每个考生收5毛钱即可，其余由国家负担；印考卷没纸，就先调用《毛泽东选集》第5卷的纸印考卷。

关闭了11年的考场再次敞开大门，一个可以通过公平竞争改变个人命运的时代回来了！

1977年冬天，中华人民共和国举行了自成立以来唯一的一次冬季高考，570万学生报了名。这些考生从山村、渔乡、牧场、工厂、矿山、营房、课堂奔向考场。多少人的命运由此改变，中国的教育事业也迎来期待已久的春天。查全性的呼声有了回应！

查全性 | "后浪"应知晓高考恢复的背后故事

高考,是一场特殊的成人礼

查全性的大儿子、女儿参加冬季高考，一个考上了武大物理系，一个考上了武大化学系。著名历史学家吴于廑教授与他们同住一楼，有3个子女同时考上大学。捷报传来，张畹蕙在楼下见到吴教授，连连致贺："恭喜！你们家连中三元！"吴于廑也喜不自禁地说："同喜！同喜！我们两家五星高照！"

如今，当年参加高考的学生，许多已成为社会的精英和栋梁。查全性的大儿子、女儿大学毕业后，先后出国深造，获得美国博士学位。查全性生前说："我那次发言，也使我子女的人生发生了改变。"

恢复高考首倡者同样反对"一考定终身"

1925年，查全性出生在江苏南京的一个书香世家。他的祖父查秉钧为清朝翰林，"这是当时最高的学术职称，相当于现在的中国社会科学院研究员吧"。后来，查秉钧当了个知县，为官清廉，辛亥革命后返乡时，甚至难以维持生计。

查全性的父亲查谦受家庭环境的影响，不愿做官，致力于教育。查谦赴美留学，选择了物理学作为主攻方向，首次采用蒸发型铂片研究了光电效应的不对称性，界定了不对称性发生的条件，消除了因不对称现象而引起的与量子论的矛盾，同时还指出以光电效应方法测定普朗克常数的正确途径，成为物理界的后起之秀。

"我父亲查谦20世纪30年代在武汉大学任教，我的小学、中学都是在武汉上的。武汉大学西迁乐山时，父亲因不服四川水土，于

1941年春夏之交举家迁至上海暂住。1947年，武汉大学把我父亲从上海请回来，我也经过统考转学到武汉大学。"1950年，查全性毕业于武汉大学化学系，留校任教。

"您怎么没选择您父亲的专业物理学？"查全性笑答："我当时年轻，不想天天都在父亲的掌控之中，所以父亲搞物理我就搞化学，避开他，反正我数理化样样都不错。"

查全性研究的领域是电化学，所从事的主要科研方向包括"电极/溶液"界面上的吸附、电化学催化、半导体电化学和光电化学、生物电化学等；涉及的应用技术包括化学电源和燃料电池、金属电沉积、工业电解、电化学传感器等。他编著的《电极过程动力学导论》是我国第一部有关电极过程的专著，至今仍是我国电化学界影响最广泛的学术著作和研究生教材之一。由于在表面活性物质吸附规律、电化学催化和光电化学研究等方面的成就，他在1987年获得了国家自然科学奖。

由于他在科研和教育上的成就，也由于他能针对重大问题仗义执言，1980年查全性被选为中国科学院学部委员（院士）。"当时不像现在这样隆重，我事先一点都不知道，连申请表都没填过，是数学系的李国平教授从北京开会回来告诉我的，他说祝贺你当了院士，整个感觉跟参加一个学会差不多。"除了在1979年至1984年担任武汉大学化学系主任，他一直未担任任何行政职务。他说："我不是那块料，个人的能力、性格都不适合从事行政工作。"

40多年来，高考和高等教育发生了很大的变化。从20世纪80年

查全性1950年武汉大学毕业照（后排左三）

代，上大学是公费读书，毕业分配工作，到90年代末的高校并轨、扩招、学费增加、自主择业，再到21世纪初的分省命题、自主招生，高考一直牵动着亿万人的神经，在争议中前行。

"目前考生被高校录取的概率越来越高，选择学校与选择专业的灵活性也显著提高。今天的考生要比当年的考生幸运多了。然而，高等教育毕竟不是全民义务教育，高考的选拔功能将长期存在，落榜总有人在。即使成绩合格，也还要经受不同学校与专业的挑选。因此，考生和家长以什么样的心态对待高考与高考结果，就特别值得关注。"查全性认为，正确的态度应该是，发挥自身水平迎接挑选，并以平和的心态对待考试和录取结果。要相信高考是公平的。大多数人发挥出了实际水平，就表明考试是公平合理的，就体现了"人人平等"。如果刻意追求"超水平发挥"，则往往背上沉重的心理压力，产生考试焦虑，其结果往往适得其反。只要大多数考生考出了实际水平，则高考成绩就是平时教学状况准确、客观的反映，由此决定的高校和专业选择，也许就是考生的"最合适的位置"。因此，查全性生前建议家长在考前不要给孩子提出过高的要求，而要帮助孩子客观地分析自己的实力，设定符合实际的奋斗目标。而考生自己也不要去相信什么"超水平发挥"。"超水平发挥"不是经常有的，也不会发生在每一个人身上。

查全性说，对高考落榜也要有颗平常心。俗话说，胜败乃兵家常事。失败有时不可避免，原因也多种多样。一次失败，不是一生失败，更何况成功的路有千万条。这是古今中外人才成长规律的正确概括。汲取教训，重新再来，也不失为一种选择。高考竞争是人生面临的许许多多竞争的一种，能以一颗平常心对待高考，就一定能平和地面对人生的许多考验。

对于如今的高考，查全性曾说，高考肯定要改革，但到底该怎么办？还是应该多听专家的意见。他认为，"一考定终身"肯定不是好办法，理想的高考制度是：大家参加统一笔试，再加上学校推荐和面试。这样就可以对一个人得出比较准确的评价。不过，实行后者的前提是社会风气要好。

"如果高校能实行'宽进严出'的招生办法，则会更好。"他曾在阿根廷的布宜诺斯艾利斯大学考察，发现该校每年招生10万，第二年只剩2万，最后毕业时不到1万。通过逐步淘汰，学生质量得到了保证，被淘汰者学到了一定的知识，也不太痛苦。他认为，"可惜的是，我们目前的社会风气不允许这些东西。相对而言，目前的高考让大家都经过一个相同的检验过程，对每个人来说都是公平公正的，仍是一个比较好的制度"。

针对现在越来越激烈的高考竞争，查全性认为，社会要改变"唯有上大学才能成才"的看法，不同的人有不同的生活教育背景、不同的优点和特点、不同的兴趣和智力水平，应该有适合自身的发展道路。

"多年过去，再回忆高考，其实本质上没有考得好与差的说法，重要的是所有年轻人在一起做份试卷，然后决定去哪座城市、做什么工作，今后和谁相知，和谁一起旅行，和谁走一辈子。"一位过来人曾如此感叹。高考后，不管结果怎样，都是与一段绚丽青春的告别，而另一段多彩人生即将开场。

高考是莘莘学子人生道路上的一次特殊"成人礼"，但一定不是全部。不论高考结果如何，查全性说，希望莘莘学子青春无悔、梦想成真、未来美好，"成大器"。

2019年8月1日，查全性病逝，享年94岁。高考制度的恢复，改变的不仅仅是个人的命运，对整个国家和民族来说意味着复苏和新生。作为院士，查全性的学术成果自是丰硕。然而真正使他名扬天下的，却是那个"恢复高考"的建议。这是查全性一生中唯一的一次与邓小平面对面的交流，但在他生命中留下了深刻的印记。

胡福明

追求真理的进行曲没有休止符

HU FUMING

国梁
大脊

胡福明，著名马克思主义哲学家、理论家、教育家，中国改革开放的思想理论先驱。1935年7月出生于江苏无锡，1959年毕业于北京大学新闻系，1962年毕业于中国人民大学哲学研究班。历任南京大学政治系（后改名哲学系）助教、讲师、副教授及系副主任、党总支副书记，江苏省委宣传部副部长，江苏省委常委，江苏省委党校校长，江苏省社科院院长兼省哲学社会科学界联合会主席，江苏省政协副主席等职。2018年12月，党中央、国务院授予其"改革先锋"称号。2019年9月，获"最美奋斗者"称号。

提起我国20世纪70年代末那场关于真理标准问题的全国大讨论，经历过那个时代的人都知道，揭开这场思想解放运动序幕的是一篇名为《实践是检验真理的唯一标准》的文章。而这篇文章的"始作俑者"胡福明，当时只是南京大学一位普通的哲学教师，他因该文而成为我国马克思主义思想史上的重要人物。

改革开放以后，胡福明担任了江苏省高级领导干部职务。作为一位学者型官员，胡福明不光自己痴心学术，并领军江苏学术界，创造了许多深具时代意义的思想成果。从年轻时代跨入学术界开始，胡福明追求真理的脚步始终没有停顿。如今他虽已退休赋闲，但在理论研究上又开始了新的征程。

战斗檄文挑战"凡是派"

20世纪70年代，注定在中国当代历史上占据重要地位。"四人帮"横行肆为，最终被扫入历史垃圾中；"文化大革命"曾以狂风暴雨之势席卷整个中国，但是在人民的意志面前还是落荒而去。由此，时任南京大学哲学系副主任的胡福明强烈地感到，人民是历史的主人，人民一旦觉醒了，没有一种力量能使他们屈服。

粉碎"四人帮"后，胡福明敏锐地感觉到中国已处在一个历史

胡福明 | 追求真理的进行曲没有休止符

理论家、教育家胡福明

的转折关头，中国要"改弦易辙"——改掉"以阶级斗争为纲"这根弦，开辟一条社会主义现代化建设的道路。而且，他认为拨乱反正的最有利时机已经到来了，作为一个年轻的理论工作者，自己应该义不容辞地参加这场斗争，作出自己应有的贡献。

当时胡福明主管哲学系的教学，还有授课任务。他挑灯走笔，写下了许多批判"四人帮"、在思想上拨乱反正的理论文章。1976年12月，他写下了批判张春桥的"全面专政"的一篇文章。之后又写了好几篇文章，如《必须坚持马克思主义的学风》《为建设现代化的社会主义强国而奋斗》《"四人帮"批判唯生产力论就是反对历史唯物论》，后者被1978年3月16日的《人民日报》理论版摘要发表。

从1976年年底起，胡福明开始苦苦思考一个问题："四人帮"虽然粉碎了，但是中国社会仍然面临着严峻的政治局势，党内个人迷信、个人崇拜依旧盛行，大量的历史冤假错案尚未得到清理和平反，1976年广大人民群众自发聚集到天安门广场悼念周总理的行动依然被定为反革命事件……如何从根本上批判"四人帮"，以推动拨乱反正呢？

1977年2月7日，中央"两报一刊"（指《人民日报》《解放军报》和《红旗》杂志）发表《学好文件抓住纲》的社论，主要思想实质是维护"两个凡是"。此后，批判"四人帮"突然降温，拨乱反正寸步难行。未来一下子又变得扑朔迷离。

胡福明陷入苦思，夜不能寐：判断理论、认识、观点、决策是否正确的标准究竟是什么？判断是非的标准究竟是什么？马克思、恩格斯、列宁、毛泽东在历史上也经常按实践来修改自己的观点，怎么能说句句是真理？怎么能搞"两个凡是"？这完全是教条主义、形而上学的东西，是宣传个人崇拜，不符合马克思主义的哲学观点。

在参加一个讨论教育问题的座谈会时，胡福明发言表示教育质量下降了，科研无法搞了，教学被破坏了。后来有一位领导对他说，教育战线是"文化大革命"的重点，不能否定"文化大革命"。虽然这位领导是出于好心才提醒他，但这又促使胡福明不得不思考：拨乱反正的阻力在哪里？

经过一段时间的思索，到了1977年3月，南京正是春寒料峭时节，胡福明终于意识到冲破"两个凡是"才是关键。发现这个问题，胡福明非常高兴，谋划着写作一篇战斗檄文。作为新中国培养的知识分子，长期从事着马克思主义哲学理论教学与研究，胡福明对我国社会主义制度充满深厚的感情，他背负着"天下兴亡，匹夫有责"的信念。所以，即使风险很大，他也无所畏惧地勇往直前。

为了有力地批判"两个凡是"，胡福明经过一段时间的分析研究、反复比较后，从马克思主义基本观点中找到"实践是检验真理的标准"这一论点作为基本观点。他认为，提出真理的实践标准，与"两个凡是"针锋相对，能切中要害。而且，提出"实践是检验真理的标准"这个科学观点，又可以帮助干部群众运用这个科学观点去分析研究"文化大革命"，推动平反冤假错案、拨乱反正。

7月上旬，文章的主题、观点、布局已基本形成，胡福明开始动手收集研究材料、拟定提纲。这时，家里偏偏又出事了——妻子张丽华检查出肿瘤，在江苏省人民医院住院接受手术治疗。胡福明把一双儿女交给岳母照管，白天在大学的讲台上讲课，晚上到医院的病床边陪伴妻子。病中的妻子需要补充足够的营养，但那时市场上供应的副食品还相当匮乏，胡福明只得利用课余时间不厌其烦地穿行在南京城中，采购西瓜、鱼虾等难得的时鲜食品。

夏天的南京，素有"火炉"之称。空气燥热，更兼牵挂着要写的文章，在医院陪伴妻子的胡福明难以入睡。每当夜深人静时，他搬来椅子，摇着蒲扇，借着走廊的灯光看书，对马克思、列宁、毛泽东等有关实践是检验真理标准的内容一边阅读，一边做摘录，一边进行认真研究。

当妻子出院时，文章的提纲已写好，此时正逢暑假，胡福明用了一周时间写成文章初稿。这年9月，经历三次修改后，《实践是检验真理的标准》这篇惊世之作在胡福明的笔下完成了。

历史雄文引发思想理论界的"大地震"

文章写完了，寄给谁呢？想了半天，胡福明想到了这年5月认识的《光明日报》哲学编辑组组长王强华。当时，江苏省委党校召开了一个理论讨论会，胡福明作了题为《唯生产力论是历史唯物论的基本观点》的发言，在会场引起轩然大波，立即有两三个人站出来反驳，甚至批判他的观点。双方争论不下，会议也难以继续，大会主持人只得宣布暂时休会。这时，王强华找到胡福明，并约他为《光明日报》

写稿。

于是，胡福明将稿件寄给了王强华。文章投出去后，他不知道等待他的将是一种怎样的命运，也不知道这篇历史文章将会在中国社会引发一场怎样的地震。1978年1月，也就是寄出信后的第4个月，胡福明收到王强华的来信与文章清样后，便着手按所提意见修改。从此以后，稿子来来往往有好几个来回，每回修改后便寄回编辑部。

1978年4月间，胡福明去北京参加一次全国哲学讨论会。到北京的当天晚上，他就被王强华接到了《光明日报》总编辑杨西光的办公室。时任《光明日报》理论部负责人的马沛文和时任中央党校理论研究室《理论动态》编辑的孙长江也在杨西光办公室，巧的是，孙长江还是胡福明在中国人民大学学习时的哲学史老师。这时胡福明得知，《实践是检验真理的标准》这篇文章的标题已经在马沛文的建议下改作《实践是检验一切真理的标准》。

对于当天晚上大家讨论的情况，胡福明回忆说："杨西光同志手里拿着《实践是检验一切真理的标准》的清样，对大家说，各位同志都拿到这份清样了，福明同志这个稿子，今天正要听大家的意见，我们要修改。他说，这篇文章本来在哲学版就要发表了，我看了以后，认为这篇文章很重要，放在哲学版里发表太可惜了，应该作为重要文章放在第一版去发表——当然，还要修改，文章还要提高质量。"于是，胡福明白天参加哲学讨论会，晚上则修改文章，以便于第二天由《光明日报》的通讯员拿走稿子，傍晚再把修改后的小样送来。这样又往返修改了好几次。

后来，杨西光决定将胡福明的那篇文章的校样稿交给中央党校，由他们去修改完善，然后再定夺发表。5月10日，这篇经过反复修改、定名为《实践是检验真理的唯一标准》的稿子最终在中共中央党校内部刊物《理论动态》上刊出，11日《光明日报》署名"本报特约评论员"公开发表全文，新华社当天即向全国转发，12日《人民日报》《解放军报》又予以全文转载。

这篇历史雄文共分为四个部分：一、检验真理的标准只能是社会实践；二、理论与实践的统一是马克思主义的一个最基本原则；三、革命导师是坚持用实践检验真理的榜样；四、任何理论都要不断接受实践的检验。在文章结尾，作者勇敢地宣称："凡有超越于实践并自奉为绝对的'禁区'的地方，就没有科学，就没有真正的马列主义、毛泽东思想，而只有蒙昧主义、唯心主义、文化专制主义。"11日一早，胡福明听到了中央人民广播电台的广播，随后看到了《光明日报》发表的《实践是检验真理的唯一标准》。这时，胡福明喜不自禁，高兴地拥抱着妻子说："我们终于胜利了！"

文章发表后，立即引起了广大党员和群众的共鸣，获得了广泛的支持，一场如火如荼的思想解放运动迅速兴起。然而，文章的发表很快也遭到了严厉批评和斥责，一时间斗争的硝烟四处弥漫。从一开始，这篇文章就被上升到路线问题、旗帜问题上来。此时，作为文章的"始作俑者"，胡福明非但没有收获鲜花和喝彩，荣誉和尊敬，反而是承受着巨大的政治压力和沉重的精神负担。一位朋友对他说："你已经被卷进了中央高层内部的斗争了，风险很大，你知道吗？

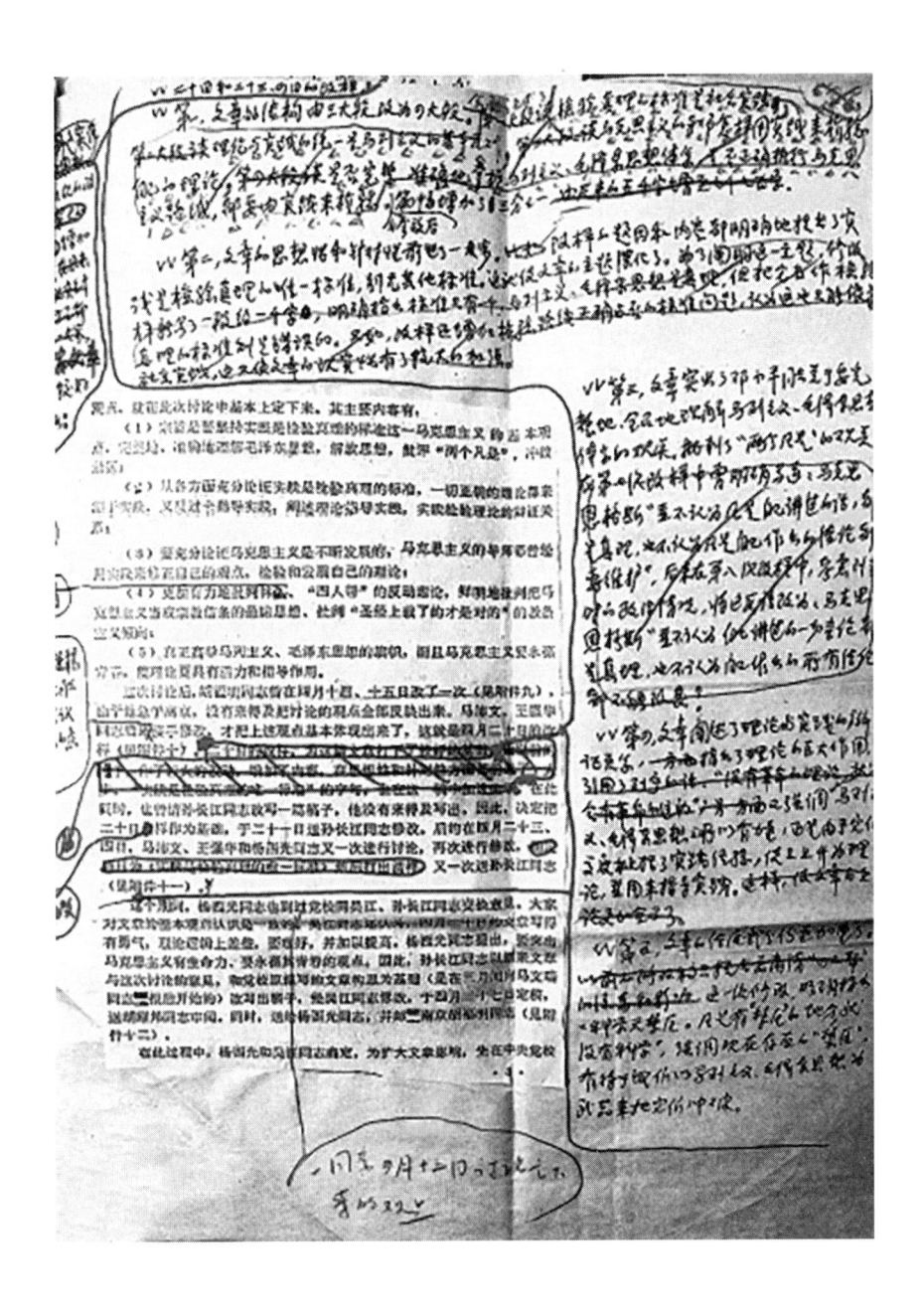

胡福明 ｜ 追求真理的进行曲没有休止符

《实践是检验真理的唯一标准》发表前改样

这可是已经被卷进了政治斗争的旋涡了,要有思想准备。"胡福明表示:"我已经有思想准备了,我准备要坐牢。"并半开玩笑地说:"你呢,我们是老朋友了,你要给我去送饭。"

当时,胡福明还接到许多充满火药味的"问罪信"。有人在信中给他戴上"砍旗"的"大帽子",咒骂他"对中华民族犯下了不可饶恕的罪行",甚至用不堪入目的词语对他进行人身攻击。看到这些信,胡福明并不动怒,只是淡淡一笑,并为这些人受极左流毒影响太深而深深惋惜。

在真理标准讨论面临夭折的关键时刻,复出不久的邓小平以一个伟大政治家的气魄和敏锐抓住了这一历史契机,发出了坚毅的声音。1978年6月2日,邓小平在全军政治工作会议上发表了重要讲话,严厉批评了个人崇拜、教条主义和唯心论,号召"打破精神枷锁,使我们的思想来一个大解放",要求部队干部要做马列主义、毛泽东思想和革命实践相结合的榜样。掷地有声的讲话,给了《实践是检验真理的唯一标准》以有力的支持。

到了这时,胡福明所承受的压力才终于被掀翻,接踵而至的是历时达半年之久的关于真理标准问题的全国大讨论。这场大规模的理论讨论算得上是一次真正而彻底的思想解放运动,它对我国后来的政治、经济和思想文化等各个方面的深刻变化和长足进步发挥了巨大的作用。一个人的名字通过一篇文章而与这场伟大的思想解放运动紧紧地联系在一起,确实是莫大的幸运;然而,在当时还只是一名普通而年轻的哲学工作者,就能以自己专业的方式去参与开创中国历史的新局面，胡福明创造了一个传奇。

回首往事，胡福明感慨："这篇文章是顺应时代的需要，顺应人民的愿望而诞生的，它是许多同志共同努力的结果，是个集体创作。邓小平同志也是顺应全党全国人民的要求，顺应历史的要求，来支持这场真理标准大讨论，来领导这场真理标准大讨论，目的是破掉唯心主义、形而上学，破掉'天才论'嘛。为的是否定多年盛行的个人崇拜、教条主义，重新确立一个解放思想，实事求是，一切从中国实际出发的思想路线，找到一条新的建设社会主义的道路。"

把自己铸成学者加战士型的人才

胡福明是精熟于理论的哲学家，也是桃李满天下的教育家。1962年年底，胡福明从中国人民大学研究生毕业分配到南京大学政治系（后来改为哲学系）。不久，他便独立开课了，主讲毛泽东思想。两年后，胡福明便去苏北的海安参加"四清"运动。

从苏南来到苏北的胡福明感受到：苏北这块土地那样贫瘠，世代生活在那里的老百姓如此困苦。那时候苏北农民基本上是住破旧的房子，吃的菜仅仅有胡萝卜叶子。好多年以后，胡福明还记得，当时他就住在农民的猪圈旁边，也和当地人一样吃被人们取名为"洪湖水，浪打浪"的稀饭加胡萝卜叶。但是，参加"四清"运动的工作人员一个星期可以上一次街"洗澡"——名义上是洗澡，实际上是去饭店加餐，吃一次猪头肉。胡福明感慨，当初就是靠着这猪头肉才挨过那些饥饿难耐的日子。

1966年新春,根据党中央的两种教育制度和两种劳动制度的精神,南京大学文科师生在匡亚明校长的带领下到溧阳筹建南京大学溧阳分校,实行半工半读。文科各系统一按年级建支部,时为哲学系助教的胡福明担任一年级党支部书记,全面负责一年级学生的学习、劳动和生活。

当年6月,北京大学聂元梓等人贴出那张所谓的"马列主义"大字报,打响"文化大革命"的第一枪。南京大学部分师生随后也写出大字报,矛头直指匡亚明校长及校党委。南京大学随后卷入"文化大革命",校长匡亚明被批判为"修正主义"。胡福明因为在溧阳分校表态认为"匡亚明在南京大学执行的路线是正确的",而戴上一顶"匡亚明黑帮分子"的帽子"靠边站"。

匡亚明被批斗时,胡福明经常陪斗,还戴着高帽子游街。家也被抄了,连家里雪白的墙上都被刷上了标语,3岁的女儿也被人骂作"黑崽子",哭着跑回家。造反派还勒令胡福明进行劳改,每天什么脏活累活都要干。每月胡福明的工资还要被扣,不能足额领取,一家人应付生活都困难。没办法,胡福明只好将自己用稿费买的一块上海牌手表卖了。为了参加劳动改造不迟到,胡福明让妻子把卖表的钱拿去买闹钟,谁知祸不单行,小偷把妻子装在兜里准备买闹钟的钱全部偷去了。

当时流行"唯成分论",1967年夏天,造反派去胡福明老家查他的身世,结果查出胡福明的出身是贫下中农。造反派们那时都忙于夺权,于是谁也不再管胡福明了。1972年,全国高校经历了6年"停课闹革命"后,在"大学还是要办"的思想指导下,通过推荐,招收工农兵学员"复课闹革命"。当时,胡福明是南京大学哲学系分管教学的系领导,他负责组织教师队伍。在这期间,他坚定地抵制极左思潮,将原来系里一些因家庭出身不好而被下放的教师调回来做教员。

与当时整个中国僵化的思想不同,胡福明在课堂教学中却能将哲学原理中的一些观念和原则与现实联系起来,从而显示出在当时看来颇令人感到震撼的开放性。每当给新生进行入学教育时,胡福明都会告诫学生:接受马克思主义教育,要真信、真用,把自己铸成学者加战士型的人才。这番话中蕴含了马克思主义理论联系实际的学风,胡福明是将自己的人生思考和工作作风教授给学生。在教学安排上,胡福明也坚持以课堂教学为主,即使在"下乡、下厂开门办学"时也坚持上课,严格考试考查。这样,在那动荡不定的年月,学生们也能学到系统的理论知识。

粉碎"四人帮"后,万众扬眉,举国欢庆。得知这一喜讯的时刻,胡福明一下子感到又解放了,压在心里的一块沉重石头猛地被掀掉了!喜不自禁的他买了一瓶酒和几只蟹,全家人在一起共庆胜利。在江苏省和南京大学第一次批判"四人帮"的大会上,胡福明都是第一个发言。

全国恢复高考的第一年,南京大学哲学系择优录取了70多名学生。此时,"文化大革命"虽已结束,但"四人帮"的余毒尚未肃清,许多理论问题都被搞乱。因此,教学中首先面临的是理论上的拨乱反正。胡福明在组织教学中敏锐地抓住这个问题，他鼓励教师按照马克思主义哲学的精神实质探讨问题，把被"四人帮"颠倒了的理论重新端正过来。

为了哲学系的进一步发展，胡福明在抓好本科生教学的同时，鼓励各教研室积极筹建硕士点，招收研究生。1978年，哲学系第一次招收了攻读马克思主义哲学专业硕士学位的研究生。与此同时，中国哲学史、西方哲学史的硕士点也建立起来，同时拥有3个硕士点，在当时全国高校哲学系中少有。如今，南京大学哲学系已拥有多个学科的博士点，许多毕业生已成为国内知名学者、博士生导师。这一切，都蕴含着胡福明所作出的贡献。

进行理论研究就是铸造剖析社会问题的利剑

2002年，中国共产党召开了第十六次全国代表大会。当时胡福明认为，十六大后中国必将出现三个高潮，即学习十六大文件、学习"三个代表"重要思想的高潮，思想大解放的高潮和改革开放、社会主义现代化建设事业的新高潮。他说，党的十六大将是党和国家历史上一个重要的里程碑，在中华民族伟大复兴的历史上具有重大意义。

胡福明指出，改革开放以来至党的十六大，中国共产党形成了两大理论成果：邓小平理论和"三个代表"重要思想。这两大成果都是解放思想，实事求是，与时俱进，开拓创新的结果。他说："把马克思主义与中国实际和时代特征相结合，提出符合实际的理论、路线、方针、政策，对党的事业成败始终具有决定性作用，这是一个关系到党的命运、人民的命运、国家的命运的重大问题。从历史发展的过程来看，只要坚持了解放思想、实事求是、与时俱进的思想路线，党的领导就正确，中国的革命、建设事业就迅猛发展；反之，实行本本主义、教条主义，理论脱离实际，就必然发生指导思想的错误，给革命、建设事业带来巨大的损失。"早年学新闻，后来又研读哲学的胡福明，既有观察社会的广阔视野，又有研究问题的严密思维，这是他研究社会科学的特有优势。

1982年11月，胡福明调任江苏省委宣传部副部长，1984年当选为中共江苏省委常委，并先后担任江苏省委党校校长、江苏省社科院院长、江苏省政协副主席等职务。虽然肩上担负着重要的领导职务，但胡福明胸怀全局，关心国际和国家大事，重视理论研究，关注学术界动向，保持着一个学者的严肃思考。

自从我国实行改革开放政策以来，在建设中国特色社会主义的过程中，江苏苏南地区经济发展一直保持高速增长，创造了颇具本地区特点的成功经验，人们称之为"苏南模式"。从20世纪80年代起，理论界的学者们纷纷对苏南的经济社会发展进行考察研究，而胡福明是很早就积极倡导苏南经验的宣传者。

苏南是胡福明的家乡，他对苏南怀有深厚的感情，但他也是一位头脑清醒的社会科学家。当苏南乡镇企业异军突起但尚未得到足够重视、市场经济还被许多人不理解的时候，他大声疾呼支持乡镇企业的发展，认为它是具有重要意义和远大前途的新生事物，并指出它的强大生命力就在于能更好地适应市场的需求和调节。而当乡镇企业得到大发展而成为苏南经济的重要支柱，有些人对之抱盲目乐观态度时，胡福明又及时地指出乡镇企业的弱点和存在的问题，提出必须根据市场经济的要求深化改革才能获得进一步的发展。

物质文明的建设不能脱离精神文明建设。胡福明认为，正是通过加强精神文明建设，在全社会形成有利于改革开放和现代化建设的共同理想、价值观念和道德规范，重视知识，重视教育，提高人民的科学文化素质，才为苏南的高速发展创造了条件。在胡福明的推动和积极参与下，中国社会科学院与江苏省社会科学院、太仓市委合作，成立了"社会主义精神文明典型调研"课题组。胡福明担任学术指导，于1996年完成了《苏南精神文明建设模式》一书，较系统地总结和宣传了苏南精神文明建设的经验。

作为一位学者型官员，胡福明不仅善于从全局把握时代的脉搏，而且他对理论探索的使命感和执着的追求也令人感叹。从20世纪90年代初开始，胡福明一直从事沿海地区现代化建设研究，对沿海地区率先实现现代化的理论和实践提出了很多前瞻性见解。尽管他公务十分繁忙，但仍投入大量精力自始至终直接指导课题研究。他不仅自己读书和调查研究，还组织了一批省内学者对这个重大问题进行探索和研究，并主持召开了几次全国规模的现代化问题的理论研讨会，约请全国的同行、专家、学者参加，集思广益。

1994年12月，由胡福明主编的《中国现代化的历史进程》由安徽人民出版社出版；1995年11月，由他主编的《苏南现代化研究》

由中国经济出版社出版；1996年12月，由他领衔撰写的《苏南现代化》一书由江苏人民出版社出版；1998年，由他主编的一套《中国现代化丛书》（共10本）由南京出版社出版。这些图书的出版，对江苏省执行中央关于沿海发达地区要率先实现现代化的战略指示，起了很好的作用，使在社会主义现代化建设第一线从事实际工作的人，得到了理论武装，有重要的启迪和指导意义。

从最初就学于北京大学、中国人民大学，而后执教于南京大学，又任职于江苏省委宣传部门、省委党校、省社科院、省政协等单位，从下而上，胡福明既经历了不同层次的锻炼，也经历了无数曲折。丰富的人生经历使他在学术研究上有一个非常重要的特点，那就是紧紧抓住我国社会发展过程中的一些核心问题，通过深刻而又严谨的理论研究，使思想成为一把剖析和言说当下社会问题的利剑。

难改的是学者秉性和进取精神

1935年7月，胡福明出生在江苏无锡长安乡一个贫穷农户家里。小时候的胡福明非常喜欢读书，虽然家里生活捉襟见肘，但开明的父母还是勒紧裤腰带东借西凑地送他去上学。后来因为家里实在没钱交学费了，小学期间他失学了半年。从十二三岁开始，胡福明就下田干活，插秧、翻地、除草等苏南水稻田的农活他全会干。

磕磕绊绊地好不容易挨到了小学毕业，胡福明于1948年秋天进入镇上的初中补习班学习。学校离家有三里路远，但他坚持走读，以便读书、干活两不耽误。1949年无锡解放了，家里分到了地和田，二哥也在乡政府工作了，从此家里的生活较之前有了很大的改观。这时，镇上的初中补习班被办成了中学，刚读了一年补习班的胡福明成了中学生。

1951年，胡福明初中毕业，但家里无力供他读高中，他只好在家里种田。当时的人民政府重视发展教育事业，设立了助学金制度，支持贫寒家庭子女就学。在家种了半年田的胡福明抓住这个机遇，于1952年考入不交学费和伙食费的江苏省无锡师范学校春季班。

因为家里缺乏劳动力，每逢星期六下午胡福明就得从学校赶回家，利用星期天的休息时间在家劳动一天。星期一天刚蒙蒙亮他就得从家里出发，赶在早饭前返校。每到夏忙和秋忙时，胡福明都得请上一个星期的假，帮助家里种田。就是这样在进行繁重体力劳动的同时，胡福明的学习也从来没有耽误，而且他的成绩在班上还是靠前的，并担任了学校黑板报的"总编"，后来还当上了班上的团支部书记。

1955年2月，胡福明被分配到江苏省总工会干部学校工作，同年8月考入北京大学新闻学专业。入学后，胡福明很快发现，做新闻需要敏锐的头脑，需要观察研究社会的科学世界观、方法论。于是，他到哲学系去听选修课，开始自学哲学，从此对哲学的兴趣越来越浓。毕业时，胡福明得知自己要被分配到中央报刊去，感到很高兴。但是不久系总支书记、系主任都找他谈话，说组织上决定送他到中国人民大学哲学研究班学习。

1959年9月初，胡福明进入中国人民大学哲学研究班，开始了3年的埋头苦读。他学得很扎实，马克思主义哲学基本理论对他来说是了然于心。1962年毕业分配时，中国人民大学一再挽留胡福明，但胡福明考虑到妻子在无锡工作，而且将来难以调入北京，便选择了南京大学。

除了在理论研究方面具有不凡的造诣并对当代中国思想史产生了重要影响，胡福明在日常生活中还具有很强的人格魅力。凡是与他一起工作过的同事或是有过交往的朋友，无不对他抱有真挚的感情和美好的印象：极具亲和力，为人宽厚洒脱，不落俗套，侠骨义肠，助人为乐。即使是他身居高位的时候，也从不对人摆架子，以前的同事们一直亲切地称他为"老胡"。在各行各业，特别是在农村基层，胡福明都有一批好朋友，无话不谈，亲密无间。

胡福明和妻子张丽华感情深厚，当年南京有丽华牌的香烟、牙膏，有些人便开起了胡福明的玩笑："你是口里含丽华，嘴上吸丽华。"张丽华是胡福明的师妹，也是城市家庭里的独生女。1961年他们结婚时，胡福明正在中国人民大学读研究生，没有任何积蓄，而且还要把有限的助学金积攒下来寄给父母补贴家用。毕业后，他在南京大学哲学系当老师，一心扑在理论研究上，简直把家当成饭店和旅馆了。可妻子没有任何怨言，还想方设法把家常便饭做得香甜可口，把简陋小家布置得温馨舒适，悉心照料和教育孩子，大力支持胡福明全心全意地工作。提起妻子张丽华，胡福明总是发自内心地感谢她。

2001年，胡福明从江苏省政协副主席的任上退了下来，开始了

胡福明的一篇文章改变历史

退休生活。退休以后的他在时间上有了更大的自主支配权，有了更多的时间去探索理论上的问题。胡福明读书很认真，读马列原著尤为认真——他并不拘泥于原著上的词句，常拿实际生活中的现象和问题作比较，以自己的思考同别人交换意见。他在应邀作报告时，往往就讲自己对现实问题的思考、意见。

退休后，每天除了读书看报，胡福明还有必做的三件事，一是去办公室看文件，二是去菜场买菜，三是去学校接读书的孙子回家。生活清闲了，但他的脑子不会清闲，就连买菜、接孙子时，他都会有意识地与周围接触的人天南海北地聊天，了解一些以往在机关无法得到的信息。

确实，胡福明永远都改变不了自己那富于理论思维的学者秉性和生气勃勃的进取精神，他说："我是一个穷孩子，是共产党培养和教育了我，使我成为一名理论工作者。这样的情感与思想积淀，使得我总有一种使命感，就是维护真理。因为坚持真理、实事求是，是我们党的一贯方针。中国之所以走到今天，说明了共产党能够拨乱反正，用唯物主义的态度去制定方针、政策，把实践当成是检验真理的唯一标准，这就是中国的希望所在。"

吴炯

新思维催生经济新法

WU JIONG

国梁
大脊

吴炯，原名孟宪云、孟爽云，祖籍山东邹城，著名经济法学家、仲裁法学家、垄断法学家。1929年7月出生于北平，1945年加入中国共产党。历任华北联合大学法学院研究生班班主任、支部书记，华北大学边区建设研究组研究员，中国人民大学本科经济系教务秘书、教研组组长，北京市计委工业处处长，兵器工业部计划处处长、法规处处长，国务院经济法规研究中心办公室主任（副局长），国务院法制局农林城建司司长，国家工商行政管理（总）局政策研究室主任、办公室主任，中国国内经济合同仲裁委员会常务副主任等职。曾为中国经济法研究会常务副秘书长、中国世贸组织法研究会常务理事。1991年从国家工商行政管理总局离休，享受副部级待遇。

大 国 脊 梁

她是当代中国仲裁制度改革的倡导者,也是我国竞争法立法的创始人与主要起草人之一,她填补了国内关于经济法的理论和立法制度的空白。她扎实的学术功底,甚至掩盖了自己作为国家行政部门官员的角色背景。

与象牙塔内的学院派法学家不同,长期在政策研究和经济管理部门任职的她,主攻的法学课题来自实践,进行法学研究的动力也来自对国家法制建设的现实问题的回应。让人感动的是,她当年在国家机关的重要岗位上,要的不是权,而是一直努力利用自己独到的工作实践与经济法研究获得真知,服务经济社会,为深化经济改革保驾护航,为改革开放提供法律保障。

走近耄耋之年的吴炯,就似走近一座法学高峰。她笔耕极勤、著作甚丰,她的不少法学著作至今仍有学术和法学实践的指导意义,许多学术成果成为经济法学一个又一个成功的学术坐标,许多法律在她的不懈推动下最终通过了立法程序;今天,她仍然情牵经济社会的法治环境建设,深情关注经济法制建设的研究与实践。

老人的讲述,复活了那个年代的经济记忆,也为当下和未来的经济活动提供了有益的启迪和借鉴。笔者要做的是,试图再现和还原这一历史时期重要经济事件或经济决策出炉的台前幕后,重温那些不应被遗忘的历史细节或侧面。在笔者眼里,吴炯不单是一个严谨、正

吴炯 | 新思维催生经济新法

▎著名经济法学家吴炯（王青青 摄）

直、有良知、敢于向自己既得权力开刀的法学界的改革者、先行者，而且是一个情浓义厚的诗人。

为仲裁法的出台鼓与呼

1994年8月31日，北京人民大会堂。第八届全国人大常委会第九次会议通过《中华人民共和国仲裁法》时，吴炯有些激动，毕竟这部法律的推动与起草自己付出了太多太多。

"仲"，地位居中；"裁"，衡量、判断。仲裁，居中公断。仲裁俗称"公断"，是指公民法人和其他经济组织发生合同纠纷和其他财产纠纷时，根据事前或事后达成的仲裁协议，提交仲裁机构仲裁的一种解决经济纠纷的方式。1986年，吴炯由国家工商局（后改为国家工商行政管理总局，2018年与其他国务院机构组建国家市场监督管理总局）政策研究室主任调任中国国内经济合同仲裁委员会专职副主任。当时的商事经济合同仲裁由工商行政管理局负责（涉外仲裁除外）。在工商口从事经济合同仲裁工作期间，吴炯在调研中发现我国行政仲裁体制存在种种弊端，她思考着中国现代合同仲裁如何走向未来，认为仲裁应该适应市场经济需要，遵循市场经济规律，以解决市场经济纠纷。

吴炯回忆这段往事时说，她任职中国国内经济合同仲裁委员会副主任期间，所进行的行政仲裁是依国务院颁发的《中华人民共和国经济合同仲裁条例》为准。该条例开宗明义地指出："经济合同仲裁机关是国家工商行政管理局和地方各级工商行政管理局设立的经济合同仲裁委员会。"因而，当时行政仲裁的权限很大，除了要负责《经济合同法》所规定的几类合同纠纷的仲裁，国家又通过专项立法将工业企业承包经营、小型企业租赁等经济纠纷仲裁也都交给了工商行政管理局来管，而且新的专项规定，还确定仲裁协议仲裁时有终局裁决权，甚至中外合资、合作等企业作为中方法人的，其经济纠纷的仲裁也可以由当事人自行选择由工商行政仲裁。

当时，吴炯跑了不少地方进行调研，也在全国工商系统年会上召集各省工商局同志座谈仲裁工作，越发感到中国仲裁的问题很严重："首先，仲裁很分散，缺少统一协调。有劳动仲裁、科技仲裁、房地产仲裁等，这些仲裁由各自部门主管，规则不一，同一纠纷在不同机构解决结果很不一样。其次，仲裁是行政仲裁。从国家工商局来说，仲裁由合同司管，日常工作由合同司人员进行，他们既是合同员，又是见证员，有纠纷时又是仲裁员，三大员合一。在基层，则由各地工商所成立仲裁庭，工商所的所长就是仲裁庭主任，发生纠纷时先进行行政调解，调解不成就指定仲裁员进行仲裁，行政调解与仲裁由同一班人员进行，这样就把平等主体之间的经济纠纷解决变成了上下级之间的行政调解和行政仲裁。再次，当时仲裁也不是终局的，也没有行政诉讼，常常造成又裁又审，浪费了当事人的时间、精力，把当事人本来还可能友好的关系弄得更坏。最后，工商局的仲裁与有关方面的冲突不断。与法院关系紧张，工商局要求法院执行仲裁裁决，但法院经常推翻工商裁决；与司法局关系也紧张，因为工商局的合同见证与司法局的公正存在冲突；与科委、商业部、建委的仲裁在管辖上也存在冲突，争夺案源；在工商局内部，仲裁员的身份既不是行政职务，也不是专业技术职务，使得这部分人员工作不安定，留不住高素质人才。"

吴炯履新经济合同仲裁委员会后，在搜集和学习我国及世界各国有关仲裁方面的书籍或文献的基础上，深入考察全国各省市自治区的仲裁状况，向局领导建议改革仲裁程序和主要环节，如仲裁协议、仲裁员的任命、开放规则等，通过专项法律或法规解释进行技术处理，逐步使经济仲裁向现代仲裁制度靠拢，但没有得到领导的支持。"有人曾直言不讳地要我放弃对仲裁制度的改革，甚至停了我的车，一度使实地调查只局限在很小的范围内。即使这样，我依然还是勇敢地提出了自己的看法，并且努力推进。"吴炯说，现在回顾自己走的每一步，也只是对过去的困难报以轻松的微笑。

1990年12月，中国人民大学举行法学院成立40周年大会，吴炯作为老校友应邀出席。"大会之后进行了研讨会。在研讨会上，我谈了我国仲裁的现状以及如何进行改革的想法，我的发言得到了大家的热烈鼓掌，大家积极支持我往前走，进行改革。这是我第一次提出仲裁改革的思路，我自己也做好了挨批的准备，毕竟和领导的意见不同。研讨会后，法学杂志主编要我把发言写成材料发表，但我未答应，而是写了一个书面意见《国内经济合同改革的几点建议》，上报给了国家工商局领导，但未得到什么答复。在这种情况下，我在《法学》和新华社《国内动态清样》发表了《中国国内经济合同仲裁向何处去》一文，正式对外发出了改革仲裁制度的意见。"

法学泰斗张友渔见到了新华社《国内动态清样》后，支持吴炯关于仲裁改革的创议，致信国家工商局："我基本同意吴炯同志所提建议。她可以经过正式程序向主管部门提出建议，改正其中弊端，并由国务院提议，人大常委会制定完善的仲裁法。"

后来，几经辗转，吴炯找到全国人大常委会法制工作委员会（简称"法工委"），希望可以把仲裁立法列入计划，但法工委称当时有很多立法任务，暂时还排不上仲裁法。随后，她找到全国哲学社会科学规划办公室，向其介绍了国内外仲裁制度和我国仲裁发展需要，请求把中国仲裁立法问题研究列为国家科研项目。几经努力，仲裁立法问题研究被确定为1992年到1994年国家科研项目，且顺利完成，相关部门起草了仲裁法草案，通过了项目成果鉴定。若不是她在合同仲裁改革问题上的先见之明和锲而不舍，极富勇气地最先提出了与国际仲裁接轨的、与市场经济相适用的仲裁制度的设想，并向决策高层提出仲裁法的立法建议，争取立法调研课题，我国仲裁制度的改革和仲裁法的问世不知还要向后推迟多久。因此，有人称她是勇于革掉自己"乌纱帽"的改革者。

1994年，中华人民共和国第一部仲裁法正式颁布。随后，吴炯主编的《中华人民共和国仲裁法实用问答》由法律出版社出版，助力仲裁法的贯彻实施。"那些昔日阻碍过我的人，后来却纷纷对我投以鲜花和报以真诚的掌声。我对他们没有丝毫的怨恨，因为所有的事情都过去了，再者仲裁法已经立了。能做成这些我已经心满意足，别无他求,更无须计较。"让吴炯欣慰的是,仲裁已在社会纠纷解决中扮演着重要角色,在维护市场经济秩序、推进法治建设、促进和谐社会的构建中发挥着不可替代的重要作用。

用法管好市场这只"看不见的手"

1991年9月,吴炯38万字的作品《维护公平竞争法》由中国人事出版社出版。该书的问世,使刚走出计划商品经济樊篱的人们耳目一新,知道了什么是市场经济,应该怎样规制市场从而使市场经济良性互动。这是我国第一部从法律角度比较系统地论述竞争规范及其重要作用的著述,第一次将美欧等西方发达国家有关竞争(反垄断、反不正当竞争)的法律规范比较完整地介绍给国内读者,第一次比较系统地总结了市场竞争在我国的发生发展,第一次提出了我国反垄断、反不正当竞争立法的框架的建议。

在书中,吴炯鲜明地指出,制定反不正当竞争法不仅是建立社会主义市场经济体制、确立市场经济竞争基本规则的需要,也是使我国社会主义市场经济逐步与国际惯例接轨、扩大对外开放的需要,希望在社会充分论证的基础上,这部市场法尽早出台。关于法的定名问题,她认为使用《反不正当竞争法》的法律名称最贴切。这样名称与法条内容一致,且通俗易懂,符合国际惯例。她还主张《反不正当竞争法》与《反垄断法》应各成独立体系——因为,《反不正当竞争法》主要是强调民事责任,辅之以行政干预,而《反垄断法》主要是强调行政干预，辅之以刑事责任。

以往很多竞争法的研究，主要强调竞争法是西方经济法的基石或"经济宪法"，在这种认识下就不可能存在独立的"社会主义竞争法"，也就不可能有独立的"社会主义竞争法"研究。但是，吴炯没有人云亦云，而是进行了独立的判断和研究，力排众议，提出了与众不同的选题，并进行了深入细致的分析和研究。许多人曾认为，社会主义与市场竞争是截然对立的，很难找到结合点。但吴炯却通过自己的研究，找到了结合的方式和途径。她认为，在以公有制为主体的经济体制下，市场竞争必然是有效竞争，必然是合作与竞争，是争取双赢的协同竞争，也必然是统筹发展的有序竞争。她认为，竞争法在调整内容时，必须与国际有关竞争法内容接轨，在调整手段上必然也是国家之手和市场之手并用。

研究方法上，吴炯主张：要对每个问题追根溯源，做到有理有据；要通过国内外横向的比较，发现问题并解决问题。她说，只有这样才能把自己的法学研究做到无懈可击。吴炯在研究"竞争"问题时，查阅大量史料文章，找寻"竞争"最早的出处。通过查阅，她发现"竞"字在《诗经》中已有，如《商颂·长发》中"不竞不絿"。"竞争"一词源于《庄子·齐物论》中"有竞有争"。之后，她翻阅大量国外资料，并从马克思原著中找到了关于竞争的相应依据。她对古今中外的相关竞争理论和竞争法理论进行了认真的梳理和考辨，澄清了以往的许多模糊认识，回答了实践中的一些新问题，提出了很多真知灼见，对于推进我国的竞争法理论和实践的发展具有很积极的意义。

吴炯认为市场竞争这只看不见的手和政府干预这只看得见的手应相互配合，发挥两手的积极作用，进行双向调节；认为应充分发挥竞争的长处、好的方面，抑制其短处、坏的方面；认为应综合各国竞争法要件，制定出既有社会主义特色，又能与各国竞争法相通的有中国特色的社会主义竞争法。她主持的关于"社会主义竞争法"国家科研项目，就社会主义竞争法的基础理论、社会主义竞争的调整内容与监管机制等方面作了专题研究，得到专家组的肯定。

1993年，《中华人民共和国反不正当竞争法》由第八届全国人大常委会第三次会议通过，并于当年年底施行，有利于保障社会主义市场经济健康发展，鼓励和保护公平竞争，制止不正当竞争行为，保护经营者和消费者的合法权益。1994年1月，吴炯撰著的《反不正当竞争法答问》一书出版。这是《中华人民共和国反不正当竞争法》问世后最早出版的诠释性工具书之一，有力推动了全民普法。

2007年8月30日，《中华人民共和国反垄断法》由第十届全国人大常委会第二十九次会议通过，2008年8月1日起施行。吴炯对反垄断法的研究始于20世纪80年代，她认为，《反垄断法》的实施是深化改革和加速政府职能转变的结果，既对国内企业和消费者承担了责任，又让全世界投资者知道，中国提供的商业环境是安全的。这时，吴炯推出了自己在病榻上主编的《中华人民共和国反垄断法解读》。

吴炯说，市场经济最重要的就是竞争，《反垄断法》就是保护公平的竞争，充分发挥市场配置资源的作用，保护消费者和社会公众的利益，促进社会主义市场经济的健康发展。国外一般认为《消费者权益保护法》是与《反垄断法》配套的法规。行业合谋，固定价格，排除或限制竞争，不但侵害合法经营者的权益，而且最终也会侵害消费者的权益。但是对于某些垄断协议性行业合谋，如果经营者能够证明是为了实现技术改进、研究开发新产品或者提高中小企业经营效率、增强中小企业竞争力等目的，同时不严重影响相关市场竞争，消费者能够分享由此产生的利益，则不予禁止。

在吴炯眼里，《反垄断法》是市场竞争的法律基石。她说，像电力、电信、石油、民航、铁路、金融等行业，是通称垄断性行业的国家控股大型企业。《反垄断法》对此如何规范曾经争议很大。这些是过去称为自然垄断的行业，各国《反垄断法》都有对这些行业的豁免条款。我国《反垄断法》虽没有正式规定这方面的豁免条款，但在总则中规定："国有经济占控制地位的关系国民经济命脉和国家安全的行业以及依法实行专营专卖的行业，国家对其经营者的合法经营活动予以保护。"也就是说，在市场准入方面，有关法律给予这些行业垄断地位的经营状态，《反垄断法》同样予以保护；但是涉及市场竞争的经营行为若是垄断行为，《反垄断法》则不会保护。对于垄断行业，人们议论最多的是价格、服务态度、高收入、高福利等问题。吴炯说，这就不仅是《反垄断法》能解决的问题了，还需要各种配套措施。"《反垄断法》并不反对垄断地位，而是反对滥用垄断地位来挤压其他竞争者，使消费者利益受损。《反垄断法》反对这种滥用行为，以维护市场公平竞争和保护消费者权益。具有垄断地位的企业，如果利用自己的优势，为竞争对手设置障碍，打压竞争对手，操纵市场产品及价格，这种行为就必然要面对反垄断的指控。"吴炯认为，对于中国的企业而言，要充分认识到良性竞争和不断创新对于企业的重要性。只有这样，生产效率才会提高再提高，市场才会生气蓬勃，更好更多的产品才会不断涌现。企业在竞争中要自律，才能互利、双赢。企业要明白：使别人有饭吃，自己才能吃得更好。

名门之后的诗意人生

吴炯，原名孟宪云、孟爽云，祖籍是孟子故里山东邹城，祖辈与父辈都是知名的爱国教育家。吴炯的父亲孟世杰还是著名的历史学家，出任过北平师范大学历史系主任，是燕京大学、中国大学、华北大学、四川大学、东北大学教授。早年曾赴日本东京帝国大学研修东南亚文化和世界史，赴法国里昂大学学习世界史，多次参加孙中山领导的同盟会宣传、集会活动，与李大钊、鲁迅、徐特立等都是要好的朋友。当年的大、中学生普遍学习过孟世杰编著的历史教科书《中国近百年史》，孟世杰是最早把共产党写进历史教科书的作者。吴炯从懂事起，父亲就一字一句地教她背诵《三字经》《百家姓》及唐宋诗词，至今吴炯还能将《长恨歌》《琵琶行》和许多唐诗、宋词倒背如流。

父亲去世时，吴炯才10岁。吴炯记得："爸爸的墓地在德胜门

吴炯 | 新思维催生经济新法

早年的知识女性吴炯

外,当时送葬出殡的人非常多,排成长长的队,一眼望去看不见队的尾端,还有不少学生在做街祭,直到现在我才弄明白为什么有那么多师生去送爸爸最后一程,那是因为师生们深深热爱着他。"母亲是女子师范的教员,后任中学校长,与孙文淑、雷洁琼、严济慈等为好友。父亲去世后,家业凋敝,五口之家的生计全靠母亲微薄的工资来维持。吴炯记得,每到农历初一、十五,自己必早早起床,赶到附近的绒线胡同的粥棚,喝上一碗寺庙施舍给穷人的稀粥,为的是给家中弟妹节省下一点口粮。稀粥虽然烫嘴,但还是要低头快喝,唯恐被同学们见到而耻笑。为了挣钱,放学后她还要去家庭富裕的学生家当家教。

吴炯从小学到中学的学习成绩一直优秀,并以全市第二名的成绩考入北平师大女附中,因而获得全额奖学金。她文科成绩出类拔萃,初中起就曾以"云雀""雪子"的笔名在北平的报刊上不断发表文章。1943年,经甘英介绍参加北平地下党的外围组织海燕社,16岁时经杨伯缄、佘涤清介绍加入中国共产党。经北平地下党安排辗转到达晋察冀军区司令部所在地阜平,任军区教导队教导员,后进入华北联合大学(1948年与北方大学合并成为华北大学,是中国人民大学的前身)法学院研究生班学习,被全校同学推举担任学生会执委、院代表和学生会党组组长,毕业后留校工作——据中国人民大学校史馆资料记载,吴炯是该校法学院第一名女研究生,后任班主任、支部书记、校土改工作队队长、华北大学边区建设研究组研究员等职务。1947年土改运动时,曾担任全国妇联书记处书记田秀娟的秘书数月,老革命家的思想作风和道德风范，使她受益匪浅。

后来，吴炯到新成立的中国人民大学做本科经济系第一任教务秘书兼教研组长、研究员。此后，工作调动频繁，吴炯做过北京市计划委员会工业处处长，兵器工业部计划处处长、法规处处长，国务院经济法规研究中心办公室主任兼任经济法培训中心负责人、国务院法制局农林城建司司长。1985年，吴炯接到中组部任命她为拟组建的三峡省司法厅厅长的命令后，立即赶赴湖北襄樊，当了7个月的厅长。后因成立重庆直辖市，撤销在三峡建省的筹划，她被任命为国家工商行政管理（总）局政策研究室主任、办公室主任，后又调任中国国内经济合同仲裁委员会常务副主任。"对于频繁的工作调动，我的态度一是服从分配，二是干一行爱一行，不只是爱，而且还要做到最好。"尽管在国家机关工作，但吴炯并没有安于当时那种遵从工作流程的安逸的工作状态，而是利用工作机会积极参与经济法制建设的研究与实践，"随着研究的深入，我又陆续展开了对竞争法、反垄断法的研究，也算是为我国经济立法工作略尽绵薄之力"。

法律是经济的上层建筑，有什么样的经济关系就有什么样的法律。发展是硬道理，经济活动的大发展、大变化、大改组，使经济法也必然朝气蓬勃，充满无限生机，并在改革和发展中，凸显自己的特点。吴炯除在经济原理上，还从较高的层次和视野论述相关经济立法的必要性，在反垄断法和仲裁法的应用经济法学上进行独立的判断和独到的研究。思想要解放、工作要严谨、办事要公正、为人要正直，这20个字是吴炯的处世治学之道。"搞学问、做科学研究是一件非常高尚的事业，我们要追求真、善、美。没有这些，学术就无从谈起。"

经济法是一门新兴的集经济、法律和科学管理于一身的边缘学科。吴炯说，经济法代表社会公共利益，要求的是：效率优先，兼顾公平；竞争与合作协同发展；维护公序良俗。这么多年来，她一直关注经济法学领域的动态，笔耕不辍，写作或主编主审的法学理论著作达几十部，发表了大量学术论文。《建立有中国特色经济法规体系》《有关经济立法基础理论几个问题的商榷》《开展经济法系统工程的研究》《关于民法与经济法分工问题》《改革与经济法制建设提出了新课题》等一系列重磅文章，力推经济法制建设。她认为，当代经济法有其特定的调整对象和研究方法，经济全球化和高新技术的突破性发展使经济法于当代空前繁荣，并凸显自身不可替代的特点。她将当代经济法主要覆盖面界定为三个大的方面，即经济整体发展原则的规制、主要调整生产经营中的经济关系、能够增值的经济关系。她认为，当代经济法体系主要包括：经济规制法、市场秩序法、宏观调控法、生态环境可持续发展法、社会保障法等。有学者说，吴炯当年在经济法尚不成熟的时期掷地有声的论述至今看来仍字字珠玑。

这位学者型官员的法学研究，主要涉及与工作有关的竞争法（含反垄断、反不正当竞争）、仲裁法（含合同）及经济法实务理论等三个方面。她工作执着，善于从实际问题中找寻客观规律，为中国特色社会主义市场经济的法律法规建设做出不懈的努力，其研究精神和治学态度令人钦佩。晚年，她虽然经历肺癌和脑血栓的折磨，但是乐观

2010年7月，原北平地下党外围组织海燕社成员聚会（后右二为吴炯）

积极的心态和对学术研究执着追求的信念帮助她战胜了病魔，一路走了过来。她持续关注曾倾注过大量心血的经济法学理论和实践领域，并就法律文本或具体实施环节还存在的问题提出个人新的建言。2010年1月，吴炯获北京市法学会颁发的"首都法学研究突出贡献纪念奖"，2012年6月获北京市经济法学会颁发的"经济法学突出贡献奖"，并多次被评为优秀共产党员和先进个人。

如今，吴炯每天依然坚持读报、看书，关注学术动态，关心国家大事。她曾呼吁应高度重视国家经济安全保障立法，并就经济安全保障立法的必要性与可行性，该法调整的范围和主要领域、特征，就国家经济安全保障的监测预警系统和应急管理提出了个人的建议。

"今朝霜冷，枫叶偏红，极目处，绝无衰容。问我何事？离休身轻。但爬格子，讲次课，开次庭。晚来灯下，重捧书卷，喜吟咏，不觉三更。灵犀一点，已闻春声，任严寒早，飞雪乱，好过冬。"吴炯的这首《行香子·秋兴》是个人晚年生活的真实写照。

许海峰

奥运金牌零的突破

XU HAIFENG

国梁
大脊

许海峰，祖籍安徽和县，著名射击运动员、教练员，奥运会历史上首位中国冠军。1957年8月出生于福建漳州，1982年入安徽省射击队，1983年入国家队。历任中国国家射击队运动员、教练员、副总教练、总教练，国家体育总局射击射箭运动管理中心副主任，国家体育总局自行车击剑运动管理中心副主任等。曾获第23届洛杉矶奥运会男子手枪慢射冠军、第24届汉城奥运会男子气手枪亚军。曾被评为全国"新长征突击手""全国十佳运动员"，并荣获中国电视体育奖年度最佳教练员奖、全国体育运动荣誉奖章、全国五一劳动奖章。系党的十三大、十四大代表和第十届全国政协委员。2018年12月，党中央、国务院授予其"改革先锋"称号。2019年9月，被评为"最美奋斗者"。

他作为知青在"广阔天地"里劳动过4年,其间当过赤脚医生,后又被抽调到供销社当了3年营业员,是什么机缘让他接触到射击运动的呢?日后,他又是如何实现从金牌运动员到金牌教练员再到国家队总教练的"三级跳"的?

更让人惊诧的是,这位"神枪手"当年视力只有0.5。

直面笔者的追问,一向不苟言笑、比较严肃的许海峰终于打开了话匣子……

在近乎凝固的空气中缓缓地举起枪

1984年7月29日,美国洛杉矶拉普多射击场,第23届奥运会男子50米手枪60发慢射比赛首场比赛开始了,来自38个国家的56名优秀选手将在不同的靶位前摆开阵势。

起初,人们都把注意力放在了第20届奥运会手枪慢射的金牌得主斯卡纳克(Ragnar Skanaker)身上,外国记者纷纷站在他的靶位后面,但后来他们被40号靶位上的身穿83号红色运动上衣、蓝色运动裤的中国运动员所吸引。他就是许海峰。

"去了洛杉矶以后,赛前训练我的状态不是很好,因为洛杉矶跟我们这边有十几个小时的时差,再加上射击这个项目本身受时差的影

许海峰 | 奥运金牌零的突破

1984年，萨马兰奇为许海峰颁发中国奥运第一金（左一为铜牌得主王义夫）

响比较大，一直到比赛的前两天才基本上恢复正常。"比赛前一天，许海峰把自己关在屋里一整天。

裁判发出射击命令后，别的运动员已射出四五枪，慢性子的许海峰一点都不着急，还在举枪放下反复练习，调整状态，直到5分钟后才打出第一枪。由于比赛是两个半小时打60发子弹，时间很富余，天热得很，他就出去坐在门口的台阶上休息。

前面两组打得很顺，许海峰状态不错，照理应趁热打铁，但他却走到一边坐下休息，说是调整一下精神。第三组打了一个8环以后，他感觉不太好，于是又出去休息了很长时间。当时比赛时间已过去一个半小时，在场的中国记者心急如焚，却又不敢打扰。

激战已经进行到最后，回到靶位后，他开始慢慢打剩下来的3组——他向来打得很慢，到了最后的第6组时，大部分人已经结束了比赛。打到第三枪时，他听到身后的人声、相机快门声一片嘈杂，接着他打出两个8环、两个9环。

这时，他的心理出现了小小的波动。虽然他很快平静下来，可是耳边还不时传来靶位后记者和观众的惋惜声。他坐下来，闭目养神，分散的思想开始集中。此时许海峰和斯卡纳克的成绩不相上下。周围的空气仿佛凝固了，人们都在等待结局。许海峰缓缓地举起枪，却又放了下来；再举起来，再放下；如此反复竟有4次，他深知这一枪的分量。

终于，他果敢地打出了两枪，两个10环。人们在焦急地等待，许海峰又是缓缓地举起枪，却又放了下来。此时，离比赛结束还有16

分钟。一时间，场上的气氛近乎凝固。终于，最后一发子弹射出了。这一枪因此创造了历史！

566环！许海峰仅以一环优势击败了斯卡纳克，夺得了金牌。他的队友王义夫成绩是564环，拿下了铜牌。

许海峰以优异成绩打完决赛后，有一个人冲上去抱着他亲吻了两下。许海峰后来开玩笑地说，那个年代，在公众场合被一个大姑娘拥抱着亲吻，很多国人心理上是不能接受的。不过定睛一看，是一个老头——中国代表团副团长、国家体委副主任黄中。黄中紧紧地拥抱着许海峰，激动不已地摇着他，许海峰反倒有些不知所措。

比赛结束以后，从靶场出来到休息室，短短100米的距离，许海峰却走了将近20分钟，各国记者把他团团围住。而今，许海峰接受记者采访时说："1984年的奥运会上，我也没有想到自己能夺冠，当时没有电子靶，比赛结束后的40分钟是漫长的等待时间，那时候我为自己的最后一组只打了91环而深深地自责，非常难受。没想到，裁判走来告诉我说，你是冠军！当然，如果我事先想到，心理发生了变化，也就拿不到这个冠军了。"

"那是新中国第一次组团参加奥运会，当时我还只是一个刚刚进入专业射击队两年的新手。在参加奥运会前，我几乎没有什么名气，只是在当年三四月份举行的一个测试赛上得过一次冠军。当时大家比较看好的是王义夫，现在想来也许正是因为大家更看好王义夫，所以我才能够卸下夺冠的思想包袱，稳定发挥，最终摘得了金牌。"许海峰笑了笑说，"当时如果想着能拿金牌也许就拿不到了！"从他镇定的笑容中，记者分明感受到了一名奥运冠军的从容与谦逊。

"在比赛当中我就尽量打出水平，结果上去两组就是 97 环，打得非常顺利，后来打到第 28 发的时候，我打了一个 8 环，就下来休息，我一个人坐在大门口，在那里休息将近半个小时。后来进去以后，第三组打了 93，第四组 93，第五组 95。所以这 5 组平均是 95 环，如果最后一组我再打 95 环的话，就是 570 环，那肯定是冠军。到目前为止，该项目如果打 570 环的话还是冠军。但是我有一个特点，我打得比较慢，而且我又在外面休息了半个小时，所以我把第五组打完以后，整个场地里面就剩 4 个人了。我上去以后前几环打得不是很好，后来我又坐下来休息将近 15 分钟，最后是 91 环，所以总成绩是 566 环。"说起 566 环这个夺冠成绩时，许海峰的眼睛里忽然闪现出了一丝光芒。他微笑着说："20 多年过去了，566 环这个成绩在今天依然能够拿到冠军，依然十分了得。"奥运冠军的自信与霸气在此时此刻显露无遗。

"打下来以后，当时最后一组也确实有点精力分散，因为我打得比较慢，现场成绩比较好，所以很多观众记者围到我后面。我当时也想可能成绩比较好，如果不好谁围在后面看？所以我也有点分神了，最后打得确实很糟糕，我心里挺难受的，没有想到还是拿了冠军。"许海峰回忆说。

迟到半个多小时的颁奖仪式和有"伤疤"的金牌

比赛结束后，无数人在等待奥运史上第一次奏起中华人民共和国国歌，升起中华人民共和国国旗。然而，却迟迟没有举行颁奖仪式。许海峰等了好久，有些困惑。过了好久，只见空中飞来一架直升机，降落在射击场外，随后摩托车进来了，把一面旗子交给了组委会。

原来，射击比赛的官员估计到了中国运动员可能会取得好成绩，但估计不足，只准备了一面国旗。而第一项比赛中，前3名运动员，中国选手竟占了两位。奥运章程规定前3名都要升旗，这样还差一面五星红旗，大会组委会只好临时派人去借，颁奖仪式也被耽搁了半个多小时。接受采访时，许海峰难得一笑："我们国家的两个运动员同时进入前3名，他们没想到，所以准备不充分，又不敢跟我们说——如果跟我们代表团说的话，我们肯定还会表示抗议，对我们这个国家就这么看不起？后来，他们说请我们原谅。"

许海峰勇夺中国第一块奥运金牌，国际奥委会主席萨马兰奇闻讯赶到射击场，为他颁奖并激动地说："今年是中国体育史上伟大的一天，我为能亲自把这一块金牌授给中国运动员而感到荣幸！"

许海峰透露，当时他并没有准备全套领奖服，没想到自己会成为本届奥运会首枚金牌得主，于是他只得急匆匆地从队员处借领奖服的裤子。许海峰说："我在领奖台上所穿的裤子并不合身，没办法，起初没备好。"

大国脊梁

中国第一位奥运冠军许海峰（余玮 摄）

登上领奖台后，许海峰一脸严肃。是不是当时的"国旗小插曲"影响了冠军的心情？许海峰连连摆手，说："实际上我这个人性格就这样，不是那种遇到高兴事就会跳起来的人。"

2003年8月8日晚，在灯火辉煌的北京饭店18层宴会厅里，国家体育总局局长袁伟民偕许海峰、邓亚萍等在这里宴请前来北京访问的中国人民的老朋友萨马兰奇。席间，许海峰举起斟着红葡萄酒的酒杯向萨马兰奇敬酒。萨马兰奇满怀深情地注视着许海峰说："告诉你一件我过去几乎从未对外说过的事。你知道吗？1984年的洛杉矶奥运会上，我那时为你颁发的金牌，也是我当选国际奥委会主席之后为奥运会选手颁发的第一块金牌呢！"

听完萨马兰奇这番话，许海峰才知道，在他那块为中国体育史创下了许多个第一的沉甸甸的金牌上，还多了这样一层特殊意义。许海峰格外高兴地说："我真没想到，能得到这份殊荣，感谢您为世界和中国的奥运事业作出的努力与贡献。"萨马兰奇笑着说："希望你为自己的祖国赢得更多的荣誉。"

新中国成立后，中国代表团曾参加1952年赫尔辛基奥运会，但没能获得金牌。许海峰的突破不仅仅是个人的突破，而且是绝大多数中国运动员乃至中国人的突破，许海峰的背后聚集着很多中国人，他们在期待这一刻。此前，"东亚病夫"的称呼一直跟随着中国人，许海峰的心情多少有点矛盾——焦急而又踌躇满志，经过多年的等待，许海峰可不想就这样和梦想擦身而过。这样的等待无疑是漫长而艰辛的，但对许海峰而言，却还不是最长的一次。

大 国 脊 梁

当年，中国一般的家庭还没有电视机，央视也没有直播。由于时差，直到次日，中国民众通过新闻节目才知道许海峰获得中国奥运第一金。"不过，我的父母在不到半小时内就晓得我得了金牌。"当记者追问是不是他打电话告知家人的，许海峰摇了摇头，让我们怎么也猜不着："别猜了吧，你们一定猜不着——当时我弟弟听收音机收到了'敌台'信号，一告诉我父母亲，一家人就高兴得跳了起来。听说，第二天，不少报纸出了号外。"

许海峰获得冠军，实现奥运金牌零的突破后，多少中国人激动得热泪盈眶！一位70多岁的美籍华人自豪地说："我们中国也有金牌了，我们再也不是'东亚病夫'了！"中国台湾在美国出版的《中国时报》的套红标题是《大陆选手许海峰赢得了中国人的历史殊荣》，文中写道："半个多世纪以来，中国人企盼多时的第一枚奥运会金牌终于在7月29日中午时分，挂在中国射击队员许海峰的胸前。大太阳底下的金牌，金光灿然，耀眼辉煌。"

两天后，即8月1日，是许海峰的27岁生日。"当时，我国第一次发行金牌明信片，我那张是生日那天发行的。"

8月3日，洛杉矶奥运会还未结束，许海峰已经回到国内。一下飞机便陷入了被媒体包围的生活，沉默寡语的许海峰一下子"红"了。他没有料到，随着在奥运会上夺得首金，他的人生将发生戏剧性的变化。当年，在供销社工作时许海峰的工资是"九块五，后来到了体委以后，给我定级定到五十一块五，1984年奥运会后给我加了四级，加到九十八块——简直就是高干啦。人家是连升三级，我是连升四级。这是我所感受到的一些变化"。许海峰还透露：国家奖给了我9000元（金牌一般是奖8000元，我是首金沾了点光，多奖了1000元），地方政府又奖了5000元。

第二天，许海峰回到老家安徽，家乡父老早已在合肥车站准备好了隆重的欢迎仪式。各家媒体的记者也都尾随而至，在家的每一天，他都处在记者的围追堵截中。七八天后，他回到北京与队友会合，并在奥运总结会上代表运动员作了报告。"回国以后，国内那种热闹劲儿我都接受不了。一个接一个地方作报告，成天有记者围着，荣誉也给了很多，我想：不就是奥运冠军吗？怎么给了这么多荣誉呢？"

从安徽老家到北京人民大会堂，到处是热烈的掌声、激动的人群。珍贵的"第一金"也陪伴着它的主人辗转各地，参加各种庆祝活动，并在人们手中不停地传递。然而，就是在传递过程中，许海峰的金牌留下了一处"伤疤"。

"一次大家传看金牌，不小心掉到了地上，结果边缘有些卷，仔细看上去像有个小缺口，"许海峰半开玩笑地说，"看来金牌的纯度还是很高的，质地比较软啊。"对这件事，许海峰显得很豁达，没有丝毫介意，"人家也不是故意的嘛，没什么大不了"。

两个月后，许海峰做出了一个重要的决定，将这枚堪称改变中国体育史的奥运会金牌捐献给了中国历史博物馆（今中国国家博物馆）。谈起这枚金牌，许海峰如数家珍："金牌的直径是60毫米，重量125克。质地是纯金包银，其中金的重量是6.5克。金牌有一面是国际奥委会规定的图案，另外一面是自由女神像，上有'第23届洛杉矶奥运会，1984年'字样。项目名称是后来加上去的，被刻在金牌几毫米宽的边缘上。"

在谈到北京2008年奥运会的奖牌式样时，许海峰说得最多的一个词就是创意："这次的设计很有创意。因为过去都是以金属为主，这次在里面还加上了玉。这个式样应该是已经举行的这二十多届奥运会中最有创意的，另外也富有中国特色。因为在中国文化中，玉有吉祥的意义。"

捐赠了金牌后，上海造币厂为他做了一个复制品。许海峰说："复制品的制作工艺不可能像正品一样，由于复制品是浇铸的，会出现热胀冷缩的情况，表面的光洁度要差一些。即便如此，它在我眼中也同样珍贵。"许海峰还曾两次前往博物馆"看望"自己夺取的那枚意义非凡的金牌，"当时就像去看自己的一位老朋友，不过我心情挺平静的，因为我这个人是从来不爱激动的"。

从接受颁奖到回国后的庆祝，以及持续至今的荣誉感，许海峰着着实实知道了这枚金牌的分量。可以说，洛杉矶奥运会上的第一金影响了许海峰的整个人生。许海峰说："夺冠后，名声大了，压力也大了。训练中更加严格，工作中要以身作则，做事更加认真，做人更加谨慎。"

供销社营业员"走后门"成为专业射击运动员

1983年3月，许海峰第一次参加全国比赛，结果顺风顺水地把两枚金牌揽进了怀中，并打破一项全国纪录。当年 7 月，许海峰正式调入国家队，并代表中国参加在印度尼西亚举行的亚洲射击锦标赛，在比赛中他不负众望，为中国队摘取了两枚金牌、两枚银牌。

从印尼回国以后，许海峰回到安徽省队备战第五届全运会，全运会结束后回到国家队开始奥运集训。一直到 1984 年 4 月，许海峰参加了洛杉矶的奥运会预赛，即现在的奥运测试赛，拿了个第一名。回顾许海峰这一路比赛历程，确实是一帆风顺，可是当初进入射击界却并没有这么顺利。

许海峰出生在福建漳州，15 岁那年，许海峰随父母举家返回安徽原籍，落户在和县新桥镇。

许海峰的父亲许银芝是新四军老战士，曾任解放军炮兵副连长，后转业到体院工作，也当过县供销社主任。由于环境的影响，许海峰从小就对军事体育产生了浓烈的兴趣。许海峰童年时有一副心爱的弹弓，在田间玩时，他经常随手拉弓，射击树上的麻雀、知了等。

曾有报道说，许海峰上初中以后，由于沉迷于打弹弓，以致荒废了学业，留了级。并有报道说：在和县新桥中学读书时，他坐在教室里的第二排课桌听课。一天，他看到窗外的树上有一只麻雀，便悄悄掏出弹弓，手起雀落。一时间，许海峰打弹弓的本领轰动全班，传遍全校。

在接受笔者采访时，许海峰笑着说："我们小时候没有什么好玩的，是打过弹弓，也喜欢这种活动，但不至于沉迷，我哪里因为这个留过级？我的学习一直挺好的，不但没有留级还跳过级——曾从初二下学期跳到初三下学期。"跳级几个月后参加中考，他在4个乡5个班参加的联考中取得了第13名的好成绩。

1974年许海峰高中毕业，当时便去应征准备当兵，体检合格了，并且各方面条件都非常好，"带兵的连长姓肖，特别想让我去。但我年龄小了8个月，当地政府最后没有让我走"。其实当时只需要作为老革命的许银芝出来说一句话，许海峰就可以走了。他和母亲也一再恳求，而最后许银芝的回答是："有本事靠你自己，不要靠老子。"就这么一句话狠狠地刺激了许海峰，于是以后不管做任何事，他都很努力，要做得最好，而且从不依靠家里。

说到为什么曾去应征入伍，许海峰坦言："当兵了，就有机会和枪接触。再从当时的情况来看，参军以后回来找工作也比较方便一些，可以分配工作。如果当兵走不了的话，就要下乡去做知青，所以当兵是比较好的出路。再一个就是因为军队是一个大学校，是一个锻炼人的地方，所以到那个地方对自己的能力有提高，也是一件好事。"

1975年，18岁的许海峰下乡到螺百公社成了一名知青，当时他还梦想着有一天能穿上军装。这年底又征兵，许海峰又报名了，当时规定下乡不够两年不能入伍，于是他的梦又一次破碎。

终于熬到1976年，许海峰再次去报名，"结果体检也合格了，然而年纪超龄4个月不能参军"。由此，许海峰的从军之梦彻底破灭了。一气之下，许海峰用积攒下来的几十块钱买了一支气枪、几盒子弹，开始练瞄准，打麻雀，为单调的生活增添了几分乐趣。

1978年，许海峰加入了县业余体校射击训练班，开始了正规的射击训练，主要练习空气枪。"在农村待了4年多，一开始大队让我先做民办教师。我当时想，既然下来农村就好好锻炼，把农村的农活做会了以后，对自己的身心各方面都会有好的帮助。所以最后我就拒绝了，不做民办教师，整整干了两年的农活。后来，大队的合作医疗点里面缺一个医生，有一个医生走了，因为我也蛮喜欢中草药的，就去当医生了，买了很多医疗的书看，又学了很多东西。"许海峰说，当时，谁家家电坏了他就帮着修理，"因为我在学校的时候物理特别好，包括电动机坏了也让我去修，我经常干这事"。不久，许海峰有了一个绰号"七十三行"。

1979年秋天，许海峰招工回城，到和县新桥区供销社当了一名化肥营业员。那时候卖化肥都按计划指标来的，整个区7万人的化肥计划都掌握在许海峰一人手上。化肥中的氨气对眼睛的刺激特别大，长时间的刺激会导致眼睛发炎，时间久了，许海峰的视力就下降得特别快，甚至降至0.5。在供销社卖了3年化肥，许海峰工作上兢兢业业，勤勤恳恳，仅降低损耗一项，每年就给国家节约5000元。

工作中的许海峰勤于思考、认真负责，因此多次得到领导的表扬和奖励。然而，许海峰却始终难以改变自幼以来对枪的爱好，凭借着超人的自信，他继续练习射击。

据许海峰透露，自己能进入射击队是"走后门"得来的。当时许海峰所在地区的射击教练是他中学的体育老师，高中快毕业的时候搞过一次军训。许海峰当时报名但没让他去。后来有一天，有一个射击学员因犯错误被开除，许海峰顶替这个名额才得以进入射击队。至今，许海峰还记得那一天：1982年6月5日。这是他人生旅程中极为重要的一个拐点。

两个月后，即8月，安徽省举行第五届运动会，许海峰不仅在这届运动会上夺得射击冠军，而且把安徽省纪录提高了26环。这时，有关方面认为不能再无视这个射击天才的存在了，开始关注起许海峰。

比赛归来，许海峰又回到供销社干了3个月。1982年底，许海峰毅然决然地放弃了"铁饭碗"工作，正式离开新桥供销社。12月8日，他来到安徽省射击队参加集训，开始了真正的射击生涯。"距离1984年洛杉矶奥运会只有一年半的时间，实际上在开始搞射击的时候，我没想过参加奥运会，都不知道有奥运会。"

在他母亲看来，许海峰是一个很聪明、有悟性的人："海峰就是不走射击这条路，他也会走其他的路。他走了其他路，现在也照样能干好。因为他心很灵，手很巧。他有一次到一个同学家，同学的父亲会补鞋，他回来就买个锥子来补鞋，我们一家鞋破了他就补。还有一次叫他爸爸给他买一套理发工具，他要给两个弟弟理发。我叫他不要贪多，贪多学不好，这样要学那样要学反而学不好，就让他少学两样，学好一点。"

1983年9月，许海峰在第五届全运会射击比赛中获得两个第二。这年11月，许海峰被调到国家队参加奥运会集训。"进了国家队以后，我当时想这个项目调了6个人，其实我认为他们的水平都比我高，我想在这个训练当中把我的水平提高，我就达到目的了。结果一训练一选拔我排第二。当时射击队还一直在犹豫让不让我参加奥运会，毕竟我受训时间不长。不久，我参加了洛杉矶奥运会热身赛，拿了个冠军，冠军一拿回来就有了参加奥运会的资格。"

1984年7月，参加训练仅仅两年时间的许海峰参加了洛杉矶奥运会，摘取了中国人在奥林匹克运动史上的第一枚金牌，改写了中国体育史上奥运金牌零的纪录，从而拉开了中国体育扬威世界的序幕……

也许有人不会相信，"神枪手"许海峰当年参赛时的视力只有0.5。许海峰在供销社当营业员期间，由于长年和化肥打交道，原本很好的眼睛被熏坏了。参加国家射击队体检时，他的视力只有0.5，而射击队的要求却是1.0。于是体检前，许海峰就偷偷地把视力表的最后一行背好，没想到还真顺利地蒙混过关了。

"0.5的视力能看得清靶子吗？"面对笔者的疑惑，许海峰解释说："其实手枪运动员的视力只要有0.5就够了，步枪运动员的要求略高一些。射击中一个很重要的技术就是看清准星和缺口。视力不好的人，尽管只能看清1米的距离，却能集中精力瞄准准星，所以在关键技术动作上不会有大的失误，最后打到靶子上的误差反而比较小。我们以前做过实验，视力在1.5以上的运动员，要专门配一个50度的花镜故意把靶子变模糊。"

平常话少又严肃的"金牌教练"亦师亦兄

1988年，在韩国汉城举行的第24届奥运会上，许海峰夺得男子气手枪亚军。随后的1990年北京亚运会，许海峰在家门口再一次获得了男子个人自选手枪慢射60发比赛的冠军。后来他和队员拿到了1994年广岛亚运会、射击世界锦标赛的男子团体冠军，但在1992年巴塞罗那奥运会上，他与金牌擦肩而过，他的队友王义夫拿到了冠军。

1993年底，"中心性浆液性脉络膜视网膜病变"使许海峰视野中心出现大黑斑，许海峰又坚持打了一年的比赛，但明显感觉吃力，"正好当时国家队缺教练，我就当教练了"。

俗话说，"台上一分钟，台下十年功"。射击项目在比赛时是扣人心弦的，但平时的训练是非常枯燥的。运动员每天的训练就是举枪、瞄准、射击，再举枪、瞄准、射击……

在训练场上，许海峰是非常严肃的，在训练和比赛时你很少能看到他笑，国家射击队中很多运动员和教练员都怕他。许海峰当然知道这一点，他明白越是话少的人越让人生畏，而且他平常也极少笑。"很多运动员跟我说，你看看，我们跟许教练打个招呼，许教练有时候最多就是嗯，点头哼一声，脸上没有任何表情的。所以他们有时候感觉很扫兴，有好几个运动员曾经跟我说过这方面的问题。我说呢，在某些时候可以改，但某些时候还不需要改，这要看具体情况。"当然，许海峰也承认，自己不是一个很会应酬的人。

2000年悉尼奥运会，陶璐娜打完了最后一发，回头看教练许海峰，后者给她做了个V形手势，陶璐娜知道自己顺利夺冠。陶璐娜回忆说："当时我想首先要去感谢最应该感谢的人，对你帮助最大的人，那就是我的教练，所以当时唯一的念头就是，也不用握手了，应该用拥抱去代替。但是我又想，我冲下去的时候，他会不会很冷漠地站在那儿，如果他没有任何回应的话，我会很尴尬的，毕竟我是女孩子。"当记者问许海峰如果陶璐娜当时真的冲下去和他拥抱，他会是什么反应，许海峰微笑着说："我会感到非常尴尬的，因为中国没有这种礼节，哈哈……"

运动员在训练场上都非常害怕许海峰，无论哪位运动员训练得不到位，他都会进行纠正或批评，就连他的得意弟子陶璐娜也经常被他训得"哭鼻子"。有一次参加在韩国举行的射击世界杯赛，陶璐娜在运动手枪预赛中打得有点漫不经心，回到驻地，被许海峰狠批了一番："你是一个奥运冠军，你要重视每一场比赛，只有把每一场比赛都看作奥运比赛，一枪一枪地打，你才能再次成为奥运冠军。"在随后几天的比赛中，陶璐娜越打越好，获得世界杯赛上的 2 枚金牌。

尽管许海峰不苟言笑，但他在调节队员心理上很有一套。许海峰说他喜欢做教练员，也喜欢和运动员面对面打交道，并经常请运动员吃饭，借这个特定的场合同他们沟通。给运动员做思想工作，许海峰总是用讲故事的形式，用一个一个真实的事例去引导运动员，化解他们心中的疙瘩。在他看来，教练员一定要非常了解每个队员的技术和思想状况，并且根据这些情况把所有东西都分析透，这是一门很深奥的学问。渐渐地，队员们感到许海峰既是个威严的师长，又像个无微不至关心自己的大哥哥，开始向他敞开心扉，也愿意听他的肺腑之言。

2004年7月29日，是许海峰为中国夺得首枚奥运会金牌20周年的日子。这一天，很多朋友都向他打电话表示祝贺，有的还说要专程到北京为他庆祝，都被他婉言谢绝了。许海峰还是同平时一样在靶场里度过，照常指导运动员进行训练，一如往常。他说："荣誉只代表过去，我现在的任务就是集中精力打好雅典奥运会，为祖国赢得更多的荣誉。"

多年的射击生涯，许海峰已经养成了一个习惯，无论是参加比赛，还是训练，他都要随身带一个笔记本。翻开笔记本，里面全是密密麻麻的数据，这都是队里参加每一次比赛和每一位运动员的射击成绩。"数据可是宝贝啊，自己统计虽然要花费大量的时间，但能对全队的比赛情况心知肚明，对训练、比赛很有针对性。"

自1994年底退役成为女子手枪教练、总教练以来，许海峰摸索出一套行之有效的训练方法。1996年，他的徒弟李对红获得了亚特兰大奥运会的冠军；2000年悉尼奥运会，他的另一个徒弟陶璐娜再次摘金；2004年雅典奥运会，他首次以中国射击队总教练的身份出征奥运会，率队历史性地获得4枚金牌，不仅把中国这个优势项目的地位巩固了，还进一步提高了。于是，有人称他为"金牌教练"。许海峰曾带过8年的国家女子射击队，女子手枪班的队员都是许海峰从全国各地选来的优秀选手，他喜欢聪明、理解力强的女孩子。

虽然担任了总教练，但许海峰还是喜欢过问一些细小的事情，这是他当教练员的时候养成的习惯。从事射击20多年，许海峰对枪支的性能已经非常了解，枪声一响，他就知道这支枪有没有问题。许海

许海峰 | 奥运金牌零的突破

作者吴志菲专访中国奥运历史上第一块金牌得主许海峰（余玮 摄）

峰曾在一次世界杯比赛中由于枪支故障自己不会修理而丢掉了冠军，从那次以后，他对这类问题特别小心。每回出去比赛，许海峰都会带足备件，一旦运动员的枪临场出了问题，他随时可以修理。

谈及射击运动本身，许海峰说："射击是一项最简单的运动，谁都会拿枪、射击。正是因为它简单，所以比赛才显得格外难。除了要有高超的技术，还要有良好的心理素质，这一点对射击运动员来说尤其重要。当运动员比较单纯，不用去想太多东西，主要是在平时的生活、训练中控制好自己，刻苦训练，在比赛时发挥好自己的训练水平，取得好的成绩，这就行了。当教练员就大不一样了。运动员的个体差异性很大，作为教练，必须充分了解每个运动员的性格、技术特点、心理状况，然后因材施教。教练员从早到晚都在忙个不停。总教练管的人更多了，需要操心的事也更多了，我当年的思路是一定要做好宏观管理，工作重点主要是管训练、管技术，抓好对射击教练员的管理，提高教练员的能力。"许海峰说，出任教练员、总教练对自己历练不少。

摄影发烧友称读书就像射击

许海峰的办公室不足 10 平方米，陈设也极为简单。笔者前往采访时，他正伏案专心工作。随即，他匆忙收拾起手中厚厚的一摞文件，起身接待我们。环顾这间朴素的办公室，丝毫感觉不到他作为中国第一位奥运冠军曾经有过的那些辉煌。不错，他就是小学课本上

《"零"的突破》一文的主角。

他有一句口头禅："工作着就是快乐的！"他一直用实际行动诠释着这句话，每天的工作安排得满满当当的。不过，再怎么忙，许海峰也要抽出时间来读读书。曾有报道说，他喜欢看历史小说，尤其是《三国演义》，看了三遍还觉得不过瘾，于是又买了一套VCD，他把看《三国演义》当成平时最大的消遣。而许海峰本人则说："我不是喜欢看历史小说，而是喜欢看有用的书。"他说读书就像射击一样，讲究的是"有的放矢"。

许海峰喜欢在书中寻求将帅之谋略，用他的话来说，就是"当教练的策略和方法"。2000年悉尼奥运会，陶璐娜赛前的训练状态非常好，许海峰担心她背上拿冠军的思想包袱，于是一直琢磨着在最后的训练中给她降降温，一会儿将靶机调暗，一会儿把子弹拿乱了，一会儿换视射，一会儿换近位射。这一套套的"谋略"都来自许海峰对队员的了解，全部的路线都为其设置好了，一切都将在意料之中。比赛前一天，许海峰分析了当天的训练后，胸有成竹地对记者说："你明天来，肯定有冠军，并且就是陶璐娜。"

许海峰说，他对《汉武大帝》《成吉思汗》之类的历史剧和一些电视访谈节目、科普纪录片特别有兴趣，原因和看书差不多，还是因为可以从中汲取很多营养，学到知识。他说，历史上，秦皇汉武、成吉思汗都成就了响当当的霸业，让中华民族的发展盛极一时。他们有过人的智慧，敢于改革，胸怀大志，锲而不舍……虽然也有各自的弱点，但还是很值得后人学习借鉴，看这类东西对个人性格的培养很有好处。而访谈节目的主人公在镜头面前可以展示一些非常真实的东西，和别人笔下写出来的人物不一样。

采访时，笔者了解到许海峰是一位摄影发烧友，手拿专业相机的他拍下了大量有关射击、自行车赛等赛事的精彩画面。七八年里他就拍了四五万帧数码照片。一次，许海峰率队赴危地马拉参加现代五项世界锦标赛，好好地过了一把摄影瘾。尤其在最容易出片却最不容易拍片的马术赛场外，许海峰忙里偷闲，快门咔嚓咔嚓响个不停。有时，为追踪一个镜头，他要变换多个地点、多个角度。那神情那架势那动作，颇有点专业摄影的味道。他还说，这些照片资料既可以精选后作为收藏，也可供队里研究外国选手技术动作用。

许海峰对钱币收藏情有独钟，有关收藏已达到相当"级别"。他的世界各国（地区）钱币收集方式是：硬币为主，纸币为辅。因为许多地方的纸币币值高，他便采取便宜的集整套，贵的集一张最低面值的方针。

许海峰的夫人赵蕾曾经是北京经济学院（首都经济贸易大学的前身）的高才生，后来分配到首都钢铁公司工作。为了支持许海峰的工作，她有很多年一直没外出工作。"小孩生下来的时候我在外地训练，20多天以后我才回家。孩子都是她一直带着，当年我连孩子在哪个班都不知道，更没有开过一次家长会。现在女儿在国外求学，她对经济学比较有兴趣，我从来没想让她走我的路，毕竟当运动员太苦。"

许海峰的父亲生前身体不好，高血压、糖尿病多病缠身，有时犯病了打电话给他，许海峰也常因在国内外比赛而不能回来尽尽孝心。

2001年3月22日，父亲病逝，作为长子的许海峰因工作不能送终，这是许海峰一生的遗憾。

做运动员，许海峰拿到了奥运会金牌；做总教练，他刷新了射击队奥运金牌的纪录；再后来他管理现代五项，又让中国的现代五项的运动员第一次走上了欧洲人长期垄断的冠军领奖台。可以说，他的每一个角色都扮演得非常成功。

全国"新长征突击手"、"全国十佳运动员"、"新中国体育50星"、中国电视体育奖年度最佳教练员奖、全国体育运动荣誉奖章、全国五一劳动奖章……对这些接踵而至的荣誉，许海峰自己并不满足，"我眼前永远是一座座的高峰，登上一个高峰后，还要有新的高峰去攀登"。喜欢迎接挑战的许海峰，做任何事情都有一种永不言败的豪情。

王昆

首席"喜儿"见证经典的诞生与成型

W
A
N
G

K
U
N

国梁
大脊

WANG KUN

　　王昆，著名歌唱家、歌剧表演艺术家、声乐教育家，中国歌坛民族唱法的开拓者和奠基者之一，中国内地流行音乐和大型音乐晚会的发起人和奠基者。1925年4月出生于河北唐县。1945年毕业于鲁迅艺术文学院戏剧音乐系。历任华北联合大学文工团演员，中央实验歌剧院演员，东方歌舞团艺委会主任、团长，中国东方演艺集团艺术顾问等职。系中国文联第四届委员，中国音协第二、三届理事，全国妇联第四届执委，中共十一大代表，第一至三届全国人大代表，第五、六届全国政协委员。

大国脊梁

―――

"北风那个吹,雪花那个飘……"《白毛女》的唱段家喻户晓,至今仍然传唱不衰。王昆是中国新歌剧的第一代演员,也是《白毛女》中"喜儿"的首演者,多少重量级的首长因为观看她的演出而被感动得落泪。她那天籁般的嗓音,富有民族特色的演唱风格,以及深厚的表演功底给几代中国人留下了难以磨灭的印象。"喜儿"成就了王昆,使她成为中国民族唱法的开拓者和奠基人之一。

与此同时,王昆也是中国内地流行音乐和大型音乐晚会的发起人和奠基者。然而,当年有人说她是"歌坛伯乐",也有人说她是"引进黄色音乐的罪魁祸首",王昆和歌手们曾顶着压力前行。别人不敢说的她敢说,别人不敢做的她敢做,别人不敢想的她敢想,她胸怀坦荡、为人谦恭,历尽沧桑的她歌不老、情不老,永葆着艺术的魅力。正是她,发掘培养了众多优秀的歌唱演员,让深情优美的声线一代又一代地延续。正因为她,内地流行歌曲的创作终于告别了对港台流行歌曲的单纯模仿而走向成熟。

2013年的一个下午,北京东三环十里河附近一个不显眼的院落,笔者与王昆相向而坐。老人爽直、健谈,亦平和。聊起过往的艺术人生,记忆的闸门仿佛被打开,很多故事和细节一下子变得清晰起来……

王昆 | 首席"喜儿"见证经典的诞生与成型

余玮采访著名歌唱家王昆

"金嗓子"步入西战团前后

1925年4月，王昆出生在河北唐县南关村，乳名"兰玉"。清末的时候，老王家的"茂盛馆"饭馆可是大名鼎鼎，但到了王昆出生的时候家道已经中落。负债累累的家庭和一家老小的重担，压得父亲王德寿喘不过气来，他开始抽大烟，从此家里就变了一个样子。王昆小时候记忆最深的一件事是善良美丽的母亲因为劝说父亲不要抽大烟而把父亲的烟枪摔在地上，结果母亲被痛打一顿。母亲的遭遇让王昆对父亲充满了愤怒，以至于在延安的三叔王鹤寿问已经参加革命的她抗日胜利以后要干什么时，她的回答是：我要枪毙我爸爸。后来，爸爸看到参加革命的女儿对自己非常冷淡，痛下决心戒掉大烟。后来他当上了当地一所小学的校长，1971年病故，而当时的王昆和丈夫周巍峙身陷囹圄，未能为老人送终。

5岁那年，王昆进入唐县女子小学学习，偏爱语文和音乐。"那时候乡村非常寂寞，老百姓没有任何娱乐生活。有时候来一个耍猴的围了一群人去看，它非常吸引我们，然后就是唱河北梆子的，遇到什么庙会或者新年，就有富裕的人出钱请河北梆子演出，我也非常着迷。"每次有唱河北梆子的戏班子到来，王昆总是最忠实的粉丝。此外，她常听妈妈唱歌。"我们家很穷，我妈妈也不认字，她一边做活儿一边唱歌抒发情感，唱诉说自己命运的歌，但是比起学校老师教我的，更原始一点，更自然一些。"

"读初小到高小时有一个从香山慈幼院毕业的老师,他教我们音乐,教了我们很多歌,我非常上心,学得特别快。所以他有的时候单独教教我,课堂上教我一听就会,简单了解了一些乐理知识。那个时候就种下了我这一生将要走什么路的种子,也要看时局——因为那个时候日本人还没有来,等我小学毕业的时候,1937年'七七事变'爆发,日本鬼子来了,我就走上另一条道路了,参加革命了。"自幼喜爱民歌和戏曲的王昆跟着老师学了很多歌曲,包括音阶、谱子,这为她以后的演唱生涯打下了基础。

1937年10月,八路军解放了王昆的家乡,小小年纪的王昆就加入八路军的队伍,正式投入革命。"我的家乡被八路军收复了,咱们八路军有这种传统,要播下抗日的思想,我在那里参加了自卫会。我们到了中国共产党县政府所在地,那时候县妇救会还没有成立,叫筹委会,我成了委员。"这时,王兰玉正式改名为"王昆"。

"我自幼喜欢音乐,因为河北梆子挺好听的,也听了一些民歌,这些都对我有影响,所以到了革命队伍里面我很快就可以用唱歌这个武器去进行斗争,进行抗日宣传工作。有很多年纪比我大的叔叔、哥哥、姐姐,我跟在他们屁股后头唱歌、搞宣传。"年龄最小、个子最小的王昆在唱集体歌的时候最出风头了,她的声音总是最高的、最亮的。就这样,王昆在她的家乡唐县变成了小名人,大家给她起了一个外号"金嗓子"。

八路军驻地领导很快发现了这个喜欢而且擅长唱歌的孩子,每次开会前都会让王昆唱几首歌。"那个时候把唱歌当成一种幸福、一种责任，我很愿意唱。那时候很艰苦，当八路军能吃饱饭还可以抗日，所以动员工作并不是非常难。我的工作就是唱歌，动员年轻人参加革命，打鬼子！"

1938年，王昆当选为县妇救会宣传部部长。王昆不但自己刻蜡版，写宣传品，因为有一副好嗓子，还兼任一所抗日小学的音乐教员。她经常站在土台子上高唱《松花江上》《大刀进行曲》等抗战歌曲，向老百姓宣传参军抗日，吸引了许多过往村民驻足观看。

"那个时候，我们唱的都是抗战歌曲。有一首歌是《叫老乡》：'叫老乡，你快去把战场上，快去把兵当，快去把兵当，莫等到鬼子来到咱家乡，老婆孩子遭了殃，你才去把兵当……'听了这首歌，很多小伙子都踊跃参军。还有一首歌是《牺牲已到最后关头》：'向前走，别退后，生死已到最后关头！同胞被屠杀，土地被强占，我们再也不能忍受！亡国的条件我们决不能接受，中国的领土一寸也不能失守。同胞们，向前走，别退后！拿我们的血和肉，去拼掉敌人的头，牺牲已到最后关头……'"王昆说，这些歌曲鼓舞了士气，振奋了精神，动员了很多老百姓投入抗战队伍。

"抗日战争时期是非常艰苦和危险的，那时候敌人经常'扫荡'，我们必须分散行动。我们每人身上带两个手榴弹，一个炸敌人，一个留着自己'光荣'用，冬天晚上睡觉时都不敢把手榴弹放在热炕上。有一次，我被安排在离村子很远的一户老乡家，当天夜里日本鬼子路过这里，因为要'扫荡'其他村庄就没有惊动我住的这户农家，第二天早上看到地上有石头压着的传单，就是日本鬼子留下的路标，想起来很后怕。"战争年代除了血雨腥风，也有革命的浪漫。"有一次，我们爬到一个陡峭的山顶上。那时下着雨，于是每个人都背靠着一棵高大的阔叶树木休息。怕睡着了滚下山，大家脚下还蹬着一块大石头。有一个同志从山下背上来一些莜面窝窝，途中摔跤了，我们又捡吃的又救人……"劳累、饥饿之时要保持警惕，这些竟然被王昆称作浪漫。"当然浪漫了，一群革命时期的男男女女，一人靠着一棵树，心无杂念，安静地休息，那个场面特别像苏联电影《这里的黎明静悄悄》。"

1939年4月，周巍峙率领十八集团军西北战地服务团来到晋察冀军区三分区所在地的河北唐县，当地干部群众向他们介绍说这里有位14岁的女干部有一副好嗓子，是远近闻名的"金嗓子""小歌手"。周巍峙决定听听这个"小歌手"的歌声。那一天，王昆走到台上，亮开歌喉唱了一曲自己的"保留节目"《松花江上》。在雷动的掌声中，周巍峙也喜欢上了这棵好苗子，当即吸收王昆进入西北战地服务团。

西战团是军队编制，所以王昆还穿上了军装，宽大的军上装盖住了她的膝盖。他们走遍了晋察冀边区各地，宣传抗日，三四十人的队伍里有不少后来都成了名人，像诗人田间、音乐家劫夫，还有电影艺术家陈强、凌子风等。王昆年纪最小，但也背着大背包，一路走一路唱。他们经常与敌人遭遇，还参加了反"扫荡"，有的战友就牺牲在眼前。让她一直难忘的是抗日英雄赵尚志的小弟弟赵尚武，赵尚武为了救战友的儿子，不幸中弹倒下了。

抗战时期，条件虽然艰苦，但大家充满激情，创作力特别旺盛。1942年，河北涞源出现了一位小英雄王二小。词作家方冰、曲作家劫夫被王二小的事迹所感动，马上创作了歌曲《歌唱二小放牛郎》："牛儿还在山坡吃草，放牛的却不知哪儿去了……"王昆说，方冰就是在他们面前写下的歌词。1943年6月，西战团来到河北平山，在一个小村子里他们创作了小歌剧《团结就是力量》，最后由牧虹写词、卢肃谱曲的《团结就是力量》为这部小歌剧增加了一个幕终曲，这首名作一直传唱至今。

17岁那年，王昆遇到了生命中第一次大劫难，她得了疟疾，这在缺医少药的战场上可是致命的。当时担任西战团团长的周巍峙找来了一个偏方，结果不但没有把王昆医治好，反而让她不能吃饭了，后来病情太重，她已经进入昏迷状态。可命大的她却在老乡的玉米面稀粥的喂养下活了下来。

在革命文艺工作中，周巍峙与王昆的爱情开始萌发和升华。渐渐地，王昆注意到周巍峙常常用关怀的目光审视自己，这目光只有她自己才能敏锐地察觉到。王昆很快也发现自己暗暗喜欢上了这位既是领导又是老师的周巍峙。艰苦的岁月，朝夕共处，相互默默地关怀，不需要谁来"牵线搭桥"，王昆自多年来的相处中得出结论："老大哥"是一位忠诚的革命者，是一位实实在在的老实人，是位可以信托终身的伴侣。他俩的相爱并不顺利，那时王昆还不是党员，当时党内有一条规定：党员领导干部不可以和非党员群众结婚。然而，纯贞的爱紧系着两个年轻人的心。周巍峙在政治上更加用心帮助王昆。1943年春，王昆加入了中国共产党。这年秋冬，她与周巍峙结为伉俪。他们谁也没添置一件新衣，连被褥都是双方的背包解开来拼成的。没有鲜花，没有吹吹打打，只有同志们的祝贺，大盆的红烧肉、甜枣和花生。

1944年春，王昆随西战团来到心中向往的延安。这时，周巍峙被调入延安鲁迅艺术文学院戏剧音乐系任助理员兼鲁艺文工团副团长。王昆则进入鲁艺学习，后又成为鲁艺文工团成员。这时，延安的秧歌扭得正火，延安的民歌也唱得正红。王昆很快就被西北高原高亢的民间歌唱吸引住了。她跟着民间艺人唱秦腔、唱眉户、唱信天游，感到一种难以言说的兴奋。于是，桥儿沟的山坡上、莜麦地里、小河滩头便不时地响起了她银铃一般的歌声。在延安，王昆开始她艺术人生的黄金年华。

见证经典歌剧由雏形到成型的历程

1945年4月23日，中国共产党第七次全国代表大会在延安召开。4月28日晚，中央党校大礼堂灯火通明，由延安鲁迅艺术文学院艺术家们集体创作的歌剧《白毛女》首次亮相。王昆清亮而凄凉的歌声，把人们带进了满天飞雪除夕夜穷苦人杨白劳家中……观众席上，700多名正式代表、列席人员完全被剧情所吸引。毛泽东来晚了些，他不声不响地进入自己的座位。朱德来了，刘少奇来了，周恩来来了，陈毅来了，叶剑英来了……

王昆用她那民族、质朴的嗓音和她那贫家女的经历,淋漓尽致地诠释着善良、淳朴、勇敢抗争的贫农女儿喜儿在新旧社会的两种命运。她在歌唱和表演中,超越和改变了固有民族、戏剧的歌唱方式,大大增强了戏剧性,她的表演催人泪下又激励人奋起抗争。几乎所有的观众都沉浸在"白毛女"感人的悲剧中,当黄世仁在白虎堂向喜儿施暴时,首长席后面的几个女同志失声痛哭。

《白毛女》是在毛泽东《在延安文艺座谈会上的讲话》精神指引下诞生的大型新歌剧。剧本通过杨白劳和喜儿父女两代人的悲惨遭遇,形象地说明了"旧社会把人逼成鬼,新社会把鬼变成人"的主题,指出了农民翻身求解放的必由之路。提起这些,王昆深情地说:"这个故事,是我自己所在的西北战地服务团收集的。"

原来,西北战地服务团从晋察冀前方回到延安,带回了民间传说"白毛仙姑"的记录本,叙述一个被地主迫害的农村少女只身逃入深山,在山洞中坚持生活多年,因缺少阳光和盐,全身毛发变白;又因为偷取庙中供果,被附近村民称为"白毛仙姑",后来被八路军搭救。这些生动的情节吸引了人们。为了向党的第七次代表大会献礼,鲁艺师生决定以它为题材,创作一个大型的新型歌剧。

"第一稿是诗人邵子南写的,不过这个剧本和后来演出的剧本情节不一样,邵子南没有参加后来的创作,但是有些角色的名字、部分情节还是采用了他的本子,贺敬之、丁毅执笔重新进行创作,音乐主要是由张鲁、马可等同志创作。"说起当时的音乐唱腔,王昆感慨万千,"那时延安文艺界有一种思潮叫作'旧瓶装新酒',还有一种

王昆 | 首席"喜儿"见证经典的诞生与成型

1952年初,王昆饰喜儿、张守维饰杨白劳的《白毛女》在莫斯科上演

叫利用戏曲形式，所以开始比较幼稚。第一稿的唱腔基本上是根据秦腔、眉户剧的老曲调进行填词的。"

王昆是个喜欢热闹的人，《白毛女》第一稿在鲁艺礼堂（天主教堂大厅旧址）排演时，她常去看。第一稿只有一幕，王昆从未想到自己后来成了这个戏的主角。

饰演新歌剧《白毛女》中的"喜儿"，成就了王昆的第一个艺术高峰。《白毛女》第一稿时，由林白演喜儿，到第二稿时林白怀孕了，妊娠反应非常厉害，根本没法排戏。于是，周巍峙和许多专家力推王昆：一是因为她是贫苦农民的女儿，有敌后游击区生活和斗争经历，而故事又以她的家乡为背景，她从风土人情、年龄身份等方面能够更好地把握角色；另外一点是她有一副好嗓子，不仅高亢，而且十分甜美，能承担起剧中繁重的唱段的任务。

回忆当时新歌剧《白毛女》上演的场面，王昆激动地说道："从开幕前直到结束，导演王滨、王大化、舒强及其他同志都在前台或幕缝里观察观众的反应。为了鼓动演员们的情绪，第一幕结束剧场休息时，导演们来后台对大家说：'毛主席来了！朱老总来了！周副主席来了！还有……还有……会场座无虚席，连陈赓旅长都是站在门口看的。''第一幕很成功，好多人哭了，有人看见毛主席也在用手绢擦眼泪。'导演们特别嘱咐我几句，叫我别紧张，其实那天我没有工夫紧张，我初学乍练，脑子里想的都是戏里的台词、潜台词、内心动作、外部动作等导演排练的要求。初生牛犊不怕虎，我一直按规定的情景做，该怎么做就怎么做。"

演出结束时，全场响起经久不息的热烈掌声。王昆为自己成功地塑造了一个不甘于旧社会黑暗统治的压迫、奋力抗争寻求人生出路的农村年轻女性的形象而高兴。"那时的延安演完戏不兴演员谢幕，也不兴首长上台和演员一同照相留念的，整个戏演完之后，很多代表都跑到化妆间来看望演员。所谓化妆间，只不过是在礼堂外接出来的一间小房子，来看望我们的人大部分都在门外和窗外。那天，我精神过于集中，六幕演下来很累很累，脑袋疼得快裂了。我本不认得几位首长，加上那时不懂礼貌，没大没小的，我只顾自己卸妆，没有理会都是谁在那里说话。只听得有人问：'这小姑娘是哪里来的？怎么以前没见过？'刘澜涛同志回答：'这可是我们晋察冀的小姑娘啊！'有人说：'你们的戏让我们从头哭到尾，连行伍出身的叶剑英同志也哭了，真是英雄有泪不轻弹，只缘未到伤心处哇！'"

王昆在晚年还记得人们各自走了之后，周恩来、邓颖超夫妇还没有走，他们兴高采烈地说："祝贺你们，也祝贺你，小鬼。"邓颖超一下子有了新发现，说："恩来，你发现了没有，这孩子化起妆来，多么像张瑞芳呀！"周恩来说："是像！特别是嗓音很像瑞芳。"那时，王昆不知道张瑞芳是谁，事后才知道是"大后方"的一个著名女演员。

《白毛女》首演获得了极大的成功。第二天一早，中央办公厅就派专人来向鲁艺传达中央领导同志的观感：第一，主题好，是一个好戏，而且非常合时宜。第二，艺术上成功，情节真实，音乐有民族风格。第三，黄世仁罪大恶极应该枪毙。中央办公厅的同志还就第三点意见做了专门的解释："中国革命的首要问题是农民问题，也就是反抗地主阶级剥削的问题。这个戏已经很好地反映了这个问题。抗战胜利后民族矛盾将退为次要矛盾，阶级矛盾必然尖锐起来上升为主要矛盾。黄世仁如此作恶多端还不枪毙了他？说明作者还不敢发动群众。同志们，我们这样做，是会犯右倾机会主义错误的呀！"中央办公厅当时没有明确这是哪位领导同志的意见，直到很久之后演员们才知道，这实际上是刘少奇的观点。

接着，《白毛女》又在延安城南新市场为群众演出，轰动延安城，广大观众赞不绝口。演出时，结尾就改为判处黄世仁死刑，立即执行。很快，延安兴起了《白毛女》热，并迅速传到各边区和解放区，收到了宣传农民、教育农民、团结农民、唤醒农民、组织农民的极好效果，逐渐唱红全中国。

《白毛女》的巡演发生了很多故事。据王昆回忆，一次，有个士兵看到陈强老师出演的恶霸时忍不住掏枪放弹，此后部队里有了一条不成文的规定：看《白毛女》等演出时，部长要检查每个士兵的枪，不能上膛，省得出事。"在后来的20年里，我演了不知道多少场《白毛女》，许多时候没有剧场，没有舞台，更没有灯光和麦克风，但所有人都很投入。"

日本投降以后的一天，王昆与周恩来、邓颖超夫妇在延河边散步。其间，周恩来向王昆问起演员们的生活："你演《白毛女》这样大的歌剧，又唱、又做、又说，一个晚上下来很累吧？有没有保护措施？"王昆说："说真的，很累。不过，组织上每演一场发给两个生鸡蛋。"周恩来问:"不演时有没有?"王昆说:"那就没有。"周恩来又问:"其他演员有没有?"王昆说:"林白和我一同演《白毛女》。她演的时候她就有,我没有;我演时,她没有。其他演员一律没有。"王昆晚年回忆起周恩来当时好像叹了一口气,说了一句:"哦!——我们现在还很困难哪!你们真是太辛苦了!真是对不住你们啊!将来我们有条件了,一定改善大家的生活!"

一次,周恩来还问到《白毛女》的创作和排练的情况,并让王昆转告大家:"这个戏表现了广大劳苦农民的命运和反抗,因此感人至深,希望你们再加工修改,使它更加完善。走到哪里演到哪里。革命形势很快就改变了,你们文艺工作者将到更广阔的天地去,有更重要、更繁重的任务在等着你们,你学了毛主席在延安文艺座谈会上的讲话了吧?讲话的核心就是文艺为人民,你是唱歌的喽!你要记住为人民歌唱。"

耄耋之年的王昆说,在自己以后几十年的歌唱生涯中,不论是在农村土台子上,或在前线医院伤病员的耳朵边,不论是在金碧辉煌的大舞台上,或在某国总统的国宴上,"为人民歌唱"这几个大字一直在鼓励着自己,鞭策着自己。

1945年夏秋之季,王昆被编入由延安鲁艺改建的华北文工团与华北联合大学共同组建的华北联合大学文艺工作团,在华北为解放区人民演出《白毛女》。

王昆参演《白毛女》时,吸收河北梆子等戏曲音乐的演唱技法,积极探索创新,超越了固有民歌、戏曲的演唱方式,增强了戏剧性;

表演方式既不同于戏曲，也不同于话剧，力求歌剧化，形成了独特的舞台风格。日后，全国各地的宣传队大都排演过《白毛女》，许多演员扮演过喜儿，尽管她们各有创新，但从演唱方式到表演技巧都受到王昆最早所创立的舞台形象的影响。

解放战争时期，王昆将延安时期及解放区出现的秧歌剧、民歌表演中的优秀唱段如《翻身道情》《四绣金匾》《南泥湾》《兄妹开荒》《夫妻识字》《北风吹·雪花飘》等歌曲加以整理，率先用独唱的形式再现于舞台。

首位"白毛女"头顶上的那片"天亮了"

《白毛女》这部歌剧，王昆在延安演了20多场，以后又演到西柏坡，一直演进新中国。20世纪50年代初，《白毛女》被拍成了电影，由王昆的小同乡田华扮演喜儿，王昆为她配唱，两人珠联璧合。日本友人帆足计在中国得到这部影片的拷贝后，送给了日中友好协会的宫崎世民，使《白毛女》在日本民间传播，后又由日本松山芭蕾舞团编成芭蕾舞在日本公演，并迅速在日本流传开来。1955年国庆节招待会在北京饭店举行，周恩来让秘书叫来了王昆和田华，将与他同桌的一位女宾介绍给她俩："这是日本著名芭蕾舞演员松山树子。她们把《白毛女》改编成芭蕾舞，已在日本演出了。"

在北京饭店大厅举行的国宴上，当宴会进入高潮时，周恩来突然对外国记者团说："现在宣布一件重要事情……"大家都以为有什么事，气氛有点紧张。周恩来领着王昆和田华再次走到松山树子面前说："朋友们，这里有三位'白毛女'，这两位是演歌剧《白毛女》的王昆女士和电影《白毛女》的田华女士。这两个'白毛女'加上演芭蕾舞《白毛女》的松山树子，就是三个'白毛女'。"这情景，王昆直到晚年还记忆犹新。

新中国成立后，王昆任中央实验歌剧院演员。1954年，王昆进入中央音乐学院，向苏联歌唱家学习演唱。苏联专家试图改变王昆"原始的村野"状态，令她一时迷茫于"土嗓子"和"洋嗓子"之争。一次，王昆试着用新学到的发声方法为周恩来总理演唱，周恩来的评价却是"不洋不土"。"周总理曾很郑重地和我谈过一次话，他很惊愕地问我：'怎么，你也要去音乐学院学唱歌？那你一定要学好，不能学坏。什么叫学好？就是你学过之后，一定保持住你王昆的风格，不过是唱得更得心应手了。什么叫学坏？就是忽然在无线收音机中听到一个不熟悉的声音，经过了解才知道是王昆。啊？怎么王昆变成这样子了？这就叫作学坏了。'"

那时，中央音乐学院在天津。"我开始学习的第一年，还能躲进澡堂里唱《白毛女》的唱段，第二年再唱自己原来的歌就唱得不成样子了，我非常苦恼，苏联专家们也对我说要学习西洋唱法，就要有得有失，要想'得'就必须忘记自己原来民族的唱法。苏联人民演员、乌兹别克斯坦的哈里玛娜赛洛娃和我有同样的经历。她说自己改了学院派唱法之后，不再受听众欢迎了，之后又经过痛苦的练习才找回自己。我经过慎重的考虑，认为对于我国的观众，我比自己的苏联老师了解得更多，于是请求退学。之后，我极力寻找自己原来的感觉，经过一段痛苦的'练习'才恢复了自己以前的嗓音。"王昆一直思考着如何在保有自己演唱个性的前提下，吸收西洋声乐的优势，取长补短，提高自己的演唱水平。经过苦练，王昆又一次演唱了个人的保留曲目，周恩来夫妇听后非常高兴，并感谢王昆的歌声使他们像又回了一趟延安。

王昆积极探索中国民族唱法规律，在民间唱法基础上，吸收西洋发声的长处，发展了自己音色明朗、感情质朴、处理细腻的演唱风格，成为中国歌坛民族唱法的开拓者和奠基者之一。

1962年1月，东方歌舞团成立，王昆被指派到东方歌舞团担任艺术委员会主任，兼独唱演员。东方歌舞团的成立，是应当时的外交工作所需。王昆到团后，与全团人员学习和演出我国民族民间传统、优秀的歌舞节目，同时学习和演出亚非拉各国民族民间优秀歌舞节目，为增进我国人民和亚非拉各国人民乃至世界各国人民的友谊及促进文化交流尽职尽责。这一年5月，为纪念毛泽东《在延安文艺座谈会上的讲话》发表20周年，时年37岁的王昆在北京再次出演歌剧《白毛女》，父女"守岁"剧照登上了《戏剧报》封面。

1964年，新中国成立15周年之际，大型音乐舞蹈史诗《东方红》以气壮山河的气势展现在首都舞台上。王昆在这部舞蹈史诗第一场《东方的曙光》中领唱《农友歌》。农村里生、农村里长、12岁就面对八路军和老百姓做抗战演唱宣传工作的王昆，对农民有着深厚的感情，也深知农民的伟大。39岁的王昆嗓音嘹亮、气宇昂扬，在作曲家原有的曲调上融进了湖南民歌的韵味，非常有力地唱出"……往日穷人矮三寸（哪），如今是顶天立地的人（哪）……粗黑的手哇掌大印（哪），共产旗帜照人心（哪）……"这歌声让翻身当家做主的劳苦大众心情激荡，让民众痛感"解放了"，让广大劳动人民扬眉吐气！当年在《东方红》首演式上，毛泽东主席在看到王昆演唱的《农友歌》时兴奋地对身旁的杨成武作了一个威武姿势，并称赞道："很有当年湖南妇女的革命气魄！"演出结束时，周恩来总理走到王昆面前称赞道："好哇，王昆，你是20年前'白毛女'，20年后'农友歌'啊！"

"文化大革命"是从文化部门开始的，而文化部是被林彪、"四人帮""砸烂"的单位，身为"文艺黑线领导"和"牛鬼蛇神"的周巍峙和王昆在劫难逃，最先被打倒。一家人妻离子散，天各一方。在"五七"干校，周巍峙放养鸭子300多只，比一般农户养得还多。王昆由于对江青在"文化大革命"中的一些言行很不满意而在朋友中议论过几次，吃的苦头更大，一次次被抓走，关入"牛棚"。

在政治逆境中，是周恩来保护了周巍峙和王昆。1973年6月，周恩来看了来访的朝鲜艺术团演出后，在召集人谈"十大"问题时点了当时负责文化部工作的于会泳。周恩来很生气地说："为什么朝鲜还在唱《志愿军战歌》，我们中国反而不唱？周巍峙有多大问题？王昆就更没有什么问题了，她从小参加革命，在革命队伍中长大，她在延安时演出了《白毛女》，对文艺事业是有贡献的嘛！"由于周总理三次过问，"专案组"赶忙为周巍峙作了个结论，但还要留点"历史问题"的尾巴。后来，在工作安排上，于会泳拉周巍峙回文化部艺术局工作，周巍峙坚决不去，因此又被"四人帮"迫害。

1976年4月，王昆因为曾给邓小平写过两封反对"四人帮"的信而再次被抓走。当时周巍峙对王昆仅仅说了8个字："注意身体，好好学习。"王昆告诉他一句话："大衣在柜子里面。"周巍峙知道这是暗示大衣口袋里有她写给邓小平的信的存稿。周巍峙将信稿交给王昆的侄子带回家乡唐县，装入罐中埋入地下。日后，王昆说：当时想总有一天，我们要把"药单"（即信稿）拿出来。

回忆在"文化大革命"中的遭遇，周巍峙和王昆这对艺术伴侣为能够经受住噩运考验而自豪。尽管这对热爱艺术、热爱歌唱的夫妻十多年的时间里未能开口唱一支歌，但在命运坎坷之时他们的感情和革命信念始终不变，互相爱护、互相支持，始终保持自己的气节。

新中国成立后，周巍峙频繁变换"工种"，岗位一个换一个，历任文化部艺术局副局长、中央歌舞团团长、中央实验歌剧院院长、文化部艺术局局长、文化部副部长和代部长、中国文联主席等，工作涉及戏曲、话剧、歌剧、曲艺、杂技、美术、音乐、艺术教育、群众文化和对外文化交流等方面。"来自贫寒户，混迹文苑中，奔忙六十载，一个打杂工。"这是周巍峙的自嘲。作为妻子，王昆最清楚周巍峙在音乐创作上的天分，当然更希望他在音乐创作上继续有所建树。周巍峙刚被任命为文化部艺术局副局长的时候，王昆曾经跟周恩来直截了当地提出不要让周巍峙当官，让他去干业务，写写曲子。当时，周恩来大笑道："现在是人民当政、当家做主人，总要有人做官办事，人民的官，共产党员不能不当啊。我不是长期当官吗？像他这样既懂业务，又能做行政领导的人，还不好找呢。"总理这一席话，让王昆脸红了，从此她便全力支持周巍峙一心一意扑在文艺领导工作上了。

几十年里，王昆和周巍峙相爱弥坚，风雨同舟。周巍峙有着广泛的文艺爱好，喜欢民族音乐，爱唱歌，喜欢吹口琴，钢琴也能弹上几曲，"夫弹妇唱"是这个家庭的保留节目。

王昆曾这样评价自己和老伴周巍峙的关系："我们两个人就像两个旋转的陀螺，各自有事业，两个不能太近，太近就倒了，也不能太远，太远就离婚了。"儿子周七月是这样评价妈妈的："别人都说妈妈是女强人，其实她是一个女弱人。长期以来她的腿不好，一次演出，上台之前我必须扶着她，她才能走，可是幕布一拉开，她马上健步如飞。演出结束以后，她马上又不能走了。其实她的坚强都是在外人面前表现出来的。"

"歌坛伯乐"成了中国流行音乐的"始作俑者"

1977年下半年，东方歌舞团恢复原建制，王昆被任命为团领导小组副组长、艺术指导和独唱演员。在她的带领下，重获新生的东方歌舞团恢复了许多"文化大革命"前的精彩节目，并排演了许多新节目，纳进一批有为的年轻演员，为人民群众呈现丰富多彩的文化艺术。

1982年，王昆被任命为东方歌舞团团长兼党委书记。这时的王昆深感处在改革开放时期的文化事业一定要坚持走"百花齐放"道路，大胆提出了"观众意识""市场意识""明星意识"，还提出在新形势下，不能把民族唱法与美声唱法、通俗唱法对立起来，而是要借鉴对方所长，将传统与现代结合起来。

1983年首届春节联欢晚会上，王昆的学生索宝莉以一曲《夫妻双双把家还》红遍大江南北。正是王昆对这首传统黄梅戏进行了现代艺术改编，完成了把戏剧音乐改成民歌的"跨界"尝试。作为首届春节联欢晚会的艺术顾问，在春晚大放异彩的成方圆、费翔等都是王昆推荐给导演组的。成方圆始终难忘师恩，她回忆，当时许多学院派的老师和前辈并不接受她的唱法，王昆却一直鼓励她坚持下去，形成自己的风格。"王昆老师就是一棵大树，替我们遮风挡雨。"成方圆说。

当年，正值流行歌曲大举进入内地，一些人认为是"黄色"的靡靡之音，然而一辈子唱革命歌曲的王昆却勇敢地站出来支持流行音乐的发展。为此，她遭受了很多的批判，承受了很大的压力。1986年，在她的大力促成下，东方歌舞团策划并推出了一台主题为"让世界充满爱"的演出。也就是在那次演出中，中国第一个摇滚歌星崔健演唱了《一无所有》，王昆第一次把报幕员改为主持人。

王昆说："时代不一样了，你不能不承认流行歌曲贴近生活，它能够让各种心情的年轻人在流行歌曲里面找到他所要表达的东西，包括爱情。以前爱情是禁区，艺术是表达人的情感的，人有爱情干吗不让表达？当时在学院里头，某些老艺术家说我是'引进流行歌曲的罪魁祸首'，对我非常不满意。20世纪80年代有几个非常轰动的事，崔健的出现，百名歌星唱《让世界充满爱》，都是东方歌舞团搞出来的。在工体（北京工人体育场）的演出现场，我坐在台子上，崔健出来唱《一无所有》。我当时把它当成一个爱情歌曲来听的，你还很爱我，我一无所有还爱我，这不是很好嘛，而且音乐非常好听，非常打动我。我就让他唱。他出来以后，当时有一个同志退席，老干部在台上骂：王昆，你们陕北歌就是这么唱的吗？我没多做解释，我特别喜欢就行了，我觉得我的职责、我的任务就是要让群众喜欢。"

歌手郭峰是王昆非常欣赏的作曲家。他说："当年没有王昆，就没有《让世界充满爱》。我国早些年的歌坛，对流行音乐是排斥的。因为王昆老师的支持，才有流行歌星的百人合唱《让世界充满爱》，才有崔健的《一无所有》。也是在王昆当团长的时候，因为我创作了《让世界充满爱》，东方歌舞团第一次为单身青年的我分房子。可见王昆老师对我们年轻一代的关心和爱护，我至今感恩在心。"

1980年9月，在首都体育馆举行的"新星音乐会"上，13岁的二胡小演员程琳因为演唱了脍炙人口的歌曲《小螺号》而一夜成名，但随后也招致了不少批评。一篇名为《珍惜孩子的天赋》的评论文章直指程琳，称"一位13岁的小歌手模仿港台歌星"，并斥其在演唱中"带着哭腔"，甚至具有"挑逗性"。彷徨失措中的程琳幸亏遇到了王昆，由于王昆的努力，1984年程琳从海政歌舞团（海军政治部歌舞团）调入东方歌舞团。在那里，程琳开启了她音乐生涯的新阶段，她相继推出了《熊猫咪咪》《趁你还年轻》等一批广为流传的歌曲。所以程琳一直说，她这一生都感谢王昆老师。

大 国 脊 梁

歌唱家朱明瑛说:"王昆老师是我的伯乐,她当东方歌舞团团长的时候,我刚从舞蹈队转到歌唱队。王昆老师没有因为我是舞蹈演员而轻视我,她对我说:'你的音乐感觉非常好,应该多学一些民间的传统东西,不要一直唱外国歌曲。'正是因为王昆老师,我才在1984年春节晚会上演唱了《回娘家》。王昆老师还把香港送给东方歌舞团的服装给我穿上了,那件衣服是当时最时尚、最飘逸的,一下子就被观众记住了。有人说我唱靡靡之音、跳扭摆舞,王昆老师就在座谈会上和他们'吵架',说我看朱明瑛扭摆得还不够,我们这样做是尊重外国的文化。"

王昆说,一个团成功的标志一是出人才,二是出作品,还有一条是要走正路。东方歌舞团是一个品牌,这个品牌是以它的人和作品来作为代表的。"当时我们吸收的歌手都不是受过正规音乐学院训练的,因此他们也就不会禁锢于自己原来的演唱习惯。比如郑绪岚,她最初是天津第二模具厂的工人,我一听就觉得她的声音很好,知道她很有潜力;远征来的时候才18岁,很调皮,考试的时候一首歌还没唱完,我就认定了她的音色……"

喜剧演员陈佩斯的父亲陈强曾经与王昆同台演出过歌剧《白毛女》,两家来往也很密切。陈佩斯说:"我5岁的时候,爸爸带我到《白毛女》演出后台,我看到头披白发的王昆阿姨挺吓人的。后来我坐在观众席,看到大人看演出时流泪,不知道怎么回事。后来我爸爸带我到王昆阿姨家,我真正与她接触,感觉她不仅仅是一位慈祥的老人,她对艺术的执着也深深感动着我,特别是她为东方歌舞团发掘培养了这么多的歌唱人才，我觉得她好伟大。她对艺术的开放心态，令我深深佩服。"

晚年，王昆仍关注流行音乐的发展，仍为流行音乐歌坛培养着优秀的音乐人才。"我觉得流行歌曲已经在国外形成一种学问了，甚至成为人们生活当中很重要的东西。而我们原来是关着的，后来才把这扇门打开，因此我国流行音乐的发展还很不成熟，有些不好的歌也出来了，但是这不能成为反对流行歌曲的理由，尤其现在我国流行音乐已经有了长足进步，有了自己的特色。流行歌曲表现人们生活，我用了这么一个形容——'野火烧不尽，春风吹又生'，绝对灭不了的。"

当年，作为东方歌舞团团长，王昆对在新形势下继承和发展民族声乐的基本思路是，"第一绝不把民族唱法与美声唱法对立起来；第二绝不把民族唱法与通俗唱法对立起来，而是努力寻找一种可能性，使之能够借鉴对方的优长，发展、充实、提高自己"（著名词作家乔羽语）。王昆以海纳百川的宽广胸怀对待"外来"新事物，先后培养和推出了远征、郑绪岚、朱明瑛、陈俊华、郭蓉、程琳、李玲玉、俞淑琴、吴小芸、牟炫甫、索宝莉、成方圆等多名受观众喜爱的，演唱既有浓郁的民族风格，又有时代审美特点的歌手。她总是能独具慧眼挖掘培养人才。基于此，王昆被誉为"歌坛伯乐"。晚年，王昆致力于助学，曾捐款100万元在家乡成立了"优秀寒门学子王昆助学基金"，帮助家庭贫困的学子完成大学梦。此外，年事已高的王昆还多次参加中央电视台的"心连心"艺术团，到延安、井冈山、韶山、浦东新区、香港等地演出。

晚年，王昆的心脏不太好，患有糖尿病。"我有两个儿子，他们都没继承我唱歌的细胞。我挂有两个职务，一是中国延安鲁迅艺术学院校友会会长，二是北京东方华夏艺术中心董事长。我还在收学生。我收的学生大都是工人、农民子弟，他们上我的课不需要交钱，我还要拿出退休工资管她们吃、管她们住。"

王昆尽管年迈，但是每天早晨六点多钟起床，然后在房间里走走，打打太极拳，坚持练声。"我的头发都白了，现在你看到的是染的，我觉得人有的地方可以作假，比如头发白了可以染黑，牙不好可以去修一修，但是一定不要假唱。"

让朱明瑛记忆深刻的还有王昆的严格要求："每次我们跟着她去外地演出，她一大早就把我们都提溜起来，带着我们打太极拳。她说唱歌的人应该多练练太极拳，这样可以把气息沉下来，就能唱得更好。虽然年轻的时候贪睡，起个大早感觉挺累的，但我们都乐意听她的，因为知道她是好意，是希望我们都能越来越好。"对别人严格，对自己要求更严格，朱明瑛说有一次她去探望王昆时，王昆送她一套自己录制过的所有专辑。"我回来听了听，觉得已经非常不错了，可她说如果过段时间身体能好一点，想把这些专辑重新录一遍，音乐质量要做得更高一些，可见她是个多么追求完美的人啊！"

2009年7月30日，从事革命文艺工作70周年的王昆喜收9岁"小弟子"豆豆。豆豆是深圳实验学校四年级学生，学名黄嘉琪，曾演唱童谣版《国家》等多首歌曲。豆豆参加过2009年全国华语优秀流行歌曲创作大赛，评委之一的著名音乐人小柯将豆豆介绍给了著名词作者王平久，王平久后来将豆豆推荐给了王昆。"我一看这孩子就非常喜欢，见了她后我的眼睛老离不开她，她有教养。尤其听了她的演唱，很大气，开始教她唱《南泥湾》，她很聪明，很快就学会了。"

在北广大厦举行的收徒拜师礼简单而庄重：王昆接受了豆豆细心为她佩戴的红领巾，并将《南泥湾》当年终稿的歌谱以及一张1945年报道自己第一次演唱红色歌曲的《解放日报》作为礼物送给豆豆。这位84岁的老歌唱家拉着9岁豆豆的手，开心得合不拢嘴。稚气未脱的豆豆说："对我来说，王昆老师有双重身份，在学习中她是我的老师，在生活中她是慈爱的奶奶。我既要学习唱歌，也要学习王昆老师做人的品格。"

王昆认为像绘画、器乐、作曲之类的艺术，需要相当长的时间练习基本功，而唱歌是艺术品类中最容易的一种，"天然嗓子好，悟性好，短时间就能上台演唱，甚至出名，有时可以说如同捅破一层窗户纸一样。但是要成为有修养的'家'、长久地被观众接受并喜欢，当然有很多学问要研究。东方团的演员大都咬字清楚，这说明我们非常注意演员和观众的互动。我认为演员离不开老师的指点，也离不开观众的培养，我认为观众也是非常重要的老师"。

对于王昆的印象，很多人钦佩她对中国民族音乐的坚持。老人性格开朗直率，看到了社会环境对中国民族音乐的损害就会仗义执言，她曾经对当今舞台上对民族音乐的过分包装提出直接批评："口里唱着民歌，身上穿着拖地的长泡泡裙，这种不伦不类的演绎是对中国民歌的伤害。"

王昆强调我们的民族声乐教育要立足民族特色，讲求风格的多样化。"当然，随着国际文化交流的增多，应该有人学习西洋歌剧，可以去国际上参加比赛，成为自己国家的歌剧人才，我们这么一个有文化传统的国家，人民不知道西洋歌剧是什么，连高级知识分子都不会欣赏西洋歌剧，不也成了笑话吗？"同时她认为，应该关注我们自己土地上产生的艺术，关注与我们人民的欣赏习惯和情感方式相适应的艺术。"更重要的一点就是演员要保持自己嗓音的特色，这也可以叫作'品牌'。目前，声乐界存在'千人一声'的现象，就是因为用一个模式培养学生，而且是几代近亲繁殖，从而消磨了学生的原唱个性。这不符合文艺'百花齐放'的原则，'百花齐放'就是要让歌手们都能唱得得心应手，纯朴本真。"她希望能在歌坛上多一些不同的、各具魅力的声音。

还原"当年的味道"成为最后的心愿

除了做演唱会、教学生，王昆最惦记的就是中国歌剧。"这么多年了，除了《白毛女》等几个歌剧，没有更好的歌剧出来。很多剧目都是演一两场就完了，而不能随着时代的发展保留下来。就连《白毛女》也看不到了，大家都把《白毛女》称作中国歌剧的里程碑，但是它到底什么样，为什么经典，现代人都没有看过，只看过电影，但电影不是歌剧。我现在的一个梦就是希望能把歌剧《白毛女》重新再排演一下，重新演绎它，风格上保持原有的味道，同时跟上时代的发展。但是谈何容易，现在搞歌剧是很难的，需要钱，需要人才，需要人有勇气去做，需要领导的支持。"

2011年，在王昆的策划、推动下，东方演艺集团联手国家大剧院复排歌剧《白毛女》。王昆担任艺术总监和声乐指导，看似"虚职"，不过王昆干起来却一点儿不"虚"：选演员，找导演，事先轮流给演员单独辅导声乐。到了排练场上，她像总导演一样，从表演、唱腔到台词，细细把关。做这件事，王昆分文不取，"我就是想在我'走'以前，把当年《白毛女》的味道排出来"。

这年6月，国家大剧院，新版歌剧《白毛女》和观众的见面会上，被人从轮椅上搀扶下来的王昆，接过话筒的第一句话就是向大家道歉："今天一百个对不起！"原来她由于不太熟悉国家大剧院的情况，不知道从哪里坐电梯，因此迟到了一会儿。当新版"喜儿"谭晶欲起身扶王昆老师入座时，王昆却抢先向观众介绍起了主演。当观众为王昆这位第一代"白毛女"鼓掌时，王昆却说："掌声留给演员吧，他们待会儿要唱。"

在这一版《白毛女》的排练过程中，86岁的王昆几乎每天都坐着轮椅来到排练场，和演员们一起排练、吃盒饭，给演员们说戏，指导。首演进入倒计时的最后一个星期，创作团队转战到了中央芭蕾舞团的新场地。这个排练厅，王昆没办法使用轮椅了，每次都需要两个人搀扶着，爬一个十几级且斜度颇大的楼梯，到最上面的"观礼台"去指挥。因为没有轮椅，所以整个排练过程中，她都尽量坐着不动，不想给别人添麻烦。等到排练结束，她会等乐队、主创人员全部走完，才缓缓从座位上站起来，最后一个离开。当记者前去采访她，王昆的第一反应就是："去采访演员们吧！"

2007年"星光大道"总冠军王二妮于2010年4月拜王昆为师。2010年，王二妮曾参加王昆的师生音乐会。演出结束后，王昆送给王二妮两件礼物，一件蓝底白花的粗布衣服，还有一根红头绳，要王二妮保持乡土气息，同时希望她有朝一日能演《白毛女》。2011年7月，王二妮主演《白毛女》谢幕时，王昆抱着王二妮亲了一口。王二妮知道，复排《白毛女》是王昆最大的心愿。2014年9月29日，王二妮在北京举办婚礼时，王昆虽然腿脚不便，还是坐着轮椅到场，并担任了证婚人。

2011年11月，王昆收空政文工团独唱女高音王月为徒，将其作为自己的"声乐艺术传承人"。在那次拜师仪式上，腿脚不便、带病出行、坐着轮椅来到现场的王昆，第一句话又是向大家道歉："对不起大家，我腿脚不行，又得了感冒，实在站不起来了。"德高望重的老人朴实的言语，赢得众人热烈的掌声。

"跟着王昆老师学习歌剧《白毛女》的过程，不仅给我艺术上很大的提高，在做人上也给了我很多的教诲。让我特别感动的是，一次我遇到真假声'打架'的问题，解决不了，非常痛苦。王昆老师在去医院看病的路上还记挂着我，主动给我打电话，让我不要害怕，教我调整气息，大胆演唱。"王月激动得哽咽道，"在我们排练《白毛女》期间，王昆老师身体并不好，腿肿得像馒头一样，但是她每天坚持到排练场，并且身体力行亲自示范指导我们排练，让我们很受教育。她的精神，值得我们年轻一代学习！"拜师仪式上，王月现场清唱《白毛女》经典唱段和新歌《甜妹妹，情哥哥》，因为没有音乐伴奏，她演唱时，坐在一旁的王昆便主动为她哼唱过门，并手击桌面为她打节奏，其爱徒之心溢于言表。

2014年10月2日晚，大型音乐舞蹈史诗《东方红》首演50周年后重登人民大会堂。当晚，王昆是坐着轮椅来到后台的，因为腿脚已不太灵便。但登台时，她坚持抛开轮椅，要在舞台上站着为观众歌唱。从舞台侧幕到舞台中央，距离很短，却又很长，老人迈着略微有些不稳的步子……待站定，音乐起，《农友歌》唱响。虽然她需要在学生王月的"助唱"下才能完成演唱，歌声也不如往昔那般完美，不过观众还是将最热烈的掌声送给了这位老艺术家。而就在演出前半个多月，9月12日，王昆的老伴周巍峙刚刚逝世。周巍峙是1964年《东方红》的导演暨总指挥之一。那一晚，王昆是怀着怎样的心情登台演唱的？没有人知道。

观众更不会想到，那一次成了老人留给舞台永远的绝唱。2014年11月21日13点46分，89岁的歌唱家王昆因病逝世。时隔两个多月，王昆追随爱人而去。那一场演出，也成为王昆留给观众最后的舞台记忆。

"老师走得有些突然！11月15日我还去医院看望了她，没想到是最后一面！"歌唱家陈俊华的声音透着悲伤，"我当年就是老师从部队招进东方歌舞团的。她是我的恩师，改变了我的一生，我们之间的感情，亦师、亦友、亦母。"她最钦佩也最受益的，是王昆对艺术的

大 国 脊 梁

歌剧表演艺术家王昆

态度,"只要沾艺术的边儿,她就特别认真。她刚退休那几年,办了个华夏艺术中心,教授唱歌。我去上课,她一句一句做示范,告诉我怎样唱好,一点儿不偷懒。老师对舞台一直保持着一种敬畏,我记得有一次在国家大剧院演出师生音乐会,晚上7点半才开演,可是王昆老师早上10点钟就到了剧院,早早化好了妆,换好了服装,坐在后台等我们呢!"

王昆真的"走"了,令业界人士扼腕叹息。时任中国音乐家协会主席赵季平说:"老太太的去世是中国音乐界的巨大损失,她对中国民族民间音乐高度关注,对后来者百般爱护、支持,都是我们学习的榜样。老太太心胸开阔,发现和培养了那么多艺术人才。"

歌唱家王娜告诉笔者,王昆在生命的最后时刻还在关注培养年轻歌唱人才:"虽然我原来是北京市河北梆子剧团的演员,但自从2010年王昆老师挑选我演出《白毛女》中的喜儿,我就一直跟随王昆老师学习。她平时又像妈妈又像奶奶,从王昆老师对我的培养和她对艺术的执着,我看到了一个艺术家高尚的品德。其实对于唱歌剧我不完全是一张白纸,因为还带有很多戏曲演出的毛病。王昆老师手把手地教我'脱戏'进入歌剧表演的境界。那时我三天两头去王昆老师的家里,有时不打电话就闯过去,而王昆老师总是耐心教我,不仅不收任何费用,有时还管吃管住。2011年11月王昆老师收我为徒,我们在海淀剧院举行了拜师仪式,后来王昆老师又把我调到了中国歌剧舞剧院。就在她昏迷的前一天,她还给我打电话让我到她家里商量歌剧《白毛女》改成小剧场演出的设想,希望我能帮助她把《白毛女》改成小剧场演出，适合到各地进行普及演出。谁想到这竟成了老师的遗愿，我想，我有责任完成老师的遗愿。"

"北风那个吹，雪花那个飘……"随着悠扬的歌声响起，王昆告别追思会在八宝山革命公墓大礼堂举行。大礼堂庄严肃穆，摆满鲜花和花圈挽联，一张王昆生前的照片矗立在鲜花中，照片上的她依然带着慈祥的笑容。告别仪式没有哀乐，只有王昆那带着泥土味、布衣味的歌声，久久回荡，仿佛她依旧在舞台上演唱。

白色玫瑰丛中，身盖党旗的王昆安详躺卧。谭晶、郭蓉、郭峰、程琳、龚琳娜、陈俊华、王二妮、杨光等众弟子分立灵床两列，鞠躬致哀，默默端详，啜泣声隐隐传来。送别仪式由著名音乐学家田青主持。《叫老乡》《北风吹》《农友歌》《夫妻识字》《秋收》《母亲的光辉》等王昆演唱过的歌曲响彻大厅，学生们用歌声送别恩师，场面十分感人……

"喜儿"走了。王昆带着对中国民族声乐的不舍，追随两个多月前刚刚离开的老伴周巍峙，去了。"喜儿"走了，带着学生的祈祷与祝福。"喜儿"走了，带着观众的惋惜与怀念。

"喜儿"，您放心地走吧，无须遗憾。作为伯乐和老师，您倾心培育的音乐人才已成为乐坛的骨干。作为倡导者，您提出"民歌不能一个调子唱"，如今民族唱法多样化的理念已成共识，各种不同形态的民族唱法受到观众的广泛欢迎。作为发起人和奠基者，您一定会为如今流行音乐和大型音乐晚会已占据音乐演出市场的半壁江山而欣慰。